Mirjam Mous

Room 27

Zur falschen Zeit am falschen Ort

Mirjam Mous,
geboren 1963, arbeitete als Sonderschullehrerin, bevor sie hauptberuflich Schriftstellerin wurde. Sie schreibt Bücher für Kinder und Jugendliche und ist besonders bekannt für ihre mitreißenden Thriller.

Mirjam Mous

Room 27

Zur falschen Zeit am falschen Ort

Aus dem Niederländischen
von Verena Kiefer

Arena

1. Auflage 2012

Die Originalausgabe erschien 2010 unter dem Titel »Vals Spel«
bei Van Holkema & Warendorf, Houten.

Aus dem Niederländischen von Verena Kiefer
Die Übersetzung dieses Buches wurde von der Stiftung für die Produktion und Übersetzung niederländischer Literatur NLF gefördert.
Covergestaltung: Frauke Schneider
Gesamtherstellung: Westermann Druck Zwickau GmbH
ISBN 978-3-401-06682-0

www.arena-verlag.de
Mitreden unter forum.arena-verlag.de

Erste Hälfte
Zu Fall gebracht

I'm caught in a trap
I just can't believe that
There's no turning back

(Fragment aus dem Songtext
Caught in a trap von Love Equals Death)

1

Zeit: heute
Ort: Polizeiwache Francaz – Spanien

Sie glauben, dass ich jemanden umgebracht habe.

Die Vorstellung allein ist schon so lächerlich, dass sie fast witzig wäre, würde ich nicht in einer Gefängniszelle hinter echten Gittern sitzen, als wäre ich eine Art Dr. Hannibal Lecter. Aber in Wirklichkeit habe ich weder einen Schulabschluss noch einen akademischen Titel und es steht auch noch in den Sternen, ob ich überhaupt studieren will. Schon wieder Schule? Außerdem graut es mir vor Fleisch, also wird man mich auch nicht so mir nichts, dir nichts einen Schädel auslöffeln sehen. Die einzigen lebenden Wesen, die ich im Laufe meines Daseins um die Ecke gebracht habe, sind Insekten – die Mücke steht mit Abstand auf Platz eins meiner Liste mit Todesopfern, aber wenn man so provozierend summt, fordert man das ja auch regelrecht heraus.

Ich habe um nichts gebeten. Gerade saß ich noch vollkommen entspannt hinter dem Mäuerchen am Pool und dann plötzlich – als würde ich hochgebeamt und irgendwo anders abgeworfen – in einem Polizeiauto. Okay, zwischendurch ist natürlich schon so das eine oder andere passiert, aber: So schnell ging's! Ich durfte nicht einmal mehr mit Val reden. Na ja, der Polizeibeamte schüttelte jedenfalls den Kopf, als ich nach ihr fragte. Im Nachhinein betrachtet, kann es natürlich auch sein, dass er den Kopf schüttelte, weil er meine

Frage nicht verstand. Ich spreche höchstens zehn Wörter Spanisch und die *guardia civil* noch weniger Englisch und erst recht kein Niederländisch.

Aber rasen können sie. Wir fuhren durch die sonnigen Straßen, als wäre uns ein Tyrannosaurus Rex dicht auf den Fersen. Vielleicht wollten die Polizisten nur rechtzeitig für irgendein wichtiges Radrennen zurück sein, denn sobald wir auf der Wache waren, deponierten sie mich bei einer dicken Frau in Uniform und verzogen sich wieder.

Ich habe noch nie zuvor in einer Zelle gesessen. Ich habe nicht einmal *gedacht*, dass ich jemals in einer landen könnte. Noch besser: Hätte mich gestern einer gefragt: »He, Fin, wie groß ist die Wahrscheinlichkeit, dass du jemals in den Bau wanderst?«, hätte ich ohne Zögern »null« gerufen. Aber nun ja, ich verliere auch immer bei Kartenspielen wie Siebzehn und Vier oder Poker. Wenn es ums Raten geht, habe ich nie eine Chance. Ich liege fast immer falsch.

So eine Zelle ist übrigens ganz sicher kein Drei-Sterne-Hotel. Ich hocke auf etwas, das man mit viel Fantasie ein Bett nennen könnte. Die Schaumstofffüllung hat sich aufgelöst, sodass nur ein Brett in einer viel zu großen Hülle übrig geblieben ist. Darauf einzuschlafen, wäre selbst für einen geübten Fakir eine gewaltige Herausforderung. Und dann hängt auch noch eine widerliche Mischung aus Alkoholdunst und Urin in der Luft, wahrscheinlich von dem schlafenden Obdachlosen auf dem zweiten Bett in der Ecke. Hoffentlich gehört der nicht wirklich in die Kategorie Hannibal Lecter und hat Appetit auf ein Fin-Häppchen.

»Mannomann, du steigerst dich da wieder total in was rein«, würde Val sagen.

Aber Valerie ist leider nicht hier. Die habe ich in ihrem Liegestuhl zurückgelassen. Inzwischen wird sie sich wohl fragen, wo ich bleibe. Ich sollte nur kurz diesen Geldbeutel abgeben, aber ich konnte doch nicht ahnen, dass dort eine Leiche . . .

Es nervt mich immer total, wenn mein Hirn an etwas denkt, was ich am liebsten so schnell wie möglich vergessen will. Und das macht es ziemlich häufig, also nervt es mich entsprechend oft. Ich will lieber an positive Dinge denken. Zum Beispiel daran, dass Val hierherkommt und nur kurz zu erklären braucht, wie ich in dieses Hotelzimmer kam und so. Und dass diese dicke Polizistin sich dann hunderttausendmal entschuldigt und mich danach gehen lässt.

Eigentlich kapiere ich sowieso nicht, weshalb sie mich festgenommen haben. Mit ein bisschen Menschenkenntnis kann man doch sofort sehen, dass ich der Falsche bin.

Ein Beispiel: Ich wiege im Supermarkt Tomaten ab, ein Mitarbeiter kommt vorbei und schaut mich durchdringend an. Und – zong! – sofort steht mein Kopf in Flammen, bloß weil er denken *könnte*, ich wollte anschließend noch ein paar dazustecken.

Noch ein Beispiel: Ich rasiere mich einmal pro Vierteljahr mit dem Apparat, den ich von Martijn zum Geburtstag bekommen habe. Aber das mache ich bloß zur Schau und für Martijn, denn ich *habe* überhaupt nichts, was ich rasieren könnte; auf meinem Kinn sprießt höchstens ein wenig Flaum. Und zu allem Überfluss habe ich eigentlich schwarze Ringellocken, die meine Mutter für niedlich hält. Sie glaubt übrigens immer noch, der Rest der Welt schließe sich dieser Meinung an, aber meine Kleinkindphase ist Jahrhunderte her.

Mit niedlichem Haar beeindruckt man keine Mädchen. Deswegen lasse ich es immer so kurz schneiden, dass es sich fast nicht mehr lockt. Der einzige ganz passable Teil meines Körpers ist mein Adamsapfel. Der sorgt jedenfalls dafür, dass mich die Leute nicht für ein Mädchen halten. Deshalb habe ich allen Rollkragenpullovern abgeschworen, selbst bei zehn Grad unter null.

Das braucht man hier ja nicht zu befürchten. Manchmal kann man dem Quecksilber im Thermometer buchstäblich beim Klettern zusehen. Gestern waren es fünfunddreißig Grad. Im Schatten! Als ich heute Morgen aufwachte, wusste ich schon, dass es wieder ein heißer Tag werden würde. Dann gehen Val und ich meistens schwimmen, also zog ich gleich meine Badehose an und darüber die Jeans mit den abgeschnittenen Hosenbeinen, außerdem mein dunkelblaues Lieblings-T-Shirt von *Salty Dog* und meine Badelatschen. Ich hätte mir nie vorstellen können, dass ich ein paar Stunden später vor den Augen einer dicken Polizistin alles wieder ausziehen müsste. Nach meinem Strip hat sie meine Kleidung – und meinen Geldbeutel aus der Gesäßtasche meiner Hose – in eine Plastiktüte gesteckt und mitgenommen. Wahrscheinlich zur Untersuchung oder so. Nur die Badehose durfte ich anbehalten.

Es ist nicht angenehm, nur mit einer Badehose bekleidet in einer Zelle zu sitzen. Vor allem nicht, wenn allerlei scheußliches Ungeziefer über den Zellenboden kriecht. Kakerlaken kann ich fast ebenso wenig leiden wie Mücken. Sie schießen immer in alle Richtungen, nur nicht in die richtige – wie diese große, dicke braune, die scheinbar gerade meinen nackten rechten Fuß anpeilt. Mit ihrem harten Panzer sind sie fast nicht kaputtzukriegen. Will man mit dem Schuh eine Kakerlake plätten, muss man stundenlang hin- und herdrehen, bevor sie wie eine Walnuss knackt. Mit bloßen Füßen hat man von vornherein keine Chance. Ich ziehe die Beine hoch – hoffentlich sind das hier Kakerlaken mit Höhenangst –, setze mich in den Schneidersitz und lege meine Hände auf die Knie. Meine Fingerspitzen und Nagelränder sind schwarz. Bevor sie mich eingesperrt haben, hat die dicke Polizistin meine Fingerabdrücke abgenommen. Ich spucke auf die Tinte und versuche, sie am Bezug meines sogenannten Bettes abzureiben. Weil ich sowieso nichts Besseres zu tun habe, halte ich das eine ganze Weile durch: reiben, spucken, reiben.

Vergeblich. Wahrscheinlich hält diese Sorte Tinte lebenslänglich.

Ich wünschte, Val würde sich ein wenig beeilen. Sie wird doch nicht in aller Ruhe auf den Bus warten, wenn sie hört, dass ich in einem Gefängnis sitze? Wenn die Rollen umgedreht wären, würde ich notfalls einen Motorroller klauen, um so schnell wie möglich bei ihr zu sein. Vorzugsweise mit einem englisch sprechenden Spanier am Lenker, damit ich ihm – sorry, sorry! – erklären kann, warum wir jetzt wirklich zur Polizeiwache rasen müssen und so.

Trampen ginge natürlich noch schneller. Vor allem, wenn man so aussieht wie Val. Wenn sie mit erhobenem Daumen am Straßenrand steht – in Shorts mit ihren langen braunen Beinen in Cowboystiefeln –, muss man schon stockblind oder völlig verrückt sein, wenn man an ihr vorbeifährt.

Fuck, jetzt muss ich auf einmal an *Highway Killings* denken – einer der geschmacklosesten Filme, die ich je gesehen habe. Es geht um einen Lastwagenfahrer, der unschuldige Mädchen von der Autobahn mitnimmt, um alles andere als unschuldige Sachen mit ihnen zu machen. Mädchen wie Val also.

Ich schwöre es, ich habe niemanden umgebracht. Folglich ist der wahre Täter noch immer auf freiem Fuß. Es ist nicht unmöglich, dass Val ihm zufällig begegnet und zu ihm ins Auto steigt ...

Wie mich das alles gerade nervt! Eingesperrt sein, ist der Laune nicht gerade zuträglich.

Positiv denken! Stefano lässt Val bestimmt nicht irgendeinem Monster in die Hände fallen. Ich muss einfach ein bisschen mehr Geduld haben, dann stehen sie gleich mit einem Grinsen von hier bis Tokio vor der Tür. Und vielleicht ist auch noch gar nicht so viel Zeit verstrichen, wie ich denke. Meine Armbanduhr ist im Rucksack und von hier aus kann ich nirgends eine Uhr hängen sehen, ich muss also weiterraten, wie lange ich hier schon eingesperrt bin. Eine Gefängniszelle hat nicht unbedingt den Unterhaltungswert eines Vergnügungsparks. Eine Stunde kann einem hier durchaus dreimal so lang vorkommen. Vor allem, wenn man so grottenschlecht im Raten ist wie ich.

2

Zeit: heute
Ort: Polizeiwache Francaz – Spanien

Schlurfende Schritte. Mein Kopf federt hoch.

Es ist die dicke Polizistin in ihrer grünen Uniform. Ihr gigantischer Bauch wogt auf und ab. Sie erinnert mich an Barbalala – genau, die grüne von den Barbapapas. Ich hatte als Kind ein Bilderbuch von denen. Im Normalzustand sehen die Barbapapas aus wie Riesenbirnen, aber sie können ihren Körper mit einem einfachen Zauberspruch in jede gewünschte Form verwandeln. Ich wünschte, ich besäße diese Gabe auch. Dann würde ich mich spaghettidünn zaubern und könnte durch die Gitterstäbe flutschen.

Ich brauche keine Zauberei. An Barbalalas Gürtel hängt ein Schlüsselbund. Sie schaut kurz zu dem schlafenden Obdachlosen hinüber und öffnet dann die Zellentür. Ihr runder Kopf gibt mir ein Zeichen, dass ich ihr folgen soll.

Endlich! Ich stelle die Füße auf den Boden, ohne weiter auf die Kakerlaken zu achten. Ich weiß, dass sie noch dort sitzen, aber es interessiert mich nicht mehr.

Barbalala verschließt die Zellentür wieder hinter mir. Dann geht sie vor mir her den Gang hinunter.

Ich habe dasselbe befreite Gefühl wie nach dem letzten Klingeln vor den Schulferien. Val ist hier, ich bin ganz sicher. Gleich bekomme ich meine Kleider zurück und dann darf ich gehen.

Barbalala führt mich über einen Flur in ein Büro mit einem großen Schreibtisch, auf dem sich Pappordner stapeln, umgeben von einem Laptop, einem gelben Memoblock, einem Igel mit Stiftstacheln, zwei Plastikbechern mit Wasser und einer großen, viereckigen Schachtel. Hinter dem Schreibtisch steht ein gepolsterter Lehnstuhl auf Rädern mit verstellbaren Armlehnen. Er klagt nicht, als Barbalala ihren enormen Leib in ihn fallen lässt.

Der Stuhl vor dem Schreibitsch ist aus hartem dunklem Holz. Der ist also für mich. Es ist die Art Stuhl, bei der man ganz von selbst gerade sitzt, vor allem, wenn man nichts trägt außer einer Badehose. Aus irgendeinem Grund muss ich an den elektrischen Stuhl denken. In Amerika gibt es immer noch Staaten, in denen die Todesstrafe verhängt wird. Wie ist das eigentlich in Spanien? Na ja, manche Sachen möchte man gar nicht wissen.

Das Büro wirkt genauso verschlissen wie meine Zelle. Weil eine normale Klimaanlage fehlt, kreist über meinem Kopf ein Ventilator. Ein kupferfarbenes rotierendes Gerät mit dunkelbraunen Flügeln. Ich hasse Ventilatoren. Vor allem, wenn sie an einer niedrigen Decke kreisen und die Aufhängung, statt stabil und vertrauenswürdig auszusehen, hin und her schlackert wie bei diesem Exemplar. Ich muss die ganze Zeit daran denken, was passieren kann, wenn er sich losreißt – drehende Flügel, die sich in Messer verwandeln –, mein Kopf in Scheiben, Hirnklümpchen an der Wand . . .

Ich versuche, den Ventilator aus meinen Gedanken zu verbannen, indem ich mich auf andere Dinge konzentriere. Die Uhr an der Wand, die fünf vor halb zwölf zeigt. Der zweite Schreibtisch in der Ecke, der Wasserspender, der Kalender, dessen Blätter schon seit Monaten nicht mehr abgerissen wurden, die Pinnwand mit Zeitungsausschnitten und einem Plakat. Ich kann nicht entziffern, was darauf steht.

»Wo ist Val?« Meine Stimme ist seltsam heiser.

Barbalala schiebt mir einen Becher Wasser hin. Plötzlich merke ich, wie durstig ich bin. Ich schütte den Inhalt in einem Zug hinunter und frage dann erneut: »Wo bleibt Valerie?«

Meine Stimme klingt jetzt um einiges besser, aber Barbalala versteht mich nicht oder will mich nicht verstehen. Sie zeigt auf die Schachtel und sagt etwas auf Spanisch. Ich nehme an, dass sie Pizza enthält und sie wissen will, ob ich Hunger habe, also nicke ich.

Zum zigsten Mal schaue ich mich um. Ich entdecke noch eine Tür hinten im Raum, daneben eine Garderobe, aber Val ist wirklich nirgends zu sehen. Es sei denn, sie hätte sich hinter dem zweiten Schreibtisch versteckt, um gleich hervorzuspringen. »Überraschung!« Valerie liebt Spielchen.

Barbalala klappt die Schachtel auf. Es ist tatsächlich Pizza drin. Mit Tomate, Champignons, Käse und leider, leider auch mit Schinken. Hat sie mich deswegen aus der Zelle geholt?

»Ich esse kein Fleisch«, sage ich zuerst auf Niederländisch, und als sie mich glasig anschaut, auch auf Englisch.

Sie versteht es nicht.

Hätte ich es nur nicht immer Martijn überlassen, alles Sprachliche zu regeln, dann wäre mein Spanisch nicht so armselig. Eine Frage reiner Bequemlichkeit, die mir jetzt einen Strick dreht.

Ich nehme ein Pizzastück und versuche, den Schinken abzuschaben, was ziemlich eklig aussieht, wenn man so schwarze Fingernägel hat wie ich. »Kein. Fleisch.« Ich schüttele wild den Kopf, zeige auf den Schinken, auf mich und wieder auf den Schinken.

Barbalala zuckt die Schultern und nimmt sich auch ein Stück Pizza.

Mein knurrender Magen trägt den Sieg über meine Prinzipien davon. Ich nehme einen Bissen vom knusprigen Rand.

Barbalala saugt mit ihren fleischigen Lippen das gesamte Pizzastück auf einmal ein und dann bewegt sich ihr Kiefer. Wie eine Häckselmaschine im Dauerbetrieb. Würde man einen Zweig reinstecken, wäre der in null Komma nichts zerkleinert. Also, was ich sagen will: Innerhalb weniger Sekunden hat Barbalala die Nahrung vollständig zermahlen. Es ist ein schrecklich unappetitlicher Anblick. Der Teig bildet einen Kloß in meinem Mund und ich muss würgen.

»Agua?«, fragt Barbalala.

Wasser! Das ist eins der ungefähr zehn Wörter, die ich kenne. Ich nicke erleichtert.

Sie füllt meinen Becher am Wasserspender, stellt ihn vor mich und setzt sich wieder hin. Ich trinke und sie isst. Oder besser: schlingt. Noch zweimal fragt sie mich etwas auf Spanisch. Dann ist die Pizza in ihrem Magen verschwunden und sie faltet die Schachtel, um sie anschließend im Papierkorb zu versenken. Aus einer Schreibtischschublade fischt sie ein Päckchen Papiertaschentücher. Ich bekomme auch eins als Serviette. Sobald sie ihre Finger abgewischt hat, zerknüllt sie das Tuch und schnippt es zur Schachtel. Sie schiebt den Laptop näher und macht ihn auf. *»Nombre?«*

Das verstehe ich noch. »Fin van Toor.«

Sie versucht, meinen Namen zu wiederholen. »Fanfan Toro.«

Ich schüttle den Kopf. »Fin. Van. Toor.«

Sie schiebt mir den Memoblock rüber, nimmt einen Stift aus dem Igel und bedeutet mir, meinen Namen aufzuschreiben. Danach tippt sie ihn ab. *»Dónde vives?«*

»Holandés«, sage ich. *»No hablo español.«* Ich spreche kein Spanisch. Das ist so in etwa der einzige Satz aus dem Sprachführer, an den ich mich erinnern kann. *»Inglés, sí.«*

Aber wie schon befürchtet, spricht Barbalala kein Englisch. Sie rattert in dieser unverständlichen Sprache los, die hundert Wörter zu brauchen scheint, um eine einzige kleine Sache zu beschreiben.

»No hablo español«, sage ich dann eben noch einmal.

Jetzt fängt sie auch noch an, wie ein Gebärdendolmetscher zu gestikulieren. Ihre fleischigen Arme pendeln vor meinem Gesicht und in ihren Achseln erscheinen Schweißflecken. Manche Menschen sollte man dazu verpflichten, Deodorant zu verwenden.

Meine Augen wandern zum zigsten Mal zur Tür.

Wo bleibt Val denn bloß? So allmählich könnte sie doch wirklich hier sein. Ob sie überhaupt weiß, dass ich hier bin? Vielleicht hat ihr niemand erzählt, dass die Polizeibeamten mich mitgenommen haben, und es dauert noch Stunden, bis sie dahinterkommt?

Oder noch schlimmer: Tage.

Barbalalas laute, schrille Stimme schweigt endlich. Sie sieht mich leicht resigniert an. Über meinem Kopf schwirrt unaufhörlich der Ventilator. Durch den Luftzug hat sich eine Ecke meines Papiertaschentuchs angehoben. Es zittert wie eine kleine weiße Flagge im Wind, bis ich meine Hand darauf lege.

Ehrlich gesagt bin ich ziemlich verzweifelt. Nur der Gedanke an Val hält mich noch aufrecht. Sie kann mich retten. Sie ist mein Alibi und meine Dolmetscherin.

Wenn sie irgendwann mal noch auftaucht, nervt eine Stimme in meinem Kopf.

Und dann denke ich auf einmal etwas ganz Schreckliches.

Was, wenn sie gar nicht vorhätte zu kommen? Mich sogar nie mehr sehen möchte. Dass sie mich bewusst im Stich gelassen hat, weil die Polizisten ihr weisgemacht haben, dass es stimmt. Dass ich wirklich jemanden ermordet habe …

3

Zeit: drei Monate früher
Ort: Fins Dachbodenzimmer Den Haag – Niederlande

Ich hatte es mir mit meinem Laptop und der Webcam in meinem Zimmer gemütlich gemacht, den Rücken ans Bett gelehnt, die Beine im Schneidersitz und den Computer auf dem Schoß. Das Dachfenster stand offen und ließ einen Streifen Sonnenlicht herein. In der Kastanie, die fast bis an den Dachfirst unseres Hauses reicht, hockte eine Amsel, die sich wohl für die Reinkarnation von Michael Jackson hielt. Weiter weg erklang Verkehrslärm von Autos und das Klingeln einer Straßenbahn.

»Brüderchen.« Auf dem Bildschirm mir gegenüber lächelte Martijn in seinem neuen spanischen Haus, ein wenig langsamer und verschwommener als in Wirklichkeit.

»Bruder.« Ich grinste zurück. Wahrscheinlich auch etwas unscharf und träger als sonst, aber reden ging immer noch schneller als tippen.

Martijn ist zehn Jahre älter als ich. Eigentlich sind wir keine Brüder, sondern Halbbrüder – derselbe Vater, andere Mutter –, lange Geschichte.

»Hast du sie?«, fragte Martijn.

Ich hielt sie an den Schnürsenkeln hoch. Meine nagelneuen Bergschuhe. »Aus wasserdichtem und doch atmungsaktivem Gore-Tex®«, imitierte ich den übermäßig begeisterten Verkäufer.

»Aber einlaufen«, sagte Martijn. »Sonst bekommst du bombensicher Blasen.«

Ich zog sie sofort an und hielt meine beschuhten Füße vor die Webcam. »Die bleiben jetzt an den Füßen, bis ich in Spanien bin. Ich gehe damit schlafen und duschen.«

Er grinste. »Ein*laufen*. Der Rest hat wenig Sinn.«

Ich stellte die Sohlen mit dem dicken Profil wieder auf dem Boden ab. »Hast du die Strecke schon ausgetüftelt?«

»Moment, ich hole gerade die Karte.«

Die noch kahle Wohnzimmerwand kam ins Bild. Ein paar Tage zuvor hatte Martijn sein kleines Appartement in der Stadtmitte gegen einen Bungalow in einem ruhigen und bewachten Vorortviertel eingetauscht. Man könnte sagen, er sei für seine Arbeit umgezogen, aber eigentlich war er nur geflohen.

Nach der Schauspielschule war alles noch normal; Martijn spielte in ein paar Werbefilmen und modelte ein wenig. Das Elend hatte vor einem halben Jahr angefangen, als er zum exklusiven Gesicht von Deseo wurde, einer spanischen Herrenduftlinie. Plötzlich konnte er nicht einmal mehr einkaufen gehen, ohne angesprochen zu werden. Wirklich, man glaubt kaum, wie ungehobelt manche Leute sein können. Sie wollten mit ihm fotografiert werden, in seine Muskeln zwicken, ihn beschnuppern und fühlen, ob sein sagenhaftes Sixpack – im bekanntesten Spot robbt er nur mit Jeans bekleidet aus dem Meer – keine Trickaufnahme war. Wenn Martijn sich weigerte, wurden sie manchmal sogar wütend. Er versuchte, sich noch eine Zeit lang mit Sonnenbrillen, Baseballkappen und Kapuzen zu vermummen, aber es gab immer jemanden, der vollkommen hysterisch wurde, wenn er vorbeiging. In seinem neuen Haus ließ man ihn wenigstens in Ruhe, sagte Martijn. Die Nachbarn im Viertel legten wie er viel Wert auf ihre Privatsphäre und ein Schlagbaum mit Pförtner hielt alle unerwünschten Besucher vom Gelände.

»Da bin ich wieder.« Martijn setzte sich und hielt sich die Karte vor die Brust. »Wir lassen das Auto in Torla.« Er zeigte auf einen winzigen Punkt. »Dort beginnt unsere Wanderung.« Sein Zeigefinger glitt über ein Stückchen Schlängellinie in einem braunen Flecken – die Pyrenäen. »Wir folgen hauptsächlich dem Großen Wanderweg 11. Je höher wir kommen, desto schwieriger wird es.« Dabei machte er ein Gesicht, als könne er sich nichts Schöneres vorstellen, was wahrscheinlich auch stimmte. »Mittags kann es in den Bergen einen gewaltigen Spuk geben. Wenn es regnet oder gewittert, sucht man besser in einer Berghütte oder im Zelt Schutz. Darum stehen wir jeden Morgen ganz früh auf, damit wir doch ausreichend Kilometer schaffen.«

»Ähem.« Ich verdrehte die Augen. »Und ich dachte, Ferien wären zum Ausschlafen da!«

»Faultier.« Er legte die Karte neben sich auf den Tisch. »Du wirst sehen, wie großartig das wird: Sich erst richtig ins Zeug legen und dann schön was kochen.«

Auf meiner Netzhaut erschien das Bild eines Kuriers, der auf einem Motorroller durch die Berge flitzt. »Können wir uns nicht einfach eine Pizza kommen lassen?«

Er kicherte. »Und wie wolltest du die bestellen? Wir sind mitten in der Natur, an abgelegenen Stellen, wo dein Handy oft keinen Empfang hat.«

Ich wusste nicht einmal, dass es solche Orte noch gab. »Und wenn sich zum Beispiel einer von uns den Knöchel verstaucht?«

»Holt der andere Hilfe.«

»Und wenn ich mich dann verirre?«

»Tja.« Sein rechter Mundwinkel verzog sich spöttisch nach oben. »Dann fressen uns die Wölfe.«

»Haha.«

»Ich trage das Zelt und den Erste-Hilfe-Koffer«, versprach er. »Und wenn es nötig ist, werfe ich mir dich über die Schulter.«

Das würde er sogar schaffen. Martijn trainierte jeden Tag, um seinen muskulösen Körper in Form zu halten. Dass er kein Gramm zunehmen dürfe, stand in seinem Vertrag.

Für Martijn war die gesamte Werbekampagne übrigens nur eine Methode, schnell Geld zu verdienen. Eigentlich wollte er auf der Theaterbühne stehen und griechische Tragödien und Shakespeare und so spielen. Deswegen nahm er gern an Workshops und Meisterklassen berühmter Schauspieler teil.

Jemand kam die Treppe hoch.

»Esther ist zu Hause«, sagte ich. »Ich höre jetzt auf.«

Martijn nickte. »Grüß sie von mir. Bis bald, Brüderchen.« Dann unterbrach er die Verbindung.

Ich entfernte die Webcam, klappte meinen Laptop zu und legte beides unter mein Bett.

Ein Klopfen an der Tür. »Fin?«

»Ist offen.«

Meine Mutter streckte den Kopf um die Ecke. »Hallo, Schatz. Schau mal, was ich für dich habe.«

Ihr restlicher Körper kam nun auch herein. Sie drehte sich um und zeigte mir den großen Rucksack, der um ihre Schultern hing. Die Rückseite war grün mit Schwarz und der etwas verschlissenen Klappe nach war das Gepäckstück schon weit gereist.

»Von Kai«, sagte sie. »Du darfst ihn leihen.«

Kai war ihr Kollege im Büro.

»Nicht schlecht.« Ich stand auf und nahm ihr den Rucksack ab. Er hing lose auf meinem Rücken und wog weniger als meine Schultasche. Das würde sich vollgepackt schnell ändern.

Ich dachte an meine beiden besten Freunde. Menno würde mit seinen Eltern drei Wochen auf einem Campingplatz in Zeeland verbringen und Tom flog mit seiner Mutter und seiner Schwester nach Griechenland, wo sie ein Appartement gebucht hatten. Im Vergleich zu ihnen fühlte ich mich wie ein Entdeckungsreisender. Plötzlich konnte ich es kaum erwarten.

Meine Mutter hatte sich auf meinem Bett niedergelassen und klopfte mit der flachen Hand einladend auf den Platz daneben. Ich setzte mich zu ihr.

»Findest du es wirklich nicht schlimm, dass ich in die Staaten fliege?«, fragte sie.

Während meines Spanienurlaubs, würde sie mit ihrem Freund Carl auf Reisen gehen. Im Stillen nannte ich ihn den Saugnapf. Wenn man ihn einen Abend bei uns zu Hause erlebt hat, weiß man, warum. Meine Mutter scheint ihn unwiderstehlich anzuziehen wie ein Stück Sahnetorte, von dem er nicht die Finger lassen kann. Nicht einmal, wenn ich dabei bin. Eigentlich müsste ein Gesetz erlassen werden, das Leuten über dreißig verbietet, Speichel miteinander auszutauschen.

Ich schüttelte den Kopf. »Warum sollte ich?«

»Na ja.« Sie hielt mich fest. »Es kann immer etwas passieren und dann bin ich nicht zu Hause.«

»Was denn?«

»Was weiß ich. Herunterfallende Felsbrocken. Blutgefüllte Blasen oder ein Mordsstreit mit Martijn.« Sie zog mich fest an sich, als wäre ich sechs und keine sechzehn. »Wenn du dann plötzlich früher nach Hause willst, ist keiner da, um dich vom Flughafen abzuholen.«

»Es gibt auch Züge. Und weshalb sollte ich auf einmal Streit mit Martijn bekommen?«

Sie seufzte. »Du hast natürlich recht. Ich muss mich einfach noch dran gewöhnen, dass ich einen so großen, vernünftigen Sohn habe.« Jetzt küsste sie mich auch noch ab!

»Aufhören!«, rief ich.

Manchmal ist sie eher ein junges Mädchen als eine Mutter. Sie presste ihre Lippen wieder auf meine Wange und ließ es knattern wie einen Furz.

»Mama!!« Ich kringelte mich vor Lachen und ließ mich rückwärts aufs Bett fallen. »Igitt!«

4

Zeit: heute
Ort: Polizeiwache Francaz – Spanien

Barbalala hat mich zu meiner Zelle zurückgebracht. Ich habe versucht, ein wenig zu schlafen, aber mein Kopf scheint aus allen Nähten zu platzen. Zu allem Überfluss liegt der Obdachlose jetzt auf dem Rücken und schnarcht mit der Lautstärke einer Motorsäge.

Zum Glück ist mir auch etwas Positives eingefallen. Wenn die Polizisten Val sagen, dass ich ein Mörder bin, wird sie es nie glauben. Sie weiß, dass ich den Geldbeutel nicht stehlen, sondern nur zurückbringen wollte.

Leider ist sie noch immer nicht aufgetaucht. Wenn ich sie nur anrufen könnte. Ich dachte, nach einer Verhaftung hätte man immer das Recht auf einen Anruf, aber Barbalala hat mich nicht danach gefragt. Oder ich habe sie nicht verstanden, aber das glaube ich eigentlich nicht, das hätte sie leicht mit Gebärden darstellen oder mir einfach einen Hörer in die Hand drücken können. Na ja, auch egal. Ich kenne Vals Nummer sowieso nicht auswendig. Sie ist in meinem Handy gespeichert, das ich in meinem Tran in meinem Rucksack habe stecken lassen.

Meine Mutter kann ich schon gar nicht erreichen. Amerika ist Lichtjahre von Spanien entfernt und dann haben sie auch noch irgend so ein lächerliches Telefonsystem, bei dem sie ihr niederländisches Handy eh nicht nutzen kann.

Das hat mir zumindest der Saugnapf erzählt. Ich weiß nur, dass sie irgendwo an der Westküste ist, aber ich habe keine Ahnung, in welcher Stadt oder in welchem Hotel. Sie könnte genauso gut auf dem Mond sein oder wie Martijn an einem geheimen Ort.

Ich kann es nicht ändern, auf einmal werde ich von Selbstmitleid überwältigt. Alle denken nur an sich und lassen mich im Stich. Normalerweise bin ich wirklich nie aggressiv. Aber der Gedanke an alle anderen, die ihren Spaß haben, während ich hier mutterseelenallein in der Zelle hocke, löst etwas in mir. Auf einmal überkommt mich ein ganz großes Bedürfnis, mich an dem Brettbett auszuleben. Baff! Dummer Saugnapf. Baff! *Fuck* Amerika. Baff! Eklige Kakerlaken. Baff! Dreckspenn. . .

»Fin van Toor?«, erklingt eine näselnde Männerstimme.

Meine Faust schwebt in der Luft. Vor mir steht ein Mann, der aussieht, als könne er jeden Moment in Tränen ausbrechen. Das ist nur Schein. Seine Augen bleiben trocken und er schüttelt mir munter die Hand, nachdem er die Zelle geöffnet hat. Wahrscheinlich hat er einfach nur Pech und ist mit einem traurigen Gesicht geboren.

»Ich bin Inspektor Perez«, sagt er, »und ich möchte gern mit dir über das reden, was geschehen ist.«

Es dauert ein paar Sekunden, bis es zu mir durchdringt: Ich verstehe ihn, er spricht englisch! Mann, was bin ich erleichtert. Ich unterdrücke die Neigung, Perez um den Hals zu fliegen, sonst denkt er noch, ich sei schwul. Nicht, dass ich was gegen Schwule hätte, im Gegenteil. Aber ich bin es nun einmal nicht und manchmal sollte man besser klare Verhältnisse schaffen, vor allem, wenn man auch schon beweisen muss, dass man kein Mörder ist.

Wieder werde ich zu dem Büro mit dem Schreibtisch und

dem Stiftigel geführt. Der Ventilator hängt noch immer an der Decke, aber Barbalala ist verschwunden. Wahrscheinlich nicht für länger, denn Perez setzt sich nicht auf ihren Stuhl. Er rollt den Bürostuhl vom zweiten Schreibtisch neben den von Barbalala und setzt sich. Der unbequeme Holzstuhl ist wieder für mich.

»Die Klimaanlage im Verhörraum ist kaputt«, sagt Perez. »Dies ist der einzige Raum, in dem man es bei dieser Hitze noch einigermaßen aushalten kann. Ich nehme an, es macht dir nichts aus, dass wir hier reden?«

Er wartet meine Antwort nicht ab und nickt Barbalala zu, die mit einem schwarzen Gerät unter ihrem fleischigen Arm und einer Plastiktüte mit geheimnisvollem Inhalt hereinkommt. Ihr Gesicht ist mit kleinen Schweißtropfen übersät.

»Hast du etwas dagegen, wenn wir dir DNA abnehmen?«, fragt Perez.

Natürlich nicht. Ich bin unschuldig.

»Nein«, sage ich.

Er nimmt die Tüte von Barbalala und leert sie aus. Ich sehe ein Plastikröhrchen mit einem Etikett, Plastikhandschuhe und ein verschweißtes, überdimensioniertes Wattestäbchen, das mich an einen Riesengehörgang voller Ohrenschmalz denken lässt. Perez streift sich die Handschuhe über und packt den Wattestab aus. Er ist nicht für meine Ohren, sondern für meinen Mund gedacht.

»Aufmachen«, kommandiert Perez.

Er schabt ein wenig Schleim von der Innenseite meiner Wangen. Dann steckt er den Stab in das Röhrchen und beschriftet das Etikett.

Barbalala hat mittlerweile das schwarze Gerät auf dem Schreibtisch platziert. Sie drückt zwei Tasten ein, sagt ein paar Worte, spult zurück und hört sich an, ob der Text gut aufgenommen ist. Was ich übrigens für sehr vernünftig halte, denn der Rekorder – das ist es also – sieht aus, als sei er noch vor dem Krieg produziert worden. Dann lacht sie und macht das *»Alles-ist-ok«*-Zeichen mit Daumen und Zeigefinger. Perez sagt etwas und danach lacht auch er, wodurch ich das Gefühl bekomme, dass sie mich beide auslachen. Ich finde es daher gar nicht schlimm, als Barbalala wieder verschwindet. Das Röhrchen mit meiner DNA nimmt sie mit.

Perez drückt die Aufnahmetasten des Rekorders, nennt unsere Namen und vermutlich – aber das rate ich nur – Datum und Uhrzeit. »Hast du einen Ausweis dabei?«, fragt er. »Damit wir feststellen können, ob dein Name richtig ist.«

»Mein Pass ist in meinem Rucksack.«

»Wo wohnst du?«

Ich erkläre, dass ich aus den Niederlanden komme. »Den Haag.« Ich nenne die Adresse.

»Wer wohnt noch dort?«

»Meine Mutter. Sonst niemand.«

»Wenn du mir die Telefonnummer gibst, kann ich sie darüber informieren, dass du hier bist.«

»Das wird nicht gehen. Ich weiß nicht genau, wo sie ist. Sie macht mit ihrem Freund Carl eine Rundreise durch die USA und ist erst in einer Woche wieder erreichbar.«

»Jemand anderes dann? Dein Vater?«

»Gestorben. Schon vor ein paar Jahren.«

»Wie alt bist du?«

»Sechzehn.«

»Was machst du hier in Spanien?«

»Urlaub. Ich sollte mit meinem Halbbruder in den Bergen wandern gehen, aber . . .« Sobald ich an Martijn denke, juckt etwas hinter meinen Augen. »Na ja, das klappte also nicht. Dann bin ich allein mit dem Rucksack losgezogen und kam ...«

Perez fällt mir ins Wort. »Wo bist du überall gewesen?«

Ich nenne ein paar Orte, an die ich mich erinnern kann. Racotta, Santa Pol und La Lina.

Perez sieht mich durchdringend an. Mich überkommt das unheimliche Gefühl, etwas Falsches gesagt zu haben. Dann schlägt er auf einmal knallhart mit der Faust auf den Schreibtisch. Ich kriege einen Mordsschrecken.

»Warum hast du sie umgebracht?«, schnauzt er.

»I-ich habe niemanden umgebracht.«

»Was hast du dann im Hotelzimmer von Señora Somez gemacht?«

Somez. Jetzt, da ich den Namen des Opfers kenne, fühlt es sich noch widerwärtiger an. Sie ist nicht mehr einfach eine willkürliche Tote – was ich übrigens auch schon widerlich genug fand. Durch ihren Namen wird sie persönlich. Ich frage mich plötzlich, was für ein Typ Frau Somez war. Ruhig und unauffällig oder eher aufbrausend wie ein Flammenwerfer? Löste sie gerne Kreuzworträtsel wie meine Mutter und war sie so verrückt aufs Kochen wie Martijn? Oder hatte sie vielleicht ganz besondere Hobbys wie Tiefseetauchen oder Bobfahren? Und so nehmen wir nun Abschied von Frau Somez, eingefleischte Abenteuerin ... Als ich mir vorstelle, wie ihre Familie oder Freunde sie vermissen werden, muss ich schlucken. Ich sehe sie wieder auf dem Boden liegen. Neben ihrem Bett, die Beine leicht gespreizt. Sie trug nur noch einen ihrer Flipflops, der andere lag weiter entfernt. Ihre Augen standen weit offen und starrten die Wand an. Leere Augen, wie von einer Puppe.

Plötzlich wird mir hundeelend. Das Hotelzimmer beginnt zu kreisen und das Büro dreht sich. Jetzt und damals und damals und jetzt. Alles läuft durcheinander, fließt ineinander. Einen Moment weiß ich nicht mehr, wo ich bin.

»Fin?« Jemand schüttelt mich.

Perez. Ich erkenne sein weinerliches Gesicht. »Ja?«

»Was hattest du in ihrem Hotelzimmer zu suchen?«

Frau Somez. Ihr Name wird für den Rest meines Lebens in mein Hirn gemeißelt sein. »I-ich wollte ihr etwas zurückbringen. Ihren Geldbeutel. Sie hatte ihn vergessen.«

»Meinst du den Geldbeutel, den du zum Zeitpunkt deiner Verhaftung bei dir trugst?«, fragt Perez.

Als hätte Frau Somez tausend verschiedene Geldbeutel. In ihrem Koffer, unter dem Bett, im Medizinschränkchen, im Bad . . .

»Genau den, ja.« Ich nicke. »Sie hatte ihn an der Bar liegen lassen.«

»Bist du sicher, dass er nicht einfach in ihrem Zimmer lag?« Perez' Blick durchbohrt mich. »Du hast ihn genommen und wolltest weggehen, aber dann kam Señora Somez plötzlich aus dem Badezimmer und erwischte dich dabei?«

Was redet der Mann für einen Unsinn? Ich sehne mich fast nach Barbalalas unverständlichen Sätzen.

»Val kann es bezeugen«, sage ich. »Sie sah, dass Frau Somez ihren Geldbeutel vergessen hatte, und bat mich, ihn ihr zu bringen.«

»Valerie Reina?« Perez lächelt, was in Kombination mit seinem Triefgesicht ziemlich beängstigend aussieht.

»Ja, aber ich nenne sie immer Val. Wie all ihre Freunde. Ich war die ganze Zeit bei ihr, bis ich zu dieser Frau ging, um ihr den Geldbeutel zurückzubringen. Val weiß, dass ich es nicht getan habe, sie kann meine Aussage bestätigen. Eigentlich hätte sie längst schon hier sein müssen, aber vielleicht haben die Polizisten vergessen, ihr zu sagen, dass ich hier bin. Ich würde sie ja gern anrufen, aber ihre Telefonnummer ist in meinem . . .«

Er unterbricht mich. »Valerie weiß sehr gut, wo du bist.«

Aus der Ferne rollt etwas Unheilverkündendes heran.

»Es kommt sogar noch dicker.« Er lässt die Rückenlehne seines Stuhls federn. Nach hinten, nach vorn, nach hinten, nach vorn – als säße er auf so einer blöden Federwippe. »Sie hat uns benachrichtigt, gleich nachdem du Señora Somez umgebracht hattest.«

5

Zeit: drei Wochen und fünf Tage früher
Ort: Flughafen Schiphol – Niederlande

Meine Mutter und der Saugnapf brachten mich gemeinsam zum Flughafen. Wahrscheinlich befürchtete er, sie könne plötzlich mit mir nach Spanien flüchten, denn er hielt unablässig ihre Hand. Und als wäre das noch nicht schlimm genug, nannte er sie auch noch »Püppchen« oder »Liebchen« und was es sonst noch für Wörter gibt, bei denen ich fast brechen musste. Warum sagte er nicht einfach Esther? Meine Großeltern haben sie doch nicht umsonst so genannt? Echt, ich wurde immer stinkiger auf meine Mutter. Sie hätte ihm verbieten sollen, uns zu begleiten! Schließlich flogen sie in einer Woche gemeinsam nach Amerika und dann konnten sie aneinanderkleben, so lange sie wollten, ohne dass ich mir das die ganze Zeit anschauen musste!

Ich stellte meinen Rucksack auf das Gepäckband und checkte ein. Danach wollte meine Mutter unbedingt noch einen Kaffee trinken und ein Käsebrötchen essen. Schon nach zwei Bissen lächelte sie den Saugnapf geheimnisvoll an und kramte anschließend in ihrer Tasche, aus der sie ein Päckchen zum Vorschein zauberte. »Eine kleine Idee von Carl.«

Ich riss das Papier ab. Es war eine Digitalkamera. Ich hatte vor, ein paar Fotos mit meinem Handy zu machen, aber das hier war natürlich hunderttausendmal besser. Die Kamera hatte viel mehr Pixel und eine Linse, mit der man unglaublich zoomen konnte. Vielleicht war der Saugnapf ja doch nicht so ein Trottel, wie ich dachte.

»Für deinen Reisebericht«, sagte meine Mutter. »Wenn du eine schöne Reportage machst, kannst du uns später alles zeigen. Dann ist es, als wären wir dabei gewesen.«

Ich bedankte mich bei ihr mit einem Kuss und gab dem Saugnapf freundlich die Hand. Wenn man gerade eine Kamera von mehreren Hundert Euro bekommen hat, sollte man sich nicht so haben. Die Uhr über der Bar zeigte fünf vor zwei.

»Ich muss gehen«, sagte ich.

Sie brachten mich bis zur Absperrung beim Zoll. Ich zeigte meinen Reisepass und durfte durchgehen. Als mein Handgepäck durchleuchtet war, drehte ich mich zum letzten Mal um. Meine Mutter winkte sich fast den Arm aus dem Schultergelenk und der Saugnapf streckte beide Daumen in die Höhe. Ich grüßte zurück und beeilte mich. Bevor ich das Flugzeug bestieg, wollte ich mir noch schnell eine Tüte Chips und eine Dose Cola besorgen.

Der Flug dauerte rund zwei Stunden. Das reichte gerade, um zu lernen, wie ich meine neue Kamera bedienen musste. Dann berührten die Räder spanischen Boden und der Pilot hieß uns über Lautsprecher willkommen. Es dauerte noch zehn Minuten, bevor wir endlich über die Fluggastbrücke in die Ankunftshalle durften. Während ich am Gepäckband stand, brummte mein Handy. Eine SMS von meiner Mutter. LASS MICH KURZ WISSEN, WENN DU GUT ANGEKOMMEN BIST.

Mein leicht verschlissener Rucksack rumpelte vorbei. Ich hob ihn vom Band und warf ihn mir über die Schulter. Auf dem Weg zum Ausgang simste ich zurück. ABGESTÜRZT,

HAHA! GERADE GELANDET, KANN MARTIJN SCHON SEHEN.

»Brüderchen.« Martijn schlug mir auf die Schulter. »Guten Flug gehabt?«

Normalerweise gibt er mir bei jedem Wiedersehen das Gefühl, ich sei irgendein berühmter Sportheld, der eigentlich von einem Blasorchester und tanzenden Cheerleaders empfangen werden müsste, aber heute wirkte er etwas weniger überschwänglich.

Ich nickte und ließ mich zu seinem Auto mitführen, einem blinkenden SUV, der in der Abhol-Zone geparkt war. Er öffnete die Hecktür und warf meinen Rucksack auf die Rückbank. Es war warm, sogar im Parkhaus. Ich nahm meine brandneue Kamera und fotografierte Martijn am Steuer.

»Tolles Teil«, sagte er.

Wir fuhren hinaus, dem strahlend blauen Himmel und der Sonne entgegen. Ich richtete meine Kamera auf eine Palmengruppe und drückte auf den Auslöser. Auch wenn ich Martijn schon zweimal besucht hatte – die Tatsache, dass am Straßenrand Palmen wuchsen, war für mich immer noch etwas Besonderes.

Die Straße führte in eine lang gezogene Kurve und endete bei einer Ampel. Sie war rot. Martijn bremste und fluchte. Martijn flucht fast nie.

»Ist was?«, fragte ich.

»Was soll sein?«

Die Ampel sprang auf Grün und das Auto fuhr an. Wir verließen das Flughafengelände und kamen an einer riesigen Werbesäule mit einem Foto von Martijn in einem ärmellosen Shirt vorbei. Auf seiner rechten Schulter war »Deseo« eintätowiert und vor seinem Bauch schwebte eine Sprühdose Deseo-Deo.

Es blieb auch etwas Besonderes, den eigenen Bruder überlebensgroß auf einem Poster zu sehen.

»Dieses Tattoo?« Ich überprüfte seinen Oberarm.

»Fake natürlich«, sagte Martijn. »Ich bin doch nicht verrückt.« Er schaltete das Radio ein und klopfte mit den Fingern aufs Lenkrad. »Alles in Ordnung zu Hause?«

»Ja, klar«, sagte ich, während ich die Plakatsäule fotografierte. »Zumindest wenn man nicht mitzählt, dass meine Mutter und Carl sich immer noch wie zwei verknallte Jugendliche benehmen.« Ich legte die Kamera auf meinen Schoß und sah ihn grinsend an. »Ich bin froh, dass ich mit dir in die Berge gehe, sonst hätte ich bestimmt mit in die Staaten fliegen müssen. Sie halten mich immer noch für ein Baby, das nicht allein zu Hause bleiben kann.«

Martijn grinste zurück, aber nicht von Herzen. »Diese Wanderung . . .«

»Ich habe echt Lust drauf«, sagte ich. »Auch wenn ich früh aufstehen muss.«

Martijn zeigte mir sein neues Haus. Das Wohnzimmer grenzte an eine gigantische Küche.

Mein Bruder kann mindestens so gut kochen wie schauspielern und hat mir beigebracht, dass sogar Schnecken und Austern schmecken. Ich erwartete daher auch, dass er wie sonst ein üppiges Essen für uns zubereiten würde, aber er zog den Kühlschrank auf und warf ein paar Fertiggerichte in die Mikrowelle.

»Ich hatte heute Morgen keine Zeit zum Einkaufen«, sagte er, als er meinen erstaunten Blick sah. »Komm, die Führung ist noch nicht beendet.«

Es gab ein Schlafzimmer, ein Badezimmer, das doppelt so groß war wie das zu Hause, und ein separates Gästezimmer. In seinem Zweizimmer-Appartement hatte ich immer auf dem Sofa schlafen müssen.

»Was für ein Luxus, Mann!« Ich beförderte meinen Rucksack auf das Bett.

In der Küche piepste die Mikrowelle.

Martijn hob den Finger. »Unser göttliches Nuss-Nudel-Gericht ist fertig.«

Zu Hause essen wir Fertigmahlzeiten immer einfach aus der Packung, aber Martijn schöpfte die Nudeln auf vorgewärmte Teller und rieb Käse darüber. In dem Moment klingelte das Telefon.

»Nimmst du mal ab?«

Ich hatte schon öfter bei ihm Gespräche angenommen. Zum Glück sprachen seine Bekannten und Freunde fast alle Englisch.

»Bei Martijn«, sagte ich. »Er ist gerade beschäftigt, ich bin sein Bruder.«

»Ah, Fin, nicht wahr?«, erklang eine Mädchenstimme. »Ich bin's, Jackie. Du weißt schon, von dem Theaterstück mit diesem Hund und der Rutschbahn. Kennst du mich noch?«

Es war ein lächerliches Theaterstück gewesen. Ich verstand nichts davon und hatte mich zu Tode gelangweilt. Aber die Aftershowparty machte viel wieder gut und Jackie war in echt um einiges hübscher als auf der Bühne.

»Aber klar. Alles in Ordnung bei dir?«

»Fantastisch, natürlich!«, rief sie. »Martijn hat es wohl doch erzählt?«

Ich hielt den Hörer ein Stückchen von meinem Ohr weg. »Was denn?«

»Dass wir ausgewählt wurden, natürlich«, plapperte sie. »Einen ganzen Monat mit Sergio de la Rosa arbeiten. Das wird was ganz Besonderes und wir werden unendlich viel lernen. Bald kommt keiner mehr um uns herum!«

Natürlich, natürlich. Wovon redete sie? Ich würde mit Martijn in den Pyrenäen wandern gehen. Oder?

»Wann ist das denn?«, fragte ich.

Martijn kam mit zwei dampfenden Tellern aus der Küche.

»Freitag«, antwortete Jackie. »Ich wüsste gern, wann Martijn mich abholt.«

»Jackie möchte wissen, wann du sie am Freitag abholst«, sagte ich zu Martijn.

Er machte ein leicht erschrockenes Gesicht. Dann schob er die Teller auf den Tisch, riss mir den Hörer aus der Hand und ratterte auf Spanisch los.

6

Zeit: drei Wochen und fünf Tage früher
Ort: Martijns Haus – Spanien

Wir aßen schweigend.

»Wer ist dieser Sergio Rosa?«, fragte ich nach einer Weile.

»De la Rosa«, korrigierte mich Martijn in einem Ton, als hätte ich ADO Den Haag aus Versehen Ajax Amsterdam genannt! »Er ist Schauspieler und Regisseur und weltberühmt in Spanien.«

»Und er hat dich und Jackie ausgewählt?«

»Und acht weitere Schauspieler und Schauspielerinnen.« Martijn spießte ein Nudelröllchen auf. »Es ist ein Experiment. In den letzten Tagen hat De la Rosa Hunderte von Schauspielern gesehen und daraus eine Auswahl zusammengestellt. Sie dürfen einen Monat lang mit ihm an einen geheimen Ort. Dort erhalten sie Unterricht vom großen Meister und gleichzeitig wird ein Film gedreht.«

»Da warst du also heute Morgen?«

Er nickte. »Mach dir keine Gedanken. Ich habe Jackie schon gesagt, dass ich nicht mitgehe.«

»Wieso nicht?«

Er schwenkte die Gabel vor meinen Augen. »Hallo! Wanderung. Pyrenäen.«

Ich sah, dass es ihm schwer gegen den Strich ging, auch wenn er sich noch so sehr anstrengte, es zu verbergen.

»So eine Chance bekommst du nie wieder«, sagte ich.

Ehrlich gesagt, hoffte ich, er würde abwinken. Dass er, wie ich, unseren gemeinsamen Urlaub für wichtiger hielt, ich ihm wichtiger war.

Er schluckte seine Nudeln hinunter. »Und was ist dann mit dir?«

Der Schuss ging nach hinten los. »Ich amüsiere mich schon.«

»Ich weiß nicht.« Martijn schenkte sich noch etwas Weißwein nach. »Esther wird es mir nie verzeihen, wenn ich dich hier allein zurücklasse.«

»Sie weiß ja nichts. Du brauchst es ihr doch nicht zu erzählen?« Ich schwenkte das Wasser in meinem Glas, während ich mir vorstellte, wie es wäre, wenn ich hier allein bliebe. Die Idee war nicht sehr verlockend. Wenn Martijn bloß noch in seinem Appartement in der Stadt wohnen würde! Dort konnte man immer etwas unternehmen wie Skaten oder Ballspielen im Park, ein Konzert besuchen oder auf den Ramblas herumhängen, wo man problemlos allerlei nette Leute treffen konnte. In diesem Rentnerviertel hier würde ich mich zu Tode langweilen; es war noch stiller als auf einem Friedhof. Mit dem Bus ins Zentrum war auch keine Option, ich hatte zumindest nirgends eine Haltestelle gesehen. Wahrscheinlich brauchten die Bewohner hier keinen öffentlichen Nahverkehr bei all den protzigen Wagen vor den Haustüren.

Ich dachte an das Jahrhundert Regaleauffüllen im Supermarkt, um mir diesen Urlaub leisten zu können, und stöhnte innerlich. »Oder ich buche mein Ticket um und fliege einfach wieder nach Hause.«

»Aber wäre das denn in Ordnung für dich?« Martijn versuchte, nicht allzu erleichtert zu klingen. »Ich meine, du bist gerade angekommen.«

In meine Klasse gehen etliche Jungs, die sich immer alles zu sagen trauen – egal, ob zu Mädchen oder Lehrern und so. Zum Beispiel sagte Mick zum Peters von Mathe, in seiner Stunde müsse man einfach einpennen, wenn er so lahm erklärte. Das stimmt auch. Aber als ich danach Peters Blick sah, als wäre er gerade in einem Computerspiel von zehn Ninjas geköpft worden, tat er mir auf einmal leid und ich platzte heraus: »Aber was Sie da über die Primzahlen erzählten, war durchaus interessant.«

So geht das immer. Ich denke das eine und sage das andere.

»Uns bleiben noch vier Tage, in denen wir gemeinsam was unternehmen können«, sagte ich zu Martijn. »Und meine Mutter findet es bestimmt klasse, wenn ich mit ihr und Carl in die USA fliege.«

Er leerte sein Glas in einem Zug. »Okay dann. Es ist auch wirklich eine einzigartige Chance für mich.« Dann schob er seinen Teller beiseite und ging zum Telefon. »Ich rufe Jackie gleich an. Wenn du dann schon mal Esther Bescheid gibst.«

Ich nahm mein Handy und starrte auf den grauen Bildschirm. Die Staaten schienen mir fantastisch, aber wenn ich einen Monat mit dem Saugnapf und meiner Mutter in einem Mietauto sitzen musste, würde ich hundertprozentig Mordgelüste hegen.

Mit einer entschlossenen Geste steckte ich mein Handy weg.

Vier Tage später setzte mich Martijn wieder am Flughafen ab. »Nächstes Mal gehen wir wirklich in den Pyrenäen wandern.« Wir schlugen uns auf die Schultern.

»Beeil dich jetzt«, sagte ich. »Du musst Jackie noch abholen.«

»Viel Spaß in *the States!«* Er zog die Autotür zu und fuhr davon.

Ich wartete, bis Martijn außer Sicht war. Dann folgte ich den Hinweisschildern zu den Zügen.

Schön, dass ich nicht in die Staaten fuhr. Und auch nicht nach Hause. Von jetzt an hieß es *Lang lebe die Freiheit!* Ich würde einen Sprachführer kaufen. Ich hatte einen Rucksack und genügend Geld auf dem Konto, um es ein paar Wochen auszuhalten. Meine Entdeckungsreise konnte beginnen!

Ich kaufte eine Karte für den nächstbesten Zug und ging zum Bahnsteig. Schließlich war ich sechzehn, was sollte also groß passieren?

7

Zeit: heute
Ort: Polizeiwache Francaz – Spanien

Perez sagt, sie wollen meine Mutter und Carl ausfindig machen. Ich kann es kaum erwarten, bis Esther bei mir ist, auch wenn sie wahrscheinlich ziemlich sauer sein wird. Das verstehe ich auch gut. Im Nachhinein wäre ich auch lieber nach Hause geflogen, dann säße ich jetzt nicht in der Patsche. Ich begreife es übrigens immer noch nicht. Warum hat Val der Polizei gesagt, ich hätte Frau Somez ermordet? Sie weiß doch, wie es war?

Ich versuche, mir den Moment wieder vor Augen zu rufen. Val war zur Bar gegangen, um ein paar Getränke zu bestellen. Sie kam mit einem Geldbeutel zurück. »Von der blonden Frau, die hier saß«, sagte sie. »Sie hat ihn vergessen.« Aber ich kann mich an keine blonde Frau erinnern. Meiner Ansicht nach hatte nur ein älteres Ehepaar am Pool gelegen. Die einzige Blondine, an die ich mich erinnerte, befand sich nicht in einem Liegestuhl, sondern auf dem Boden des Hotelzimmers. Sie trug einen Bademantel aus weißem Frottee und ihre langen blonden Haare waren feucht.

»Da bin ich wieder«, sagte Perez.

Ich schiebe das Bild in meinem Kopf zur Seite.

»Wir haben mit Carls Schwester gesprochen. Sie und ihr Bruder mailen regelmäßig. Im Augenblick sind er und deine

Mutter wahrscheinlich irgendwo in der Nähe von Arches National Park. Es wurde eine Nachricht verschickt, dass sie so schnell wie möglich mit uns Kontakt aufnehmen sollen, und außerdem telefoniert einer meiner Mitarbeiter mit allen Hotels im Park und in der Umgebung.«

Ich hätte nie gedacht, dass ich Carl irgendwann einmal so dankbar sein würde.

»Inzwischen machen wir hier mit dem Verhör weiter.« Perez schaltet den Rekorder wieder ein, nennt unsere Namen und sagt etwas auf Spanisch. »Wie lange kennst du Valerie schon?«, fragt er dann auf Englisch.

»Etwa drei Wochen.«

»Wo hast du sie getroffen?«

»Im Bahnhofsrestaurant von Serona. Ihr Hamburger hatte einen Zusammenstoß mit meinem T-Shirt.«

Der mit Ketchup gemischte Fettfleck ist nie ganz rausgegangen. Er ist nicht mehr rot, sondern rosa. Also was für Mädchen. Darum habe ich es Val geschenkt.

»Und von da an seid ihr zusammengeblieben?«, fragt Perez.

Ich nicke.

»Deine Idee?«

Ich zucke die Schultern. »Es war irgendwie selbstverständlich.«

Ich sehe sie wieder mir gegenübersitzen. Das schönste Mädchen der Welt. Es kann nicht sein, dass sie mich verraten hat.

»Ihr seid also gut miteinander klargekommen?«, sagt Perez.

Blöde Frage.

»Ihr habt euch vertraut.«

Vielleicht ist das keine Frage, sondern eine Mitteilung.

Perez bohrt seinen Blick fast durch meinen Schädel. »Du hast ihr sogar so sehr vertraut, dass du glaubtest, ihr alles erzählen zu können.«

Worauf will er hinaus? Ich habe das Gefühl, dass er mit mir spielt.

»Also, nachdem du den Mord begangen hattest, dachtest du ...«

»Ich habe niemanden ermordet!« Es kostet mich viel Anstrengung, den Stiftigel nicht vom Tisch zu fegen. »Wie oft muss ich das denn noch sagen?«

Barbalala kommt herein. Sie und Perez schauen sich kurz an.

»Kaffee?«, fragt Perez dann plötzlich freundlich.

Glaubt er mir oder ist das ein Ablenkungsmanöver? Das Theaterstück von dem netten Polizisten, dem man alles aufrichtig erzählen kann? Mich macht es erst recht misstrauisch.

»Lieber Tee.« Mein Magen fühlt sich hohl an. Ich sehe zur Uhr. Zehn nach zwei erst. Ich habe das Gefühl, schon viel länger hier zu sitzen. »Haben Sie auch etwas zu essen?«

Sein Blick streift die Pizzaschachtel im Mülleimer.

»Sie war mit Schinken«, sage ich. »Ich esse kein Fleisch.«

Er bespricht sich kurz mit Barbalala auf Spanisch und dann zieht sie aus der untersten Schublade eine Tüte Tortillachips. Das Wasser läuft mir im Mund zusammen.

»Danke.« Ich nehme eine Handvoll Chips und esse schweigend.

Barbalala holt Kaffee und Tee. Wir rühren mit Plastiklöffeln und rascheln mit Zuckertütchen. Es hat etwas Gemütliches. Man könnte fast vergessen, dass ich des Mordes verdächtigt werde.

Aber dann sagt Perez ganz nebenbei zwischen zwei Chips:

»Du solltest lieber gestehen. Wenn du mitarbeitest, fällt das Strafmaß vielleicht geringer aus.«

»Aber ich habe nichts getan!«

»Leugnen hat keinen Sinn. Wir haben handfeste Beweise, das weißt du genau.«

Das kann doch alles nicht wahr sein. Perez hat heimlich eine Pille in meinen Tee gegeben, von der man zu halluzinieren anfängt.

»Nach dem Mord bist du in Panik geraten«, fährt er fort. »Die Einzige, der du vertrauen konntest, war Valerie, also schicktest du ihr diese SMS.«

SMS? Er redet in Geheimsprache.

»Ich habe nichts verschickt. Mein Telefon ist in meinem Rucksack und der liegt in meinem Zimmer.« Ich schaue auf meine Badehose. »Wenn Sie meine Sachen holen lassen, kann ich mich anziehen.«

Wieder bespricht er sich auf Spanisch mit Barbalala. »Moment.«

Sie steht auf und verschwindet durch die Tür bei der Garderobe. Wahrscheinlich ist das eine Art Lager, denn sie kommt mit einem großen grün-schwarzen Rucksack zurück und stellt ihn keuchend auf den Boden. An der Verschlussklappe baumelt ein Fußball-Schlüsselanhänger.

»Das ist mein Rucksack!«, rufe ich erleichtert.

»Ja, das weiß ich«, sagt Perez. »Wir haben ihn aus deinem Hotelzimmer geholt.«

Ich ziehe den Rucksack zu mir heran und wühle im Seitenfach. Meine Uhr und . . . da ist es! Ich klappe mein Handy auf.

»Ho, halt!« Perez zieht mir das Telefon aus der Hand. »Erklärst du, dass dies dein Handy ist?«

Ich nicke heftig. »Ganz bestimmt.«

Warum wirft er Barbalala jetzt einen Blick zu, als hätte er gerade ein Tor geschossen?

»Überprüfen Sie die Nachrichten ruhig«, sage ich. »Ich habe nichts verschickt.«

Perez Daumen gleitet über ein paar Tasten. »Ach nein?« Er hält mir das Handy hin, damit ich das Display lesen kann.

Die Buchstaben hüpfen vor meinen Augen. Ich lese die Nachricht und dann noch einmal und noch einmal, als würde sie sich verändern, oder noch besser: verschwinden, wenn ich sie nur oft genug läse. Aber der Text bleibt genauso schwarz und eindringlich vorhanden wie die Tinte an meinen Fingern.

Da steht:

SHIT, VAL. ICH GLAUBE, ICH HABE EINE FRAU UMGEBRACHT.

8

Zeit: drei Wochen und einen Tag früher
Ort: der Bahnhof von Serona – Spanien

Meine Fahrkarte ging bis Serona, einem mittelgroßen Bahnhof mit verschiedenen kleinen Geschäften wie einer Blumenhandlung, einem Schokoladengeschäft und einem Bäcker. Ich stieg aus und kaufte im Zeitungs- und Zeitschriftenkiosk einen Sprachführer. Ich nahm auch gleich eine Karte von Spanien mit. Meine Geografiekenntnisse reichten gerade mal bis Barcelona und Madrid und es schien mir sinnvoll, doch eine Art Strecke auszutüfteln. Am liebsten in Gesellschaft einer Cola und eines Brötchens.

Als ich das Bahnhofsrestaurant betrat, musste ich an den Film *James und der Riesenpfirsich* denken. Nur, dass ich nicht in einem Riesenpfirsich landete, sondern in einer gigantischen Obsttorte. Die Wände waren zuckergussrosa, die Tische rot und die Stühle und Bänke sahneweiß. Ich gab meine Bestellung bei einem pickeligen Jungen auf und setzte mich an den letzten freien Tisch. Für Landkarten war der nicht berechnet. Ich musste sie viermal falten, bevor ich sie benutzen konnte, ohne mein Glas umzuwerfen oder der Frau am Nebentisch ein Auge auszustechen. Ich suchte Serona und dachte über die verschiedenen Möglichkeiten nach.

Laut Martijn war das Landesinnere – nach den Pyrenäen – der spektakulärste Teil von Spanien, aber in den Sommermonaten auch brüllend heiß. Außerdem fragte ich mich, wie es um den öffentlichen Nahverkehr bestellt sein würde. Bescheiden, tippte ich. Dann wäre ich davon abhängig, wie oft ich als Anhalter mitgenommen werden würde.

Nein, ich sollte mich lieber für eine Strecke an der Küste entlang entscheiden. In Badeorten war immer was los und die Chance, dass ich dann andere Backpacker treffen würde, schien mir größer. Auf der anderen Seite ... ich hatte natürlich auch keine Lust, die ganze Zeit vielleicht nur zwischen meinen Landsleuten zu hocken. Dann hätte ich genauso gut nach Hause fliegen können.

Ich steckte den letzten Bissen Brot in den Mund und wischte die Krümel von der Karte. Die Frau neben mir lächelte. Ich nutzte die Gelegenheit sofort. »Könnten Sie vielleicht kurz auf meine Tasche achten? Ich muss zur Toilette.«

Sie verstand kein Englisch, aber als ich auf meinen Rucksack und das Schild SERVICIOS wies, verstand sie, was ich meinte, und nickte.

Ich kam an der Bar vorbei, an der ein paar Männer ihren Kaffee im Stehen tranken. Ein hübsches Mädchen redete mit dem pickeligen Jungen. Sie trug Shorts und Cowboystiefel. Ich musterte so lange und unauffällig wie möglich ihre braunen Beine, bevor ich im Toilettenraum verschwand.

Ich ging zum WC, wusch mir die Hände und wollte wieder zu meinem Tischchen. Plötzlich war sie da, wie ein Blitz aus heiterem Himmel: das Mädchen mit den Cowboystiefeln. Ich konnte ihr nicht mehr ausweichen und spürte etwas Warmes und Fettiges an meiner Schulter.

»Disculpe!«, rief sie.

»Macht nichts«, sagte ich auf Englisch. »Kann jedem passieren.«

Sie sah mir ins Gesicht. Ihre Augen waren grün, was fantastisch zu ihren halblangen dunklen Haaren passte. Ich spürte etwas kribbeln rund um meinen Nabel.

»Du bist völlig verschmiert mit Ketchup«, sagte sie, zu meiner Freude auch auf Englisch. »Entschuldige! Ich war auf der Suche nach einem freien Tisch und habe nicht auf den Weg geachtet.«

Ich wusste nicht, woher ich den Mut nahm, aber plötzlich fasste ich sie am Ellenbogen. »Du kannst dich gern zu mir setzen.«

»Warte. Erst schnell . . .« Sie fischte eine Serviette aus dem Halter auf der Bar und versuchte, den blutroten Fleck auf meinem T-Shirt abzutupfen.

Nachdem sie eine Zeit auf mir herumgeklopft hatte, fühlte ich mich allmählich wie ein Jack Russell.

»Entschuldige«, sagte ich. »Aber ich glaube nicht, dass das viel hilft.« Sie machte hartnäckig weiter. »So kannst du nicht herumlaufen. Nachher denken die noch, ich habe dich erstochen.«

»Mit einem Brötchen?« Ich grinste. »Lass nur. Setz dich lieber, bevor dein Hamburger kalt wird.«

Ich war gewaltig beeindruckt von mir. Wenn ich schon mal versuchte, ein Mädchen anzumachen, war es, als müsste ich eine Prüfung ablegen, für die ich nichts gelernt hatte. Ich stand immer nur dumm rum.

Beispiel: Ich war auf einem Schulfest und Lizz aus meiner Klasse stellte sich neben mich. Ich fragte mich sofort, warum, denn Lizz ist ziemlich hübsch und sehr beliebt – sie hatte also bestimmt etwas Besseres zu tun, als bei mir herumzuhängen.

»Geniales Fest, was?«, fragte sie.

Ich nickte, während ich mich bemühte, nicht die ganze Zeit auf ihren Busen zu starren – ich wollte ja nicht für einen Sexisten gehalten werden –, was große Anstrengung kostete, weil der Ausschnitt ihres Pullis einen Kilometer tief war.

»Magst du diese Musik?«

Ich glaube, es war Robbie Williams, der aus den Boxen sabberte. »Geht so.«

»Was hörst du denn gern?«

Ich zuckte die Schultern. »Alles Mögliche.«

»Das ist mein Lieblingstanzstück«, sagte sie.

Sie will mit dir tanzen!, rief mein Gehirn.

»Oh«, sagte mein Mund.

Sie legte mir den Finger auf den Ärmel. »Tanzt du nicht gern?«

Ich traute mich nicht. Unsere Arme und Beine würden sich verhakeln. Wir würden slapstickartig stolpern und alle würden mich auslachen. Und vielleicht war es sowieso nur ein Scherz, denn warum um Himmels willen sollte Lizz mit mir tanzen wollen? Ich konnte mir keinen einzigen Grund ausdenken. Außer, es war eben wirklich ein dummer Scherz.

»Mwaa«, sagte ich.

»Dann eben nicht.« Sie drehte sich mit einem Ruck um und ging zu ihren Freundinnen.

Vermasselt. Mann, was war ich sauer. Ich hätte mir die Haare ausreißen können, so sehr bereute ich es. Und so lief es immer. Vor allem bei Mädchen, die mir wirklich gefielen.

Aber jetzt fühlte es sich anders an. Ich hatte nichts zu verlieren. Menno und Tom würden mir mit ihrem gut gemeinten Kommentar nicht auf die Nerven gehen. Es gab keine neugierigen Blicke von Klassenkameraden, die es mir später unterreiben könnten. Ich war ein Entdeckungsreisender in Spanien. Hier wusste niemand, wie ich war oder wie ich sein sollte. Das einzige Gepäck, das ich mitschleppte, war mein Rucksack. Also testete ich mein bestes Englisch an dem schönen Mädchen mit den Cowboystiefeln aus und lockte sie mit zu meinem Tisch. Mein Rucksack stand noch dort. Mit einem Kopfnicken bedankte ich mich bei der aufmerksamen Nachbarin.

»Ich heiße übrigens Valerie.« Das Mädchen mit den Cowboystiefeln setzte sich mir gegenüber. »Aber meine Freunde nennen mich Val.«

»Fin«, stellte ich mich vor. »Für meine Freunde und die restliche Welt.«

Ihre kleinen weißen Zähne bissen in den Hamburger. Ich musste an ein kleines Raubtier denken.

»Nächstes Mal nimmst du vielleicht lieber einen Vegaburger«, rutschte mir raus. »Das ist besser für die Umwelt.«

Ich konnte sie fast denken *hören:* Da haben wir wieder so einen Naturfreak, der sich an Bäumen festkettet, um den Bau einer Autobahn zu verhindern.

»Ich bin nicht verrückt«, beeilte ich mich zu sagen. »Es ist wirklich so. Die Fürze, die Kühe lassen, bestehen aus Methangas, und das wiederum trägt zum Treibhauseffekt bei. Wenn du Rindfleisch isst, trägst du also zur Erderwärmung bei.«

»Na ja, diese Kuh hier ist doch sowieso schon längst tot.« Val hielt ihren halb aufgegessenen Hamburger hoch. »Ich sollte ihn lieber genießen, sonst ist die Umwelt auch noch umsonst verpestet.« Ihre grünen Augen hatten etwas Herausforderndes.

Ich wagte es nicht, den Kampf aufzunehmen. Ich wollte, dass sie mich nett fand, und diese Chance schien mir größer, wenn wir auf sicherem, konfliktfreiem Gebiet blieben.

»Entschuldige«, sagte ich. »Ich bin ein Käskopp und kein Fleischfresser.«

»Käse aus Kuhmilch?«, fragte sie. »Lassen Milchkühe denn keine gefährlichen Fürze?«

Au, das saß. Ich spürte, dass ich rot wurde. Jetzt hielt sie mich nicht nur für einen Freak, sondern auch noch für einen sehr dummen Freak. Ich schaute auf die Landkarte, um mich wieder zu fangen, und wartete darauf, dass sie wie Lizz weglaufen würde, was hundertprozentig passieren würde.

»Du bist also Holländer?«, fragte Val. »Machst du hier Urlaub?«

Sie saß noch da.

»Ja.« Ich schluckte ein paarmal, um meine Stimme wieder in den Griff zu bekommen. »Eigentlich sollte ich mit meinem Bruder in den Pyrenäen wandern gehen.«

»Mit deinem Bruder?« Sie reckte den Hals und schaute sich um. »Ist er auch hier?«

»Nein, leider nicht.« Ich spürte, dass ich wieder sicherer wurde. Wenn die Leute hörten, dass Martijn das Gesicht von Deseo war, strahlte das auch auf mich ab. »Wir sollten zusammen auf Wandertour gehen, aber dann bekam er auf einmal einen besonderen Auftrag von Sergio de la Rosa. Du kennst ihn bestimmt, der aus der Deseo-Werbung.«

Ihre Augenbrauen rundeten sich zu hohen Bögen. »Sergio de la Rosa macht bei einem Werbespot mit?«

»Nein, mein Bruder Martijn natürlich.« Ich ärgerte mich, dass sie nicht beeindruckt war. »Er ist eigentlich kein Model, sondern Schauspieler von Beruf und jetzt ist er irgendwo an einem geheimen Ort untergetaucht und bekommt Schauspielunterricht von diesem Sergio de la Rosa. Daraus wird auch ein Film gemacht. Irgendwann demnächst kannst du meinen Bruder also im Kino sehen.«

Sie zuckte die Schultern. »Ich mag keine Filme. Sie verdrehen die Wirklichkeit.« Ihre Augen bekamen wieder diesen herausfordernden Blick. »Sogar so etwas Abscheuliches wie ein Slum sieht im Film schön aus. Nur eine Frage der richtigen Beleuchtung. Und dann sagen Schauspieler auch noch am laufenden Band tiefsinnige oder witzige Sachen, während die Gespräche echter Menschen meistens oberflächlich und todlangweilig sind. Und was hältst du von dieser grässlichen Filmmusik? Passiert etwas Trauriges – jemand stirbt oder so –, hört man plötzlich die anschwellenden Geigen. Na, während der Scheißmomente in meinem Leben spielte rein gar nichts. Das ist nur ein Trick der Filmemacher, um einen zum Heulen zu bringen.«

Val schien mir nicht zu den Mädchen zu gehören, die schnell feuchte Augen bekommen. »Okay, okay. Ist schon klar.« Ich hob die Hände, als würde ich mich ergeben. »Ich brauche dich also nicht mehr zu fragen, ob du mit mir ins Kino gehst.«

»Entschuldige.« Sie lächelte eher frech als entschuldigend. »Dein Bruder, sagtest du?«

»Na ja, wegen diesem Film wird also nichts aus meinem Urlaub mit Martijn und ich will auch nicht nach Hause. Deswegen habe ich beschlossen, ein bisschen allein herumzuziehen.« Ich hoffte, dass es selbstsicher klang.

»Und das fanden deine Eltern sofort in Ordnung?«, fragte sie ungläubig.

»Meine Mutter weiß nichts von meinen Plänen. Ich will sie nicht unnötig beunruhigen, kurz bevor sie auf Reisen geht. In ein paar Tagen fliegt sie mit ihrem neuen Freund Carl in die Staaten. Ich mag ihn nicht besonders, deswegen hatte ich keine Lust, sie zu begleiten.«

»Und dein Vater?«

»Der lebt nicht mehr.«

Ihr linkes Augenlid zitterte kurz. »Oh, das tut mir leid.«

»Das konntest du nicht wissen.«

Sie schwieg ein paar Sekunden.

Dann fragte sie: »Hast du noch mehr Geschwister, die in Spanien wohnen?«

Es war fast ein Interview. Nicht, dass es mich störte. Fragen beantworten war leichter, als selbst ein Gespräch am Leben zu halten. Eigentlich fühlte ich mich sogar ziemlich fantastisch. Ich meine, so oft passierte es mir nicht, dass sich ein attraktives Mädchen für mich interessierte.

»Ich bin das einzige Kind meiner Mutter«, sagte ich.

»Und was ist mit Filmstar Martijn?«

»Er ist mein Halbbruder. Seine Eltern gingen auseinander, als er acht war. Sein Vater traf meine Mutter und ein Jahr später wurde ich geboren. Ihre Beziehung war bald vorbei, aber Martijn traf ich regelmäßig. An den Wochenenden, an denen ich meinen Vater besuchte, war er auch immer da. Na ja, bis zu seinem Studium in Spanien. Da sahen wir uns nur noch während der Ferien. Als mein Vater starb, ist der Kontakt zwischen Martijn und mir noch enger geworden. Seine Mutter lebt auch nicht mehr, ich bin also die einzige Familie, die er hat. Darum sehen wir uns mindestens zweimal im Jahr. Meistens in Holland und manchmal auch in Spanien.«

Sie legte die Hand auf die Landkarte. »Und jetzt willst du ganz allein herumreisen?«

»Ja. Keiner vermisst mich. Und du?«

»Ich bin auch Backpackerin.«

Mein Herz klopfte bis zum Hals. »Allein?«

»Nun . . .« Wieder reckte sie ihren langen Hals. Ihre Hand ging hoch und sie winkte einem Jungen, der am Fenster lehnte. Zu seinen Füßen standen zwei Rucksäcke.

»Du hast einen Freund?« Ich hörte selbst, wie enttäuscht das klang.

Sie lachte und zeigte ihre Raubtierzähnchen. »Stefano?«
Ich mochte ihn schon nicht, bevor ich ihn kannte.
»Siehst du es denn nicht?«, fragte sie. »Er ist mein Bruder.«

9

Zeit: heute
Ort: Polizeiwache Francaz – Spanien

Ich habe das Gefühl, in einem Film mitzuspielen – Titel: Das Komplott –, und Perez ist der Regisseur. Er verdreht die Wirklichkeit, aber nicht so, wie Val es meinte. Meine Situation wird davon nicht schöner oder besser, sondern nur schlechter. »Ich habe diese SMS nicht verschickt«, bringe ich gerade noch raus.

»Aber es ist dein Telefon?«

Hat er Alzheimer oder was? Das habe ich doch schon gesagt?

»Ja, aber die SMS stammt nicht von mir.«

»Ich denke schon. Als Señora Somez tot auf dem Boden vor dir lag, wusstest du dir keinen Rat mehr. Du sprichst kein Spanisch und kennst niemanden hier, außer Valerie. Also schicktest du ihr diesen Hilferuf.«

»Wirklich nicht!«, rufe ich. »Sonst hätte ich die SMS doch sofort danach gelöscht, um meine Spuren zu verwischen?«

Perez ist nicht beeindruckt. »Oder du hast die Nachricht absichtlich in deinem Handy stehen lassen, damit du mir jetzt sagen kannst, ein Mörder würde so etwas nie tun.«

Meine Fäuste liegen geballt auf meinen Knien. »Ich war es wirklich nicht. Jemand anderes muss mein Handy benutzt haben.«

»Ach ja, wer denn?«

Ich zucke die Schultern. Wenn ich das wüsste, säße ich nicht hier.

»Ich glaube, es war folgendermaßen«, fährt Perez fort. »Als die erste Panik abgeflaut war und du wieder ruhig nachdenken konntest, wurde dir bewusst, dass diese Nachricht nichts Geringeres als ein Schuldbekenntnis war. Du wolltest sie zwar löschen, aber dir war klar, dass das keinen Sinn hatte. Da war ja schließlich noch Valeries Handy mit deiner Nachricht in der Eingangsbox. Wir würden also sowieso herausfinden, dass du ihr diese SMS geschickt hattest.«

»Ich *kann* nichts geschickt haben!«, rufe ich. »Ich hatte mein Telefon ja nicht mal dabei!«

Wenn das kein Beweis meiner Unschuld ist. Kurzfristig bin ich erleichtert.

Aber dann sagt Perez: »Man braucht höchstens eine halbe Minute, um vom Zimmer von Señora Somez zu deinem zu gelangen. Einer meiner Leute hat es ausprobiert.«

Worauf will er hinaus? Hier geht es um Mord, nicht um ein Wettrennen.

»Du wolltest Valerie so schnell wie möglich sprechen«, fährt er fort. »Um zu ihr zu kommen, musstest du durch einen Gang, über die Treppe oder mit dem Aufzug nach unten, wieder durch einen Gang und an der Rezeption vorbei, über den Hof und die Bar am Pool entlang in den Garten. Das dauert deutlich länger als eine halbe Minute. Also hast du dich für die kurze, schnelle Strecke entschieden: die zu deinem Zimmer, in dem dein Telefon lag.«

»Aber warum habe ich Val dann nicht einfach angerufen?, frage ich. »Das geht viel schneller, als eine SMS schicken.«

»Hotelwände sind dünn. Vielleicht hattest du Angst, es könnte dich jemand belauschen.«

Was für ein Unsinn!

»Oder derjenige, der diese SMS schickte, wagte es nicht anzurufen«, sage ich. »Weil Val dann sofort an seiner oder ihrer Stimme hätte hören können, dass ich es nicht war!« Ich bin von mir selbst überrascht. Es kommt nicht oft vor, dass ich eine so clevere Bemerkung mache.

»Vielleicht.« Perez klappt mein Telefon zu und steckt es in eine Plastikhülle. »Aber es ist ja schon auffällig, dass die Nachricht nicht auf Spanisch, sondern auf Englisch verfasst ist.«

Tunnelblick. Er will einfach, dass ich schuldig bin.

Moment!

»Ich wurde im Zimmer von Frau Somez verhaftet. Also nicht in meinem eigenen Zimmer, wo mein Telefon lag.« Ich stolpere fast über meine eigenen Worte vor Aufregung. »Warum sollte ich nach dem Versenden dieser Nachricht um Himmels willen noch einmal an den Ort des Verbrechens zurückkehren?«

»Ja, das frage ich mich auch«, sagt Perez. »Wolltest du vielleicht deine Spuren verwischen? Oder hattest du in dem ganzen Chaos den gestohlenen Geldbeutel aus Versehen in Zimmer 27 vergessen und dachtest: Ich hole ihn noch schnell?«

Auf einmal bin ich todmüde.

Aber Perez denkt gar nicht daran, aufzuhören. »Die Nachricht wurde um 9:24 Uhr verschickt. Hast du ein Alibi für diesen Zeitpunkt?«

Ich grabe in meinem zermürbten Hirn. Wo war ich heute Morgen gegen halb zehn? Noch am Pool? Oder stand ich schon am Hotelzimmer von Frau Somez? Wäre es bloß nicht so ekelhaft warm gewesen, dann hätte ich meine Uhr getragen und ab und zu darauf geschaut. Bei diesen hohen Temperaturen hier ertrug ich das klebrige Armband nicht an meinem Handgelenk, deswegen steckte sie meist einfach in meiner Tasche.

»Ich weiß nicht genau, wo ich war«, sage ich. »Ich trug keine Armbanduhr. Jedenfalls war ich nicht in meinem Zimmer bei meinem Telefon.«

»Entschuldige, Fin, aber das nenne ich nicht gerade ein wasserdichtes Alibi.« Perez stellt meinen Rucksack auf seinen Stuhl. Als Erstes leert er das Seitenfach. Meine Uhr. Der Sprachführer. Ein angebrochenes Päckchen Kaugummi. Mein Reisepass. Er reicht ihn Barbalala, die sofort alle Daten übernimmt und in den Laptop eingibt.

Hinter dem Reißverschluss in der Verschlussklappe findet Perez die Landkarte von Spanien. Dann zieht er meine Kleidung heraus. Die rote Basecap, die Val mir gekauft hat. Eine Plastiktüte mit Schmutzwäsche. Unterwäsche, Hemden, zwei Jeans und eine kurze Hose.

»Darf ich mich anziehen?«, frage ich. »Bitte.«

Meine Badehose ist schwarz mit einem dicken grauen und einem dünnen weißen Streifen. Heute Morgen beim Pool fühlte ich mich darin noch pudelwohl, aber hier im Büro ist es ein lächerliches Kleidungsstück. Die Steigerung wäre nur noch, im Schlafanzug in der Klasse zu sitzen. Allein schon an unserer Kleidung kann man erkennen, dass Barbalala und Perez an der Spitze der Nahrungskette stehen und ich ganz unten. Ich habe keine Chance. Sie werden mich mit Haut und Haar verschlingen. Perez berät sich mit Barbalala. Die Tüte mit der Schmutzwäsche wird zur Seite gestellt. Aus dem sauberen Stapel bekomme ich ein Hemd zugeworfen. Ich ziehe es blitzschnell über meinen Kopf, bevor es sich jemand anders überlegt. Perez gibt mir auch noch eine Jeans, ein Paar Socken und meine Wanderschuhe.

Sobald ich angezogen bin, fühle ich mich sicherer und

sammle auch wieder etwas mehr Mut. Ich bin unschuldig. Wenn ich nur dabei bleibe und ehrlich die Wahrheit erzähle, werden sie mir irgendwann glauben.

Barbalala und Perez sprechen unablässig miteinander, während sie das rote Käppi in eine Plastiktüte stopfen. Und danach auch meinen Schlafsack, meine schmutzigen Socken und Unterhosen. Sogar meine nagelneue Kamera, mein Flugticket und meine Toilettensachen. Barbalala legt alle Tüten in einen Karton und bringt ihn weg.

Ich bleibe allein mit Perez zurück.

»Jetzt werden wir mal ernsthaft miteinander reden«, sagt er, als hätten wir die ganze Zeit nur Witze gerissen. »Valerie hat Señora Somez um neun Uhr noch am Pool gesehen. Wo warst du da?«

»Auch am Pool.«

»Wie kannst du das so sicher behaupten? Du hattest doch keine Uhr um?«

Das bisschen Mut, das ich aufgebaut hatte, rutscht mir gleich wieder in die Hose.

»Ich möchte meinen Bruder anrufen«, flüstere ich.

Perez reicht mir sein Telefon.

Eigentlich weiß ich es schon. Ich habe Martijn während der Ferien schon öfter versucht anzurufen. Auch vergeblich.

»Keine Antwort?«, fragt Perez.

Ich schüttele den Kopf. Sergio de la Rosa hat wahrscheinlich jeglichen Kontakt verboten. Ein geheimer Ort, keine Presse und demnach auch keine Mobiltelefone, die den kreativen Prozess stören könnten . . . Mann, was stinkt mir dieser de la Rosa!

»Mach dir nicht zu viele Sorgen«, sagt Perez. »Ich bin sicher, dass deine Mutter schnell Kontakt mit uns aufnimmt.«

Dennoch hinterlasse ich sicherheitshalber eine Nachricht

auf Martijns Mailbox. Dass man mich des Mordes verdächtigt und dass ich auf der Polizeiwache sitze. Ob er so schnell wie möglich diese Nummer anrufen könne. Am liebsten, bevor ich lebenslänglich bekomme.

»Ein Anwalt«, überlege ich mir, als ich Perez das Telefon zurückgebe. »Ich habe doch das Recht auf einen Anwalt?«

»Das kommt später noch.« Perez wischt meine Worte weg. Er hat ungewöhnlich spitze Finger. Ich stelle mir vor, dass er sie alle paar Tage wie Bleistifte in den Spitzer steckt.

»Ein Anwalt, der Englisch spricht«, sage ich.

»Lass uns erst mal versuchen herauszufinden, was genau passiert ist.« Er verschränkt die Arme. »Meine Kollegin holt dir inzwischen etwas zu essen.«

Glaubt er vielleicht, ich bin ein Affe, der seine Kunststückchen zeigt, sobald ihm eine Banane vorgehalten wird?

»Fang ruhig am Anfang an«, sagt Perez.

Also gut, dann los. Ich habe sowieso keine Wahl.

»Wir sind geschwommen, Val und ich. Das machen wir fast jeden Tag, wenn es so warm ist. Danach haben wir uns in den Schatten gesetzt, auf einen Hotel-Liegestuhl. Das ist eigentlich nicht erlaubt, zumindest nicht, ohne dafür zu bezahlen, aber die Dinger sind schrecklich teuer, also hatten wir einen hinter die Mauer geschleppt, die den Garten vom Pool trennt. Das Hotelpersonal kommt nie dorthin und dem Gärtner ist es egal. Außerdem hat man dort viel mehr Privatsphäre als am Pool.«

Perez nickt verstehend.

»Gut, wir bekamen also Durst und Val ging zur Bar, um Getränke zu holen. Sie kam mit einem Geldbeutel zurück und sagte, eine Frau hätte ihn dort liegen lassen. Ob ich ihn ihr vielleicht schnell bringen würde. Schließlich hatte Val schon die Getränke geholt.«

»Woher wusstest du ihre Zimmernummer?«, fragt Perez.

»Die Frau hatte ihre Getränke auf Zimmernummer 27 setzen lassen«, antworte ich. »Das hatte Val gehört. Sie sah den Geldbeutel erst liegen, als die Frau schon weglief. Val wollte ihr zwar nachlaufen, aber sie war gerade an der Reihe und wollte bestellen . . . Nun ja, schließlich bin ich also losgezogen, um den Geldbeutel zurückzubringen.«

»Ich würde dir gern glauben«, sagt Perez. »Es gibt da allerdings ein Problem. Oder besser: zwei. Valerie kann sich an keinen liegen gebliebenen Geldbeutel erinnern. Genauso wenig wie der Barmann.«

10

Zeit: Drei Wochen und einen Tag früher
Ort: Bahnhof von Serona – Spanien

Das ist Fin«, sagte Val zu ihrem Bruder. »Er reist mit uns weiter.«

Stefano nickte zu meiner Landkarte hinüber. »Schwebt dir was Bestimmtes vor?«

»Nicht wirklich.« Es war mir nicht mehr wichtig, wo wir hingingen. In Valeries Nähe wäre wahrscheinlich noch das langweiligste Dorf aufregend.

»Wir gehen nach Racotta.« Er gab Val den roten Rucksack. An seiner Seite baumelte ein Plüschpferdchen mit der winzigen Aufschrift ISLA CABALLO auf dem kleinen Sattel.

»Sollen wir dann mal?«, fragte sie.

»Eben noch meine Karte . . .« Ich versuchte, sie zu falten, aber das klappte nicht so schnell auf die richtige Weise.

»In zwei Minuten fährt der Zug«, drängte Stefano.

»Geh du ruhig schon mal.« Val zwinkerte ihm zu und gab ihm einen Schubs. »Gleis drei, oder? Wir kommen sofort!«

Eine Minute später hatte ich die Landkarte endlich kleinbekommen und im Rucksack verstaut.

»Rennen«, sagte Val mit einem Blick auf die Uhr über der Bar.

Wir rannten los. Zum Glück wusste Val genau, wo Gleis drei war, sodass wir keine Zeit mit Suchen verloren. Der Bahnhofsvorsteher wollte gerade das Abfahrtssignal geben.

Stefano hing aus dem offenen Fenster und winkte mit beiden Armen. »Val! *Aquí!*«

Der Bahnhofsvorsteher war uns wohlgesinnt und wartete mit dem Abpfiff. Ausgelassen sprangen wir aufs Trittbrett und verschwanden im Zug. Die Türen schlugen unmittelbar hinter mir zu. Auf dem Bahnsteig gellte ein Pfiff und sofort danach setzten sich die Räder rumpelnd in Bewegung. Val fiel fast um, musste lachen und suchte Halt an einem Pfosten.

»Mist, ich habe keine Fahrkarte gekauft«, sagte ich.

Da musste sie noch viel lauter lachen. »Wenn ein Schaffner kommt, versteckst du dich einfach auf der Toilette.«

Sie hielt mich natürlich für ein Weichei, zu Recht. Trotzdem konnte ich es nicht lassen, schon mal nach Schildern mit der Aufschrift SERVICIOS Ausschau zu halten. Man konnte ja nie wissen.

Die Zwischentür knallte auf.

»Ihr seid vielleicht Schnecken!«, rief Stefano. »Was habt ihr denn so lange gemacht?«

Val knuffte ihn, bevor sie sich an ihm vorbei in ein Abteil der zweiten Klasse zwängte. Ich ging ihr nach und übernahm die Tür von Stefano. Aus den Augenwinkeln bemerkte ich ein Schild. Die Toiletten waren ein Stückchen weiter hinten.

Val warf ihren Rucksack neben den ihres Bruders, setzte sich auf die Bank gegenüber ans Fenster, streifte die Cowboystiefel ab und legte ihre nackten Füße auf Stefanos Tasche. Ich bekam keine Chance, mich neben sie zu setzen. Stefano war schneller.

Einen Augenblick war ich ziemlich stinkig. Dann beschloss ich, mir die gute Laune nicht durch so etwas Stumpfsinniges verderben zu lassen. Meine Zeit würde noch kommen.

Ich setzte mich auf die andere Seite des Gangs, meinen Rucksack neben mir. Wie von selbst wurde mein Blick von Vals Beinen angezogen. Sie trug ein Fußkettchen aus Silber und um ihren kleinen rechten Zeh einen silbernen Ring.

Normalerweise gehören Zehen zu den Körperteilen, die ich am wenigsten mag. Oft sind sie dick und krumm oder im Gegenteil zu lang und sie können gewaltig müffeln. Aber Vals rochen neutral und sie sahen auch genau richtig aus. Sie könnte geradewegs ein Zehenmodel werden. Ja, die gibt's wirklich – für Nagellack oder Fußcreme-Werbung und so, das weiß ich von Martijn.

»Sind sie o. k.?«, fragte Val.

Hatte ich wohl doch ein bisschen zu auffällig hingestarrt. Schnell schaute ich vor mich. »Geht so.«

»Reiz ihn nicht so«, sagte Stefano.

Danach wusste ich gar nicht mehr, wo ich hinschauen sollte, also starrte ich eben allerlei uninteressante Dinge an wie den kleinen Tisch, auf den man Kaffee stellen kann, und den Abfalleimer darunter. »He, da liegt was drin.«

Stefano gähnte. »Tja, dafür sind die Dinger gemacht.«

Ich beugte mich vor. Genau wie ich dachte: Es war eindeutig ein Geldbeutel. War er jemandem aus der Tasche gerutscht und aus Versehen in diesem Abfalleimer gelandet? Ich hielt meinen Daumen und Zeigefinger bereit, um ihn herauszufischen.

»Muss das sein, Mann?«, sagte Stefano. »Du bist doch kein Penner.«

Ich hatte nicht gerade das Gefühl, dass er mich mochte. Aber vielleicht irrte ich mich ja und das war nur ein normales Verhalten für einen Jungen, der seine Schwester vor einem in Mülleimern wühlenden Idioten schützen wollte.

»Das würde einem Penner bestimmt gefallen.« Ich legte den Geldbeutel auf den Tisch. An dem schwarzen Leder klebte eine Apfelschale. Ich wischte sie mit dem kleinen Finger ab.

Vals Interesse war geweckt. »Du kriegst die Motten!« Sie stand auf, kletterte über Stefanos Beine und setzte sich mir gegenüber.

Ich löste den Verschluss und klappte den Geldbeutel auf. Darin steckten eine Zugfahrkarte, eine Scheckkarte und eine Visitenkarte mit Namen und Adresse.

»Geklaut«, stellte Val fest. »Der Dieb hat das Geld rausgenommen und den Geldbeutel anschließend entsorgt.«

»Wir müssen ihn jemandem vom Bahnpersonal geben«, sagte ich. »Dieser . . .« Ich las den Namen auf der Visitenkarte. ». . . Señor Reyes möchte seine Sachen bestimmt gern wiederhaben.«

»Tu, was du nicht lassen kannst.« Stefano nickte zur Tür hinten im Abteil. »Da kommt gerade ein Schaffner.«

Und ich hatte keine Fahrkarte!

Val konnte offensichtlich meine Gedanken lesen. »Hier.« Sie zog die Fahrkarte aus dem Geldbeutel von Señor Reyes.

»Aber . . .« Wenn ich die Karte benutzte, war ich auch eine Art Dieb.

»Der Eigentümer hat sowieso nichts mehr davon«, sagte Val nüchtern. Das war eindeutig ein Argument. Außerdem hatte mich das Schwarzfahren, na, sagen wir, überkommen. Und auf eine Geldstrafe hatte ich auch keine große Lust.

Ich ließ den Geldbeutel unter meinem Rucksack verschwinden.

Val machte ein ziemlich zufriedenes Gesicht und setzte sich wieder zu Stefano. Der Schaffner kam rein und kontrollierte mein Ticket und die von Val und Stefano. Mit einem freundlichen Gruß verließ er das Abteil.

Ich brachte den Geldbeutel wieder zum Vorschein. »Und jetzt?«

»Wieder in den Müll werfen«, empfahl Stefano. »Dann findet ihn der Reinigungsdienst von allein.«

11

Zeit: heute
Ort: Polizeiwache Francaz – Spanien

Val schickt mich in ein Hotelzimmer, um einen Geldbeutel abzugeben, und jetzt soll sie laut Perez behaupten, gar keinen Geldbeutel gesehen zu haben? Das kann nicht wahr sein. Es ist ein Trick. Val wurde genau wie ich zu dieser Wache gebracht oder zu einer anderen in der Nähe. Weil ich ihr diese SMS geschickt habe, wird sie der Beihilfe verdächtigt. Sie sitzt jetzt wie ich in einem Verhörraum und fragt sich, wo ich bleibe. Kein Wunder, dass sie mich nicht holen kommt. Die Polizei spielt uns gegeneinander aus. Perez versucht, mir weiszumachen, dass Val mich verraten hat, und jemand anderes versucht gerade dasselbe bei ihr, in der Hoffnung, dass wir uns gegenseitig des Mordes beschuldigen, oder so. Ohne mich!

»Du hast nicht zum ersten Mal einen Geldbeutel gestohlen«, sagt Perez.

Die Tür geht auf. Barbalala kommt mit einer Plastiktüte von *Eroski* herein, einem spanischen Supermarkt, in dem Martijn auch oft einkauft. Sie stellt sie auf den Schreibtisch und beginnt auszupacken. Brot, Schafskäse und ein Netz Mandarinen. Mein Mund produziert sofort zusätzlichen Speichel.

»Dieses Bahnhofsrestaurant, in dem du Val getroffen hast«, sagt Perez. »Auf welchem Bahnhof war das noch mal?«

Als ob er das nicht wüsste.

»Serona«, antworte ich mit einem gebannten Blick auf die Lebensmittel.

»Auf dem Bahnhof von Serona wurde jemandem der Geldbeutel gestohlen. Ein Mann vom Reinigungsdienst hat ihn später in einem Abfalleimer im Zug wiedergefunden.«

Ich vergesse den Schafskäse. Der kalte Schweiß bricht mir aus.

»Wir haben den Geldbeutel untersucht, bevor wir ihn dem rechtmäßigen Eigentümer wiedergaben«, fährt Perez fort. »Es waren verschiedene Fingerabdrücke darauf, darunter die des Eigentümers und des Putzmanns. Die restlichen Spuren haben wir mit den Fingerabdrücken verglichen, die in unserer Datenbank gespeichert sind. Es gab keine Übereinstimmungen.«

Ich schaue auf meine schwarzen Fingerspitzen und sehe die dunklen Wolken aufziehen.

»Aber jetzt schon.« Er verschränkt die Arme. »Kaum hatten wir deine Fingerabdrücke eingegeben, spielte der PC fast verrückt.«

Es ist totenstill bis auf das Sirren des Ventilators. Hat das Ding schon die ganze Zeit so geschlingert? Am liebsten würde ich meinen Stuhl zur Seite rücken, bevor ich geköpft werde.

»Ich habe den Geldbeutel nicht gestohlen«, sage ich heiser. »Wirklich nicht. Ich sah ihn im Müll liegen und da habe ich ihn herausgeholt. Deswegen sind meine Fingerabdrücke darauf.«

Perez bricht ein Stück Brot ab, steckt es sich in den Mund und beginnt, langsam und nachdrücklich darauf zu kauen. Ein Polizeiinspektor, der Waterboarding anwendet oder versucht, die Wahrheit aus einem herauszuprügeln, ist natürlich eine Million Mal schlimmer, aber ich empfinde dieses Voressen auch als eine Form der Folter.

»Und wie kam er dann doch wieder in den Müll?«, fragt Perez.

Sein Schmatzen geht mir auf die Nerven.

»Ich hatte keine Zeit, eine Fahrkarte zu kaufen«, erkläre ich. »Also habe ich dem Schaffner die Karte gezeigt, die im Geldbeutel steckte. Danach habe ich mich nicht mehr getraut, den Geldbeutel abzugeben. Stefano sagte, ich könnte ihn genauso gut wieder in den Müll werfen, weil ihn die Reinigungskräfte dann schon finden würden, und so war's ja dann auch.«

»Stefano?«

»Stefano Reina. Vals Bruder. Er saß auch im Zug.«

Perez spricht kurz mit Barbalala. Dann steht er auf und verlässt ohne ein weiteres Wort das Büro.

Barbalala und ich sind allein mit dem Brot, dem Schafskäse und den Mandarinen. Sie nimmt ein Messer aus ihrer Schublade und zerteilt Brot und Käse. Wir machen uns beide darüber her, als hätten wir seit Tagen nichts gegessen.

Als Perez ins Büro zurückkommt, sind nur noch ein paar Krümel und Mandarinen übrig. Trotz der bedrängten Lage, in der ich bin, fühle ich mich stärker und habe mehr Energie.

Bis sich Perez mir gegenüber hinsetzt und sagt: »Du hast mich angelogen.«

Das Essen liegt mir wie ein Klumpen im Magen. Wovon redet er? Ich habe nie gelogen. Zumindest nicht hier auf der Wache.

»Ich habe mit Stefano Reina gesprochen«, sagt Perez. »Am Telefon. Er wohnt knapp zweitausend Kilometer von hier entfernt und hat seine Schwester Valerie schon seit Wochen nicht mehr gesehen. Während sie mit dem Rucksack unterwegs war, verbrachte er seine Tage zu Hause und an seinem Arbeitsplatz.«

»Das kann nicht sein!«

»Wir haben das selbstverständlich sorgfältig überprüft. Stefano hat verschiedene Kollegen, die seine Geschichte bestätigen.« Perez legt einen DIN-A4-Ausdruck vor mich. »Das ist er.«

Ich betrachte das Gesicht auf dem Foto. Ein blonder Mann. Gewelltes Haar und abstehende Ohren. Mitten auf dem Kinn ein kleines Haarbüschel.

Ich schätze ihn auf mindestens zwanzig.

»Das ist er nicht«, sage ich. »Der Stefano Reina, den ich meine, sieht ganz anders aus.«

12

Zeit: drei Wochen und einen Tag früher
Ort: Racotta – Spanien

Racotta war ein kleines und lang gestrecktes Dorf mit grauen Häusern, einem Mini-Supermarkt und einer Kirche mit einem Platz davor. Strand und Meer lagen mindestens hundert Kilometer entfernt und ich sah weit und breit kein Schwimmbad, keine Diskothek, keinen Sportplatz oder auch nur eine Spielhalle. Ich fragte mich, weshalb Val und Stefano ausgerechnet diesen Ort als Ziel ausgewählt hatten.

Wir trotteten mit unseren schweren Rucksäcken über die endlose Hauptstraße.

»Nummer 25, oder?«, fragte Val ihren Bruder.

Stefano spähte auf einen Zettel und steckte ihn dann wieder in die Tasche seiner Jeans. »Stimmt.«

Wir kamen an einem Haus mit einer Windmühle auf dem Dach vorbei. Ich überprüfte die Nummer. Wir waren erst bei 111. »Gehen wir zu einem *bed and breakfast?«*, fragte ich. Das schien mir in diesem Kaff wahrscheinlicher als ein Hotel.

Sie sahen mich an, als hätte ich etwas ganz Seltsames gesagt, wie Iglu oder Wigwam oder so. Letzeres war übrigens gar nicht so seltsam, denn ich hatte in einem Reiseführer meiner Mutter gesehen, dass es in den Vereinigten Staaten ein Hotel gibt, in dem die Gäste nicht in Zimmern, sondern in nachgebauten Indianerzelten übernachten können.

»Du glaubst doch wohl nicht, dass wir hier übernachten?«, sagte Val mit einer Schau-dich-doch-mal-um-Geste.

Als hätte ich das nicht längst getan.

Aber gut, wenigstens keine Übernachtung bei jemandem zu Hause, was mich aufheiterte. Es war schon schlimm genug, dass ich unser Badezimmer am Wochenende regelmäßig mit dem Saugnapf teilen musste. Neulich hatte ich ein braunes Haar gefunden, das auf dem Badewannenrand kleben geblieben war. Der Saugnapf hat einen kahlen Schädel, es war also nicht schwer zu erraten, woher dieses Haar stammte. Ich hätte am liebsten gleich eine Putzkolonne bestellt. »Okay«, sagte ich. »Aber was machen wir dann hier?«

Stefano schlug an die Unterseite seines Rucksacks. »Ein Päckchen abliefern.«

Wie ineffizient kann man sein? Ich meine, nach der Zugfahrt hatten wir auch noch eine halbe Stunde im Bus gesessen.

»Warum hast du es nicht einfach geschickt?«, fragte ich. »Oder zur Not per Kurier? Genauso einfach.«

»Weil er nicht noch einmal betrogen werden will«, sagte Val. »Neulich hat er über Internet einen iPod verkauft. Der Käufer sollte das Geld nach Empfang sofort überweisen, aber Stefano hat nie einen Cent gesehen.«

»Das passiert mir kein zweites Mal.« An seiner Stimme war zu hören, dass er ziemlich außer Atem war. »Erst die Kohle, dann die Ware.«

Val brummte zustimmend. »Haben wir gleich wieder ein bisschen Urlaubsgeld.«

»Wie lange wollt ihr eigentlich herumreisen?«, fragte ich.

»Mindestens drei oder vier Wochen«, sagte Val. »Aber am liebsten noch etwas länger. Es ist herrlich, eine Zeit lang keine Nörgelei meiner Mutter zu hören. Und du?«

»Geplant waren drei Wochen.« Ich verspürte ein riesiges Bedürfnis, Val zu berühren. »Aber vielleicht kann ich mein Ticket umbuchen und etwas länger bleiben.«

Sie lächelte. »Cool.«

Nummer 43 war ein Haus mit geschlossenen Läden. Wir waren fast da.

Val sah zu ihrem Bruder, der mit jeder Sekunde langsamer wurde. »Geht es denn?«

»Ja, klar. Nur die Hitze setzt mir ein bisschen zu.« Er blieb kurz stehen und wischte sich den Schweiß von der Stirn.

»Es geht also nicht«, stellte Val fest. Sie nickte zu einer Bank auf dem Bürgersteig hinüber. Hinter der Lehne war ein Motorroller abgestellt. »Wir setzen uns einen Moment.«

Während Stefano an ihrem Arm mitstolperte, hörte ich den Klingelton meines Handys.

Ich sah auf das Display: ESTHER.

»Hi, Mam.«

»Hallo, mein Schatz, alles in Ordnung?«

»Ja, klar. Super. Wir sind jetzt in Torla.« Meine Stimme war nicht ganz so fest wie normalerweise – lügen ist nicht gerade meine stärkste Seite. »Morgen starten wir unsere Wanderung und dann kann ich dich nicht mehr anrufen. Martijn sagt, in den Bergen haben wir keinen Empfang.«

»Passt du auch gut auf und läufst nicht zu dicht am Abgrund?«, fragte meine Mutter besorgt.

»Jaha.« Ich sah zu Val, die Stefanos Rücken streichelte. Seit ich wusste, dass er ihr Bruder war, hatte ich zwar keinen Grund mehr, eifersüchtig zu sein, aber die Stelle, an der all meine Gefühlsnerven zusammenkamen, pfiff darauf.

»Ich werde dich vermissen.«

»Es ist doch nur ein Monat«, sagte ich. »Viel Spaß in Amerika.«

»Und dir viel Spaß in den Pyrenäen. Sag Martijn, er soll gut auf dich aufpassen.«

Gleich wollte sie ihn bestimmt auch noch sprechen!

»Ich richte es ihm aus, Mam. Und jetzt lege ich auf.«

»Okay. Tschüss, Schatz!«

Ich fühlte mich ein bisschen leer, als ich mein Telefon wegsteckte. Meine Mutter war schon schwer in Ordnung für eine Mutter und es gefiel mir gar nicht, dass ich sie angelogen hatte. Ich versuchte, mir einzureden, ich hätte keine andere Wahl gehabt. Ohne Martijn würde sie mich echt nicht ganz allein durch Spanien reisen lassen und dann hätte ich Val nicht getroffen. Allein der Gedanke war schon unerträglich.

Sie saß immer noch neben Stefano auf der kleinen Bank und hatte ihm den Rucksack abgeschnallt. Er hielt den Kopf zwischen den Knien, woraus ich schloss, dass ihm übel war.

»Soll ich einen Arzt holen?«, fragte ich.

»Ach was«, sagte Val. »Das ist bestimmt die Hitze. Wenn er eine Weile so sitzen bleibt, geht es von selbst vorüber.« Mit dem Fuß stupste sie seinen Rucksack an. »Du könntest aber etwas anderes für mich tun . . .«

Wie sie mich anschaute! Ich wollte sofort all ihre Wünsche erfüllen. »Was denn?«

»Das Paket abgeben.«

Ein Paket abgeben war Peanuts.

»Klar. Nummer 25, oder?«

»Stimmt. Der Bewohner heißt Morales.« Sie öffnete den Rucksack ihres Bruders und zog einen Pappkarton hervor.

»Denk dran, dass du es ihm erst gibst, wenn er bezahlt hat.«

Das war weniger leicht. »Wie erkläre ich ihm das? Mein Spanisch . . .«

Sie dachte kurz nach und nahm dann einen Lippenstift zur Hand, mit dem sie 700 € auf das Päckchen schrieb. »So wird er es schon kapieren.«

Ich ging allein mit dem Päckchen zum Haus von Morales. Er öffnete selbst, denn als ich seinen Namen nannte, nickte er bestätigend. Von meiner englischen Erklärung verstand er nicht die Bohne, also zeigte ich ihm die Lippenstiftziffern auf dem Päckchen.

»Aaaah. Internet. *Momento.«* Er verschwand, um kurz darauf mit einem Stapel Banknoten zurückzukommen.

Ich zählte sie nach und reichte ihm das Päckchen. Transfer abgeschlossen.

Hinter mir hörte ich einen Motorroller näher kommen.

»Adiós.« Morales schloss die Tür.

Der Roller hatte ziemlich Fahrt drauf. Ich wollte schon zur Seite treten, als ich die Rucksäcke erkannte, die rechts und links am Lenker hingen. Stefano fuhr und Val saß hintendrauf. Einen Moment befürchtete ich, sie wollten sich ohne mich aus dem Staub machen, aber da bremste Stefano.

»Spring hinten auf!«, rief Val.

Ich konnte nicht anders, als ganz dicht an sie zu rutschen, denn auf dem Sattel war kaum noch Platz. Mit einem Ruck setzten wir uns wieder in Bewegung und preschten los. Ich fiel fast hinten runter durch das Gewicht meines Rucksacks. Wenn wir bloß keinen Unfall bauten! Je schneller wir fuhren, desto nervöser wurde ich. Wie kamen sie eigentlich an den Roller? War es der, den ich an der Bank hatte stehen sehen, und hatten sie ihn geklaut? Und wie kam es, dass es Stefano, der gerade noch todkrank wirkte, plötzlich auf wundersame Weise wieder besser ging?

Die Straße machte eine Kurve. Einen Moment hingen wir

so weit auf der Seite, dass ich den Asphalt unter mir vorbeirasen sah. Mein Hirn stellte das Denken ein und meine Arme klammerten sich um Val. Jetzt spürte ich ihre schlanke Taille und die Rundung ihres Pos noch viel stärker als zuvor. Und als wäre das nicht genug, strichen ihre flatternden Haare über mein Gesicht. Das Gefühl war so überwältigend, dass mich alles andere auf einmal nicht mehr interessierte. Gestohlener Roller? Na und? Ich wollte nur noch den Rest meines Lebens ganz nah bei Val sitzen. Es war mir sogar egal, wie grauenhaft sentimental das klang.

13

Zeit: heute
Ort: Polizeiwache Francaz – Spanien

Stefano Reina ist nicht Stefano Reina.

Der Satz bleibt die ganze Zeit in meinem Kopf, wie so ein aufdringlicher Sommerhit, den man eigentlich schrecklich findet. Aber wer ist er dann? Ein Backpacker, den Val zufällig getroffen hat? Warum tat er dann so, als wäre er ihr Bruder? Und noch wichtiger: Warum tat Val dann so, als wäre er ihr Bruder?

»Wir waren wirklich zu dritt, da war noch ein Typ bei uns«, sage ich. »Er kann durchaus anders heißen und nicht Valeries Bruder sein, aber es gibt ihn! Sie können mich von mir aus an einen Lügendetektor anschließen, wenn Sie mir nicht glauben.«

»Kannst du ihn beschreiben?«, fragt Perez.

»Er ist zwei Jahre älter als Val und hat dunkelbraunes Haar. Er ist ungefähr so groß wie ich und ... und ...«

»Besondere Kennzeichen?«

»Nicht, dass ich wüsste.« Ich presse meine Finger gegen meine Stirn, bis sie vor lauter Nachdenken wehtut. »Er sieht eigentlich ganz normal aus.«

»Das hilft mir echt nicht weiter, Fin.« Perez seufzt. »Reden wir über Racotta. Dort bist du doch mit Valerie gewesen?«

»Und mit Stefano.«

»Nicht gerade der übliche Ort, an den Jugendliche reisen.«

»Stefano und Val wollten dorthin.«

»Um was zu machen?«

»Sie wollten ein Päckchen abgeben.«

»Aha, das Päckchen.« Perez schaut mich erwartungsvoll an.

Ich fühle mich unbehaglich. Habe ich vielleicht was verpasst?

»Willst du mir nicht etwas erzählen?«, fragt Perez.

»Was meinen Sie?«

»Wir wissen längst, wer dieses Päckchen in Racotta abgegeben hat.«

Er lehnt sich so weit vor, dass ich seinen stinkenden Kaffeeatem rieche. »Der Empfänger hat eine mehr als deutliche Beschreibung geliefert. Es handelt sich um einen fünfzehn, sechzehn Jahre alten Jungen mit kurzen, schwarz gelockten Haaren. Er trug einen großen grün-schwarzen Rucksack und sprach kein Wort Spanisch.« Perez lässt seine Augenbrauen hüpfen. »Kommt er dir auch so bekannt vor?«

Sehr witzig.

»Señor Morales ist bereit, vor Gericht auszusagen.«

Warum sollte er aussagen?, denke ich. Ein Päckchen abgeben ist doch nicht strafbar?

Es sei denn . . .

Ich bin auf einmal ganz sicher, dass Drogen darin waren.

»Das kam, weil Stefano sich nicht gut fühlte«, sage ich. »Val wollte ihn lieber nicht allein lassen und fragte, ob ich vielleicht das Päckchen abgeben könnte. Aber das hätte ich nie getan, wenn ich gewusst hätte, was drin war.«

»Was war denn drin?«, fragte Perez.

»Drogen, oder?« Ich höre mich selbst plappern. »Die hab ich aber nicht hineingesteckt! Ich weiß nicht einmal, wie Kokain oder Heroin oder so was in echt aussieht. Und ich weiß schon gar nicht, wie ich an das Zeug drankommen sollte.«

»Du weißt genau, dass keine Drogen darin waren.«

»Nicht?« Ich bin einen Moment verblüfft. »Waren es dann doch iPods?«

»Die hätten drin sein sollen, ja.« Perez lehnt sich wieder zurück. »Vier, um genau zu sein.«

Ich denke an die siebenhundert Euro, die Morales hingeblättert hat. Und an die Tatsache, dass er offensichtlich die Polizei hinzugezogen hat. »Aber das war nicht so?«

Mein Erstaunen ist aufrichtig, doch Perez hat offensichtlich seine Zweifel. Sein Blick versucht jedenfalls, mich zu durchbohren.

»Machst du das öfter?«, fragt er.

»Was?«

»Zuckerwürfel verpacken, behaupten, es handele sich um iPods, und sie dann für viel Geld verkaufen.«

14

Zeit: drei Wochen und einen Tag früher
Ort: zwischen Racotta und Córbador – Spanien

Wir verließen Racotta über eine kurvenreiche Straße und fuhren fünf Minuten bergab. Dann gab der Roller den Geist auf.

Stefano schraubte den Tankdeckel auf und suchte einen langen, dünnen Zweig, um den Benzinstand zu prüfen.

»Leer«, schlussfolgerte er.

Meine Arme glühten noch nach von dem köstlichen Körperkontakt mit Val. Aber mein Kopf funktionierte wieder wie früher und trotz Vals fantastischer Körperteile mochte ich den Gedanken nicht, dass wir möglicherweise einen Roller geklaut hatten.

»Wie kommt ihr eigentlich an diese Kiste?«, fragte ich.

»Geliehen«, sagte Stefano.

»In so einem Dorf geht das durchaus«, sagte Val. »Wenn wir ihn hier stehen lassen, findet ihn der Eigentümer leicht wieder.«

Ich wollte sagen, dass wir das nächste Mal vielleicht lieber den Bus nehmen sollten, aber ich dachte gerade noch rechtzeitig an einen Artikel in einer Frauenzeitschrift, die meine Mutter abonniert hat. Natürlich weiß ich, dass ich die falsche Zielgruppe bin, aber ich finde, so was sollte Pflichtlektüre sein für Jungen in meinem Alter. Ich schwöre: Eine einzige Ausgabe davon lesen, ist lehrreicher als ein ganzes Schuljahr. So bin ich dahintergekommen, dass Mädchen noch viel komplizierter konstruiert sind, als ich immer dachte – und damit meine ich nicht ihre Muskeln und Knochen und so.

Ein Beispiel: Mädchen behaupten, sie seien auf der Suche nach einem netten und gefühlvollen Freund, der sie versteht, aber in der Praxis stehen sie auf coole Jungs mit großer Schnauze. Also auf Jungs, die sich einen Dreck kümmern um einen geliehenen Roller mehr oder weniger.

»Ich dachte schon, ihr wolltet ohne mich los«, sagte ich.

»Wie kommst du denn darauf?«, rief Val.

Es klang so echt, dass mich eine warme Flut durchströmte.

»Der spinnt wohl.« Stefano grinste und hielt seine Hand auf. »Und dir die siebenhundert Euro spenden, was?«

Ich gab ihm das Geld. Mit leichtem Widerwillen, denn ich bekam nicht mal ein winziges Dankeschön. »Was war da eigentlich drin?«

»Einfach ein paar iPods«, sagte Val. »Wir haben einen Cousin, der verrückt ist auf elektronische Artikel. Kaum ist etwas Neues auf dem Markt, muss er es haben.«

Stefano nickte. »Die Sachen, die er nicht mehr braucht, gibt er meistens uns.«

Ich wünschte, ich hätte auch so einen Cousin. »Und jetzt?«

»Laufen«, sagte Stefano. »Und Daumen drücken, dass schnell ein Auto vorbeikommt.«

Weil wir immer noch bergab gingen, waren wir ziemlich schnell.

»Du hast dich ja irre schnell erholt«, konnte ich mir doch nicht verkneifen.

»Zum Glück.« Val lief jetzt zwischen uns.

Mein Ärger machte gesundem Menschenverstand Platz.

Wenn ich bei Val sein wollte, musste ich Stefano hinnehmen. Hinter uns erklang das Geräusch eines Autos.

»Freundlich lächeln!«, rief Val und schwenkte ihren Daumen.

Ich fragte mich, ob man auch unfreundlich lächeln konnte.

Der Wagen hielt an. Es war ein Pick-up. Auf der Ladefläche standen Kisten mit Melonen. Der sehnige Arm des Fahrers – ein Mann mit gelben Zähnen – hing aus dem Fenster. Val ging noch immer lächelnd auf ihn zu.

Innerhalb einer Minute war alles geregelt.

»Er bringt uns nach Córbador«, sagte Val. »Ich setze mich vorne rein. Ihr dürft zu den Melonen.«

Stefano und ich warfen unsere Rücksäcke auf die Ladefläche und kletterten selbst auch darauf. Der Pick-up fuhr an. Ich stemmte meine Füße gegen eine der Kisten und starrte in die Landschaft, um nicht reden zu müssen. Zum Glück dachte Stefano genauso, denn auch er hielt den Mund.

Der Straßenrand war ockerfarben. In der Ferne sah ich Hügel, an die sich Äcker schmiegten. Die Melonen dufteten und mein Hintern schmerzte. Ich fragte mich, wo wir die nächste Nacht schlafen würden, in einem Hostel in Córbador oder auf einem Campingplatz. Ich hätte mir gern ein Zimmer oder Zelt mit Val geteilt, aber solange Stefano seiner Schwester wie ein Wachhund Gesellschaft leistete, war das wahrscheinlich nicht drin.

»Schön, dass du das Päckchen abgegeben hast«, sagte er so plötzlich, dass ich erst noch dachte, ich hätte mich verhört.

Ich winkte ab. »Kein Thema.«

»Heute Abend laden Val und ich dich zum Essen ein, als Dankeschön.«

Vermutlich auf einen Burger oder so.

»Ist nicht nötig.«

»Doch, doch. Hast du ein paar ordentliche Klamotten dabei? Ich werde versuchen, einen Tisch im Restaurant Mélia zu reservieren.« Er schnalzte mit der Zunge. »Sie hätten gern einen Michelin-Stern, da will ich mal essen.«

Wäre Martijn dabei gewesen, hätte er sich Stefano wahrscheinlich sofort in die Arme geworfen vor Glück. Aber nun ja, bei meinem Bruder geht die Liebe eben auch über seine Geschmacksnerven.

»Heftig teuer also.« Ich schüttelte den Kopf. »Rechne mal nicht mit mir. Eine Pizza hätte ich okay gefunden, aber das ist übertrieben.«

Stefano war sichtlich verärgert. »Hast du immer so viel Schiss?«

»Wovor?«

»Zu leben. Stell dir vor, dass sich dieser Pick-up gleich überschlägt . . .«

Hallo, Herr Optimist, können wir vielleicht über was anderes reden?

Stefano verschränkte die Arme. ». . . dann ist es auf einen Schlag vorbei und wir haben nie im Restaurant Mélia gegessen.«

Ich könnte hundert Dinge aufzählen, die ich vor meinem Tod lieber machen würde, als bei Mélia zu essen, zum Beispiel mit einem Mädchen ins Bett gehen, ADO Den Haag in der Champions League mitspielen sehen oder in einem Ferrari 430 Scuderia fahren.

»Es kann wirklich jeden Moment vorbei sein«, sagte Stefano. »Also solltest du lieber jeden Augenblick genießen.«

Ach ja? Weswegen versuchte er dann, diesen Augenblick so gründlich mit seinem Gelaber zu verpesten?

Ich hatte mal einen Fernsehbeitrag über Progeria gesehen, oder wie die Krankheit hieß, bei der ein Körper viel zu schnell altert. Bei Stefano war es meiner Ansicht nach genau umgekehrt. Er sah aus wie ein normaler Achtzehnjähriger, hatte aber das Hirn eines alten Mannes. Ich meine, dieses ganze philosophische Geschwafel über Sterben und Sich-trauen-zu-leben und so. Außer seinem fossilen Gehirn hatte Stefano offenbar auch noch eine verborgene Antenne, die Gedanken auffangen konnte. Jedenfalls versuchte er es jetzt andersrum. »Val findet es bestimmt nicht gut, wenn du nicht mitgehst. »Ich glaube, sie mag dich.«

»Meinst du?«

Er brummte zustimmend. »Darf ich dir einen Tipp geben?«

Eine komplette Gebrauchsanweisung von mir aus!

»Geh nicht zu forsch ran«, sagte er. »Das mag sie nicht. Neulich war da ein Kerl, der sie ungefragt festhielt. Sie hat ihm gleich eine geknallt.«

Okay, also vorläufig keinen Körperkontakt. Ich war froh, dass Menno nicht dabei war – er hätte mich für vollkommen verrückt erklärt. Ein Mädchen, das man nicht innerhalb von zehn Minuten zum Küssen brachte, hielt er für reine Zeitverschwendung.

Ich schaute durch das kleine Fenster auf die Rückseite von Vals Kopf. Bislang hatte ich die Texte von Liebesliedern immer für lächerlich kitschig und übertrieben gehalten, aber seit ich Val getroffen hatte ...

»Eigentlich will ich doch mit in dieses Restaurant. Nur, das mit der ordentlichen Kleidung – muss das wirklich sein? Ich habe nur Jeans und Shorts dabei.«

»Wir leihen dir schon was«, sagte Stefano.

Der Pick-up hielt im Zentrum von Córbador. Der Fahrer zeigte uns ein Hostel, in dem wir preiswert übernachten konnten. Daneben war ein Souvenirladen.

»Die sind ja toll!« Val stürmte auf einen Behälter mit Baseballkappen zu und zog zwei feuerrote Exemplare heraus. »Anprobieren!«

Stefano setzte seine auf und grinste. »Klasse Tarnfarbe.«

Es war tatsächlich eine ziemlich auffällige Kopfbedeckung. Freiwillig hätte ich nie danach gegriffen. Wenn man auffällt, schauen einen immer alle an und kriegen mit, dass man gerade etwas Superblödes macht, wie Ausrutschen oder aus Versehen einen Pups lassen, den man nicht rechtzeitig spürte, oder etwas anderes, für das man sich schämt und womit man bestimmt kein Mädchen beeindrucken kann.

»Los, setz schon auf!« Val drückte mir die Baseballkappe auf den Kopf, zog am Schirm der Kappe, legte den Kopf schräg und musterte mich prüfend. »Steht dir gut.«

Okay, für Val wollte ich dann vielleicht ein ganz kleines bisschen auffallen.

»Ein Geschenk«, sagte sie. »Von mir, für meine beiden Lieblingsjungs.«

Während sie bezahlte, nahm Stefano mich mit in ein Herrenbekleidungsgeschäft. Ich war noch nie in so einem Laden gewesen. Ehrlich gesagt, fand ich ihn auch ziemlich armselig – er war vielleicht so groß wie eine Turnhalle, aber mit den dreißig Anzügen, die darin hingen, hatte man nur wenig Auswahl –, bis ich die Preisschildchen sah und begriff, dass armselig hier nicht ganz das richtige Wort war. Allein für eine Krawatte hätte ich im Supermarkt schon einen ganzen Monat Regale auffüllen müssen. Ich fühlte mich absolut nicht wohl. Der Ketchup-Fleck auf meinem T-Shirt nahm in meiner Fantasie gigantische Ausmaße an. Aber das Personal – ein paar steife Böcke, die vermutlich noch keine Miene verziehen würden, wenn der Starkicker Ruud van Nistelrooy den Laden nackt betreten und Handstand machen würde – ließ sich keinerlei Missfallen anmerken.

Am liebsten wäre ich sofort wieder gegangen, aber Stefano wollte unbedingt, dass ich einen Anzug anprobierte, denn das war offensichtlich auch so etwas, das man einmal im Leben mitgemacht haben musste. Der Verkäufer wollte mir dann auch gleich ein potthässliches Hemd dazu andrehen. Um sein pausenloses Geschwafel los zu sein, nahm ich es mit in die Umkleide.

»Ausgezeichnet«, sagte Stefano, als ich aus der Umkleide kam. »Wir nehmen alles.«

Ich sah aus wie ein alter Mann! In den Hosenbeinen war eine steife Bügelfalte.

»Bloß nicht«, sagte ich mit einem Blick auf das Preisschildchen, das an dem Oberhemd hing. »Und im Übrigen wollten wir doch etwas leihen?«

»Machen wir auch.« Stefano checkte, ob ihn auch niemand vom Ladenpersonal hören konnte. »Du darfst innerhalb von zehn Tagen umtauschen, wenn die Preisschildchen nicht entfernt wurden. Du trägst den Anzug heute Abend, wenn wir ins Restaurant gehen, und morgen bringen wir ihn wieder zurück.«

Als ich hörte, was wir bezahlen sollten, fiel ich fast in Ohnmacht, aber Stefano legte das Geld, ohne mit der Wimper zu zucken, auf die Theke.

»Mach dir keinen Kopf«, sagte er, als wir draußen waren. »Es ist nur eine Leihgabe. Morgen habe ich mein Geld zurück.«

15

Zeit: heute
Ort: Polizeiwache Francaz – Spanien

Ich wusste nicht, dass da Zuckerwürfel drin waren«, sage ich. »Das Päckchen war von Stefano.«

Perez sieht mich mitfühlend an. Für ihn ist Stefano immer noch eine Fantasiegestalt, eine Art blauer Avatar, den ich mir ausgedacht habe. Gleich wird er mir noch sagen, dass ich verrückt bin – irre *und* ein Mörder. Das sind dann schon zwei Gründe, um mich für immer einzusperren.

Warte. Die Fotos!

»Meine Kamera!«, schreie ich Perez an. »Darauf sind Fotos von Stefano!«

Meine Sachen sind schon zur Untersuchung in irgendein forensisches Labor gebracht worden.

»Aber ich kümmere mich gleich darum«, verspricht Perez. »Inzwischen darfst du dich ein bisschen erholen.« Dabei sieht er mich an, als würde er mich in eine super Luxusanlage schicken, statt zurück in meine stinkende Zelle.

Zum Glück ist der Obdachlose mittlerweile weg, aber mein Bett ist immer noch so hart wie vorher und die Kakerlaken marschieren jetzt sogar die Wände hoch. Ich ziehe meinen linken Schuh aus und schiebe ihn mir über die Hand. Jetzt habe ich eine Variation zur Autopresse, eine Kakerlakenpresse. Ich zerdrücke etwa zehn mit meiner Gummisohle.

Sobald die Wände von Ungeziefer befreit sind, ziehe ich meinen Wanderschuh wieder an und lege mich auf den Rücken, die Beine angewinkelt und die Hände unter meinem Kopf gefaltet.

Ich starre an die Decke.

Wenn Perez gleich die Fotos von Stefano sieht, wird er endlich begreifen, dass ich die Wahrheit sage. Bleibt die Frage mit Val. Sie hat sehr wohl gelogen. Mich angelogen.

Ich denke an ihre fantastischen Beine. Daran, wie sie lacht. Dass sie mir immer geholfen hat, in der Tapasbar und bei der Bank. An die Fußmassage hinter der Diskothek und dass sie danach fragte, ob ich sie zum Zelt begleiten würde ...

Es kann doch nicht wahr sein, dass sie mich absichtlich hereingelegt hat?

Es kommt bestimmt durch diese dumme SMS. Dadurch dachte sie wirklich, ich hätte einen Mord begangen. Und dann ist es auch sehr normal, dass sie die Polizei anrief, oder?

Ich versuche, mir vorzustellen, was ich getan hätte, wenn die Rollen umgekehrt gewesen wären.

Keine Ahnung. Ich habe keine Erfahrung mit dieser Art von SMS. Mädchen schicken in der Regel ganz andere Nachrichten, so süßliche mit Küssen oder HDL oder LUV U. Nicht, dass ich viel Erfahrung mit solchen SMS hätte. Übrigens auch nicht mit Freundinnen. Wenn ich mich endlich traue, ein Mädchen zu fragen, ist meine Verliebtheit meistens längst verflogen. Aber verglichen mit Val haben die meisten Mädchen auch nicht so viel zu bieten.

Ich sehe sie wieder vor mir in dem gelb gestreiften Bikini, den sie am Morgen trug. Nur das Oberteil war sichtbar. Um die Taille hatte sie ein Hotelhandtuch geschlungen. Ihr Handy steckte zwischen dem Bauch und dem weißen Frottee.

»Cola?«, fragte sie.

»Ich kann sie gern holen«, sagte ich und richtete mich halb auf.

»Du bleibst liegen.« Sie drückte mich auf den Liegestuhl zurück und nahm ihre Tasche.

Ich sah ihr nach, bis sie hinter den Büschen verschwunden war, und spürte, wie meine Mundwinkel fast meine Ohren erreichten. Meine Kiefer gerieten in eine Art Krampf und mir wurde bewusst, dass ich wahrscheinlich aussah wie ein Halbirrer, aber das war mir egal, weil mich sowieso niemand sehen konnte. Außerdem – selbst wenn ich hätte aufhören wollen: Ich bekam dieses Glücksgrinsen einfach nicht aus dem Gesicht.

Bis ich in Zimmer 27 auf die Leiche von Frau Somez starrte.

Eine knappe Stunde später holt Perez mich wieder.

»Man hat uns die Fotos vom Speicherchip deiner Kamera zugeschickt«, sagt er.

Ich bin so gespannt, dass ich mich fast neben meinen Stuhl setze. Perez klickt auf die Maustaste. Eine lange Reihe Miniaturabbildungen erscheint auf dem Monitor. Er klickt eine nach der anderen an. Ich sehe Martijn auf einem Poster und in echt. Val, sonnenbadend am Strand. Ich am Straßenrand mit ausgestrecktem Daumen beim Trampen. Val im Restaurant von Córbador, am Haus ihres Onkels, auf einem Liegestuhl am Pool und an noch hundert weiteren Orten.

Mein Hals wird trocken.

Ich betrachte Val und mich, Landschaften und Gebäude, ich schaue und schaue noch einmal, so lange, bis die Fotos nur noch in einem Schleier an mir vorbeiziehen.

»Ich kapiere das nicht«, sage ich heiser. »Alle Fotos, auf denen Stefano zu sehen war, sind verschwunden.«

16

Zeit: drei Wochen und einen Tag früher
Ort: Córbador – Spanien

Während ich diesen dämlichen Anzug anprobierte, hatte Val eine Übernachtung im Hostel organisiert – in einem kleinen Schlafsaal, den wir uns mit zwei japanischen Jungs und einem finnischen Mädchen teilen mussten. Ich entschied mich für das Etagenbett, das am dichtesten bei Vals Bett stand. Wir ließen unsere schweren Rucksäcke zurück und schlenderten in die Stadt.

Stefano drückte sein Handy ans Ohr. Er telefonierte mit dem Restaurant und versuchte, einen Tisch zu reservieren. Ich konnte ihn nicht verstehen, aber seine Stimme klang ruhig und erwachsen. Er nickte und lächelte. Wir hatten offensichtlich Glück.

»Es war gerade ein Tisch frei geworden, weil jemand aus Krankheitsgründen abgesagt hatte.« Er steckte sein Telefon ein. »Ich muss noch schnell etwas erledigen. Kümmert ihr euch in der Zwischenzeit um Getränke und eine Kleinigkeit zu essen?«

Etwas erledigen. Diese Art Sprache benutzten sie bei der Mafia, wenn sie einen Geschäftsinhaber erpressen wollten oder seinen Laden verwüsteten, weil er sich nicht erpressen lassen wollte, aber in Stefanos Fall bedeutete es wahrscheinlich, dass er so etwas Läppisches machen wollte wie

Ansichtskarten und Briefmarken kaufen. Was es auch war, ich hoffte, er würde Stunden wegbleiben.

Val und ich fanden einen Tante-Emma-Laden mit einem brummenden Kühlschrank voller eiskalter Dosen. Weil ich am Abend zum Essen eingeladen werden würde, wollte ich wenigstens die Einkäufe übernehmen. Ich zahlte mit meiner EC-Karte.

Als wir den Laden verließen, entdeckte Val einen dieser altmodischen Kaugummikugelautomaten. Darin gab es nicht nur Kaugummis, sondern auch so Kleinkram vom Wühltisch, wie Ringe und Plastikfliegen und Ähnliches.

»Die kenne ich noch von früher!«, rief sie. »Mein Vater ließ mich immer etwas ziehen.« Sie fischte eine Münze aus der Hosentasche, schob sie in den Schlitz und drehte am Hebel. Der Automat spuckte einen Schlüsselring mit einem Minifußball aus.

»Für dich«, sagte Val. »Den kannst du an deinen Rucksack hängen.«

»Danke.« Vorläufig hängte ich ihn an eine Gürtelschlaufe meiner Jeans. »Zufällig bin ich Fußballfan.«

Wir setzten uns auf die Rückenlehne einer Bank und tranken Cola. Die Riesentüte Nachos stand auf der Sitzfläche zwischen uns.

»Geht ihr öfter in teure Restaurants?«, fragte ich.

»Manchmal, mit der Familie. Aber nicht so oft, wie es Stefano gern hätte«, antwortete Val. »Er steht auf seltsames Essen. Hai, gebratene Heuschrecken, Kalbshirn.« Sie leckte sich mit der Zungenspitze einen Krümel aus dem Mundwinkel. »Ich ziehe eigentlich ein Happy Meal vor.«

Gemeinsam mit Val auf einer Bank Nachos essen – was für ein Happy Meal!

»Das ist ein Foto wert«, sagte ich.

Noch bevor ich meine Kamera nehmen konnte, läutete ihr Telefon.

»Wir sind in . . .« Sie suchte nach einem Schild mit dem Straßennamen. ». . .wie heißt das hier?«

Stefano also. Jetzt schon.

»Calle San Miquel«, antwortete ich, während ich inständig hoffte, er würde sich verlaufen – schließlich musste man alles im Leben mal mitgemacht haben.

Leider haben manche Leute eine Art eingebautes Navigationssystem. Er war in drei Minuten da.

Es war fast neun Uhr. Wir standen im Schlafsaal und hatten uns gerade umgezogen. Laut Martijn nehmen Rucksacktouristen nur die allernotwendigsten Sachen mit, um möglichst wenig schleppen zu müssen, aber Stefano hatte einen kompletten Anzug dabei. Er sah weniger schlimm aus als meiner – na ja, noch schlimmer ging's ja auch kaum. Ich war froh, dass Menno und Tom mich nicht sehen konnten, sie hätten sich bestimmt totgelacht.

Na, und dann Val. Ich konnte meine Augen nicht von ihr abwenden. Aus ihrem Rucksack hatte sie ein knallrotes Kleid zum Vorschein gebracht, mit so schmalen Spaghettiträgern, dass ich erwartete, sie könnten jeden Moment reißen. Und dann diese coolen Cowboystiefel! Wenn es einen Wettbewerb gäbe für den coolsten Look, würde sie sogar Beyoncé kilometerweit hinter sich lassen.

Wir gingen zu Fuß zu Mélia. Das Preisschildchen meines Oberhemdes pikste unangenehm im Nacken und unterdessen musste ich auch noch versuchen, nicht zu schwitzen, denn ein Oberhemd mit Schweißflecken nahmen sie bestimmt nicht zurück.

Sobald wir das Restaurant betraten, kam ein Ober auf uns

zu. Als er in die Knie ging, dachte ich einen Moment, er fühlte sich nicht gut, aber offenbar war es eine Art Verbeugung zu unserer Begrüßung. Er sprach mit Stefano und hakte etwas auf einer Liste ab. Danach mussten wir bei einem Aquarium mit lebenden Hummern warten, bis uns ein zweiter Ober zum Tisch führte. Er zog einen Stuhl unter der weißen Tischdecke hervor, wartete, bis Val sich setzte, und schob ihn wieder an. Auch Stefano und ich wurden auf unseren Platz geschoben, als fehlte uns was an Händen und Füßen. Gleich würden sie uns vermutlich füttern!

Die Karte war nicht größer als ein DIN-A5-Blatt. Dank Val brauchte ich keinen Sprachführer. Ich entschied mich für ein vegetarisches Menü mit Fisch.

Dann sah ich ihn am Fenster sitzen. Einen Mann in einer ganz gewöhnlichen Jeans mit kariertem Hemd.

»Wir hätten überhaupt keinen Anzug kaufen müssen«, sagte ich leise zu Val, während ich möglichst unauffällig zu dem Jeansmann hinübernickte.

»Glaub mir ruhig«, sagte Stefano. »In Restaurants wie dieses kommen Leute unseres Alters wirklich nicht einfach so rein. Vor allem nicht, wenn man aussieht wie ein Backpacker mit wenig Geld. Sie wollen nicht das Risiko eingehen, dass man nachher nicht zahlen kann.«

Val beugte sich vor und flüsterte: »Aber wenn man reich aussieht, so wie wir, denken sie, dass man auch reich ist. Oder in unserem Fall, dass wir reiche Eltern und eine Kreditkarte haben.«

»Und das ist nicht so?«, fragte ich leicht beunruhigt.

Stefano grinste. »Er hat Angst, dass er gleich abwaschen muss.«

Die Suppe wurde in Schnapsgläschen serviert, danach aß ich winzige Tintenfische in einer köstlichen Soße. Ich vergaß das piksende Preisschildchen und den abscheulichen Anzug. Was würde Martijn schwelgen, wenn er hier ...

»Pass auf!«, zischte Val.

Zu spät. Auf meinem Jackett prangte ein brauner Fleck in Reißzweckengröße.

»Idiot«, schimpfte Stefano. »Jetzt können wir ihn nicht mehr zurückbringen.«

Der Kragen meines Oberhemdes wurde auf einmal enger.

»Entschuldige«, stammelte ich. »Ich zahle es dir natürlich zurück.«

Da ging es hin, mein sauer verdientes Geld für die Ferien. Und damit auch mein restlicher Urlaub. Ehrlich gesagt merkte ich, dass ich ziemlich sauer wurde. Ich meine, es war doch nicht meine Idee gewesen, den hässlichsten Anzug der Welt zu kaufen und dann noch auf Stefanos Kosten.

Der konnte schon wieder grinsen, da ihm sein Geld ja sicher war.

»Du bist genauso ein Ferkel wie Val.«

Ich verstand nicht, was es da zu lachen gab. Mein T-Shirt, auf das sie am Morgen gekleckert hatte, kostete keine Hunderte von Euro.

»Mach doch nicht so ein Gesicht.« Sie legte ihre Hand auf meine.

»Ja, versuch, es jetzt doch einfach zu genießen«, stimmte Stefano ihr zu. »Sonst tut es dir morgen leid.«

Ein Ober räumte die Teller ab und ein anderer brachte das Hauptgericht. Meins war *lubina* – ein riesiger Seebarsch, in dem noch das Auge saß. Ich deckte es mit einem Salatblatt ab, damit ich seinen anklagenden Blick nicht sehen musste. Auf dem Gebiet bin ich nun einmal ziemlich empfindlich.

»Hast du deine Kamera dabei?«, fragte Stefano. »Du isst nicht jeden Tag in so einem besonderen Restaurant.«

Ich reichte ihm den Apparat, erklärte ihm, wie er blitzen musste, und rückte näher an Val. Wegen dieser ganzen Geldkrise würde ich sie höchstwahrscheinlich schon bald nicht mehr sehen, also traute ich mich und legte ihr einen Arm um die nackten Schultern.

Ich bekam keinen Klaps.

Stefano starrte auf den Monitor. *»Say cheese!«*

»Cheese!«, riefen Val und ich gleichzeitig.

»Noch eins«, sagte sie.

Sie schob mit dem Messer etwas Maronenpüree auf ihre Gabel und schob sie in den Mund. Die Kamera blitzte. Val verzog das Gesicht und stieß einen Schrei aus. Ich dachte, sie hätte sich auf die Zunge oder die Innenseite der Wange gebissen, aber es war viel schlimmer. Als sie ihre Lippen öffnete, sah ich, dass etwas zwischen ihren Zähnen klemmte.

Es war ein Stück Glas!

Sie hätte es verschlucken und sich die Speiseröhre oder den Magen verletzen können. Ganz zu schweigen davon, dass sie es auch wieder hätte auskacken können. Ich sah eine Toilette voller blutigem WC-Papier vor meinem inneren Auge. Ein einziges Mal sagte mein Mund genau das, was mein Hirn dachte: *»Scheiße,* Mann!«

Stefano stand auf und rief etwas auf Spanisch. Ich brauchte nicht verstehen zu können, um zu sehen, dass er wütend war. Gabeln schwebten auf halbem Weg in der Luft und alle starrten uns an. Nicht nur einer, gleich vier Ober eilten zu unserem Tisch. Sie vergaßen ihre Verbeugungen, inspizierten das Stück Glas, gestikulierten heftig und holten noch jemanden herbei, der nicht wie ein Ober gekleidet war, sondern einen dreiteiligen Anzug trug, was mich vermuten ließ, dass es sich um den Inhaber des Restaurants handelte. Er legte seine Hand auf Stefanos Arm und sagte etwas, das gleichzeitig flehend, aber auch drängend klang. Schließlich nickte Stefano und begleitete ihn. Ich blieb allein mit Val.

»Was macht er?«

»Glück im Unglück«, sagte sie. »Ich nehme an, dass wir heute Abend gratis gegessen haben.«

17

Zeit: heute
Ort: Polizeiwache Francaz – Spanien

Barbalala und Perez sind nach Hause gegangen. Ich stelle mir vor, wie sie ihre Kinder ins Bett bringen, mit dem Hund Gassi gehen oder auf dem Sofa sitzen und fernsehen. Und ich? Was würde ich darum geben, ein Fußballspiel ansehen zu dürfen. Oder wenigstens hören zu können. Es ist so unangenehm still hier, bis auf das leise Geraschel der Kakerlaken. Wie viele Stunden habe ich noch, bevor ich ganz allein im Dunkeln hocke? Selbst der gruseligste Horrorfilm wirkt auf einmal kindisch. Es gibt nur einen einzigen Lichtblick: Sie haben meine Mutter gefunden. Ich durfte ein paar Minuten am Telefon mit ihr sprechen, aber ich konnte nicht aufhören zu heulen und dadurch fing sie auch an zu weinen und Perez hielt es für sinnvoller, das Gespräch zu übernehmen. Er sagte, dass sie einen Flug bucht, um so schnell wie möglich hier zu sein und ...

Das Geräusch von Absätzen auf Beton lässt mich aufschrecken.

Es ist mein neuer Aufseher – ein schweigsamer Polizist, der mit seinem schwarzen Schnurrbart und seinem pockennarbigen Gesicht geradewegs einem mexikanischen Western entsprungen sein könnte. Er öffnet meine Zelle, stellt ein Tablett mit Essen ab und verzieht sich wieder mit einem mürrischen Nicken.

Ich packe das Tablett auf mein Bett und lüfte den Deckel der Schale. Eine Scheibe Fisch, die aussieht wie Lachs, aber nach nichts riecht, eine Pastete, mit der man jemanden totwerfen kann, und fünf graue Erbsen mit drei Karotten. Links von der Schale liegt eine Flasche Mineralwasser und auf der Schale steht ein verpackter Pudding – laut Farbe mit Karamellgeschmack. Mein Besteck besteht aus einem echten Löffel und einer Plastikgabel, die schon bricht, bevor ich auch nur in die Nähe meiner Mahlzeit komme. Haben sie vielleicht Angst, ich könnte jemanden erstechen?

Ich esse widerwillig. Alles ist lauwarm und fade. Martijn hätte wahrscheinlich das gesamte Tablett aus Protest an die Wand geschmissen, aber mein Magen ist ein knurrender Tiger, der gefüttert werden will. Also spüle ich jeden Bissen meines Abendessens mit Wasser hinunter. Nur der Karamellpudding ist einigermaßen essbar.

Zehn Minuten später holt der schweigsame Mexikaner das Tablett wieder ab und bringt mir eine Decke und ein Kissen. Ich frage, ob das Licht anbleiben darf, aber ich bin mir nicht sicher, ob er mich versteht. Er schaut zur Lampe, auf die ich gezeigt habe, zuckt kurz die Schultern, verschließt die Zelle und geht davon.

Ich habe große Lust, zur Abwechslung mal wieder eine Runde zu heulen.

Es fühlt sich an, als würde ich auf einem Betonboden liegen. Ich habe mich tief unter der Decke verkrochen und versuche, nicht an die Kakerlaken zu denken, die vielleicht über mein Kissen krabbeln. Ich kann nicht überprüfen, ob es stimmt. Der Mexikaner löscht nach ein paar Stunden doch noch das Licht. Oder die Lampe in der Zelle reagiert auf eine Zeitschaltuhr.

Wo Val die Nacht wohl verbringt? Ob sie immer noch im

Hotel Marvi ist? Vielleicht ist Stefano ja bei ihr und sie haben heute Abend zusammen gegessen, als wäre nichts passiert. Allein die Vorstellung macht mich fast verrückt vor Eifersucht.

Ich denke an unser erstes Essen in jenem teuren Restaurant in Córbador. Im Nachhinein hätte ich mir über den Fleck auf meinem Jackett keine Sorgen zu machen brauchen. Val bekam ihn mit irgendeinem Wundermittel raus, sodass ich den Anzug doch noch zurückbringen konnte. Und ich hatte mich wegen nichts so aufgeregt! Schließlich war es von Anfang bis Ende geradezu ein Glücksabend gewesen. Wir hatten köstlich gegessen, aber wegen des Glasstückchens in Vals Kastanienpüree nichts bezahlen müssen. Auf dem Weg zurück ins Hostel waren wir total ausgelassen. Vor allem Stefano und Val lachten die ganze Zeit um nichts – fast wie Martijn und seine Freunde, wenn sie einen Joint geraucht haben.

Oder sie lachten heimlich über dich, höhnt wieder das Stimmchen in meinem Kopf. Weil sie dir alles Mögliche weismachen konnten. Sofort habe ich wieder schlechte Laune. Ich will, dass Val so verrückt nach mir ist wie ich nach ihr und dass wir uns die ganze Zeit auf dem Liegestuhl am Pool küssen oder – noch besser – in einem Hotelzimmer bei verschlossener Tür.

Meine Zimmertür war auch verschlossen gewesen. Und doch war es jemandem gelungen, hineinzugehen, mein Handy zu nehmen und Val diese SMS zu schicken.

Jemand vom Personal vielleicht? Alle Zimmermädchen haben einen Generalschlüssel, damit sie während der Abwesenheit der Gäste die Zimmer reinigen können.

Oder war es ein Hotelgast? Am Zimmerschlüssel hing eine schwere Kupferkugel, die dafür sorgen sollte, dass man ihn nicht so schnell verlor. Ich wollte ihn aber immer fix loswerden, denn das Ding wog mindestens ein Kilo, also gab ich ihn immer an der Rezeption ab, sogar wenn ich nur an den Hotelpool ging. Manchmal lag er dann noch eine Weile auf dem Tresen, bis das Mädchen von der Rezeption kam und ihn an das große Brett mit den dazugehörigen Zimmernummern hinter dem Empfang hängte. Der unbekannte Simser hätte meinen Schlüssel leicht mitnehmen können. Einfach vom Tresen und sogar vom Brett; das Mädchen von der Rezeption war regelmäßig kurz weg.

Nur . . . warum sollte sich jemand vom Personal oder ein unbekannter Hotelgast nun ausgerechnet *mein* Handy aussuchen, um eine Nachricht zu verschicken? Und dann noch ausgerechnet an Val. In meinem Telefonbuch sind viel mehr Nummern gespeichert. Der Täter hätte auch eine SMS an Esther, Martijn, Menno oder Tom schicken können. Aber nein, er hat das gesamte Alphabet durchgescrollt, bis er Vals Nummer sah.

Sogar ich begreife, dass so viel Zufall nicht sehr wahrscheinlich ist. Und dann noch etwas. Ich habe Vals Nummer unter ihrem vollständigen Namen gespeichert: Valerie Reina. Aber in der SMS stand *Val.* Das kann zweierlei bedeuten. Entweder ist der Täter besser im Raten als ich. Oder er weiß, dass ich Valerie mit Val anrede und dass ich im Notfall gerade sie um Hilfe bitten würde. Dann kennt er sie also. Und mich.

In meinem Gehirn findet eine Art Kernreaktion statt.

Natürlich: Stefano!

Er weiß, dass ich mein Handy immer im Zimmer lasse, wenn ich schwimmen gehe. Außerdem ist es nicht das erste Mal, dass er etwas ausheckt und einen anderen dafür büßen lässt. Zuckerwürfel für viel Geld als iPods verkaufen – *sei-*

ne Idee. Dieser Anzug, den wir zurückbrachten, obwohl er getragen war – *sein* Plan. Wahrscheinlich ist das Stück Glas auch nicht zufällig in Vals Püree gelandet.

Wenn ich mich nur daran erinnern könnte, wie dieses Restaurant noch hieß.

18

Zeit: drei Wochen vorher
Ort: La Lina – Spanien

Nachdem wir meinen Anzug zurückgegeben hatten, nahmen wir den Bus nach La Lina. Am Straßenrand wuchsen nicht nur Palmen, sondern auch riesige Kakteen. Das fand ich noch spannender als Palmen und ich nahm meine Kamera zur Hand. Danach machte ich gleich noch ein paar Hundert Fotos von Val und ein paar von mir *und* Val und dann noch eins von Stefano, der seinen Rucksack als Fußablage benutzte. Er trug die knallrote Baseballkappe, die Val ihm gekauft hatte.

»Warum hast du deine eigentlich nicht auf?«, fragte sie mich gespielt empört. Sie suchte so lange im Seitenfach meines Rucksacks, bis sie fündig geworden war, und stülpte sie mir über.

Ich kam mir total lächerlich vor. Stefanos eineiiger Zwillingsbruder. Gleich sollten wir wahrscheinlich noch dieselben Hosen und T-Shirts anziehen.

»Du solltest sie immer tragen«, sagte Val. »Sieht cool aus. Männlich.«

Mein Gefühl änderte sich sofort. Ich wurde zu einer Art Tiger Woods mit seinen dreizehn Geliebten. Na ja, sozusagen. Ehrlich gesagt schien es mir viel zu anstrengend, dreizehn Frauen anzumachen und auch noch dafür zu sorgen, dass sie zufrieden waren. Ich wusste kaum, wie ich bei Val vorgehen sollte – aber diese viel zu auffällige knallrote Kappe aufzusetzen, war zumindest ein Anfang.

Wir stiegen an der Haltestelle an einem Platz aus. Im Wartehäuschen hing ein Plakat, das ein Konzert von Alicia Keyes in Barcelona ankündigte. Sie trug ein Kleid, das mindestens drei Nummern zu klein war.

»Perfekt«, sagte Stefano.

Photoshop, würde meine Mutter sagen.

Val fischte einen Kaugummi aus den Tiefen ihrer Shorts und steckte ihn in den Mund.

Stefano öffnete seinen Rucksack und fuhr mit der Hand an der Innenseite entlang. Danach folgte auch sein Arm. Erst bis zum Ellbogen, danach ganz bis zur Schulter, sodass der Rucksack wie ein hungriges Monster wirkte, das versuchte, ihn zu verschlingen.

Val zog ihren Kaugummi zu einem Faden und zwickte ein Stückchen davon ab, das sie auf das Plakat klebte. Danach noch ein Stückchen und noch eins, bis vier weiße Punkte neben dem viel zu kleinen Kleid von Alicia Keyes klebten.

»Was macht ihr denn da?«, fragte ich.

»Vorbereitungen treffen«, sagte Stefano geheimnisvoll, als ginge es um einen Banküberfall.

Aus dem Rucksack kamen nacheinander ein Skizzenblock, ein Stift und ein Mobiltelefon aus der Steinzeit – so ein Ding, so groß wie ein kleiner Kühlschrank, und trotzdem konnte man damit nicht einmal fotografieren oder filmen, sondern nur telefonieren.

Val sah mein erstauntes Gesicht.

»Wir wollen Konzertkarten verkaufen«, sagte sie.

»Habt ihr welche für Alicia Keyes?«, fragte ich noch erstaunter.

»Hmmm.« Sie zog Stefano den Skizzenblock und den Stift

aus der Hand und begann zu schreiben. »Wir kennen jemanden bei Palau Sant Jordi, wo Alicia auftritt. Von ihr konnten wir die Eintrittskarten mit zehn Prozent Rabatt bekommen. Jetzt verkaufen wir sie zum Normalpreis weiter.« Val hörte kurz auf zu schreiben und lächelte Alicias Foto auf dem Plakat an. »Die preiswerteste Karte kostet hundertfünfzig Euro. Das rentiert sich!«

»Und wenn ihr sie nicht loswerdet?«, fragte ich.

»Klar kriegen wir die los«, sagte Stefano. »Die Leute kaufen lieber von uns als über den offiziellen Weg. Sie sparen fünfzehn Euro Versandkosten, wir haben also alle was davon.«

Außer Alicia Keyes und den Organisatoren, dachte ich. Aber die waren wahrscheinlich schon reich genug.

»Nummer?«, fragte Val.

Stefano hielt ihr das altmodische Handy hin, damit sie die Nummer vom Display abschreiben konnte. Danach riss sie das Blatt aus dem Block und drückte es an die Kaugummipunkte. »So, das hängt.«

Ich versuchte, laut zu lesen, was da stand.

Val kicherte. »Du hast gerade gesagt, dass sie uns anrufen sollen, wenn sie Konzertkarten *verstehen* wollen, statt sie zu *kaufen*.

Wir fanden einen Schlafplatz auf einem Campingplatz am Rande von La Lina. Zwar hatte ich kein Zelt dabei, aber Stefano hatte eins. Er meinte, wir würden locker zu dritt reinpassen. Es war ein bisschen eng, aber es ging tatsächlich, wenn wir unsere Rucksäcke draußen unter dem Vordach abstellten.

Stefano und ich mussten auch draußen stehen bleiben, denn Val wollte sich im Zelt zum Schwimmen umziehen.

Wir schlangen uns die Handtücher um die Hüften, zogen Hosen und Unterhosen aus und die Badehosen an. Val öffnete den Zeltreißverschluss und kam im Bikini zum Vorschein.

Photoshop überflüssig, dachte ich.

Der blaugrüne kleine See lag wie in einem natürlichen Becken zwischen den Bergen.

Val warf ihr Handtuch über einen Strauch. »Wer als Letzter im Wasser ist, muss ein Eis ausgeben!«

Noch bevor ich blinzeln konnte, rannte sie schon in den See.

»Fehlstart!« Ich ließ meine Sachen auf den Boden fallen und stolperte über die kleinen, spitzen Kiesel hinter ihr her. Das kalte Wasser umfing meine Beine. Es war, als stünde ich mit dem Unterleib im Kühlschrank und dem Oberkörper in einer Sauna. Ich zögerte, meine Badehose nass zu machen – ich hänge ziemlich an bestimmten Körperteilen und während der Eislauf-Elf-Städte-Tour in Friesland frieren auch schon mal Nasen und Zehen ab.

»Softi!« Val klatschte und spritzte mit beiden Händen Wellen in meine Richtung.

Meine Haare trieften. Ich schrie vor Kälte und ließ mich dann doch unter Wasser gleiten. Halb erfroren, aber als Held tauchte ich prustend wieder auf.

Val stand und überragte mich. »Toll, oder?«

»Wenn du es toll findest, dass es dir vor Kälte den Atem verschlägt, ja.«

Sie lachte und rief Stefano am Ufer zu: »He, du trübe Tasse. Kommst du auch noch oder wie sieht's aus?«

»Kleinen Augenblick.« Aus der Plastiktüte mit seinen Sachen kam ein Geräusch. Das altmodische Telefon!

»Dass das Ding noch funktioniert«, sagte ich.

Val kicherte. »Er heißt Job.«

»Wer?«

»Der Apparat. Stefano nennt ihn immer so.«

Stefano setzte sich und nahm jetzt auch das Skizzenbuch und den Stift aus der Tüte.

»Warum benutzt er Job eigentlich?«, fragte ich. »Er hat doch ein normales Handy.«

Stefano nickte am Telefon und schrieb.

»Sein normales Handy ist nur für den privaten Gebrauch«, antwortete Val. »Job ist für Geschäfte.«

Job hieß also wirklich Arbeit. Jetzt kapierte ich es.

»Geschäfte? Geht er denn nicht mehr zur Schule?«

»Schon mal was von einem Nebenjob gehört?«

Ja, von Regaleauffüllen im Supermarkt und so. Oder Zeitungenaustragen. Aber dafür brauchte man wirklich kein zusätzliches Handy.

»Was für eine Art Arbeit ist das dann?«, fragte ich.

»Das weißt du doch.« Sie ließ sich wieder ins Wasser fallen. »Alicias Konzertkarten verkaufen.«

»Und das geht nur mit Job?«

»Nervensäge. Du kommst mir vor wie meine Mutter.« Sie schubste mich unerwartet, sodass ich untertauchte.

Ich stellte mich auf die Hände, machte eine Rolle vorwärts und kam wieder hoch. Rache!

Aber Val war schon von mir weggeschwommen und kletterte auf einen Felsen. Sie winkte Stefano zu und danach mir. Dann stellte sie sich auf die Zehen, streckte ihre Arme und beugte sich vor. Mit einem eleganten Sprung tauchte sie ins Wasser.

Ich weiß nicht mehr genau, wann ich unruhig wurde. Vielleicht schon nach zehn Sekunden, aber es kann auch gut nach einer halben Minute gewesen sein. Wo blieb Val? Sie hätte schon längst wieder auftauchen müssen. Mein Blick suchte die Wasseroberfläche in der Nähe des Felsens ab und danach den restlichen See zwischen mir und dem Felsen. Ich konnte sie immer noch nicht sehen, auch weiter hinten nicht, so weit ich schauen konnte. Val war spurlos verschwunden.

Es ist ein Scherz, versuchte ich mich selbst zu beruhigen. Sie hat sich versteckt und lacht sich kaputt. Aber mein Herz schlug schneller und ich musste immer an eine Sendung von *Trauma* denken, in der sich ein Junge den Hals gebrochen hatte, weil er kopfüber in seichtes Wasser gesprungen war. Ich wusste nicht, wie tief der See in der Mitte war, aber wo ich stand, reichte das Wasser kaum bis an meine Badehose. Verzweifelt sah ich mich nach Stefano um. Der Idiot hatte nichts gemerkt und telefonierte immer noch. Ich hasste Job und Alicia Keyes.

»Val!« Meine Stimme gellte über das Wasser.

Keine Antwort.

»Val!« Ich schwamm zu der Stelle, von der sie gesprungen war. »Val!« Ich schluckte Wasser. Hustend und prustend schwamm ich um den Felsen herum.

Und da sah ich sie treiben. Ihre Arme und Beine wiegten sanft hin und her, wie Seetang oder so. Ihre Augen waren geschlossen. Mein Herz setzte aus und ich war wie gelähmt. Ich weiß nicht, wie, aber irgendwie kam ich doch zu ihr hin.

»Val?« Ich legte meine Hände um ihren Kopf und zog sie vorsichtig zu mir. Mit dem Zeigefinger strich ich ihr eine nasse Haarsträhne aus dem Gesicht. »Val, du lieber Dummkopf«, sagte ich. Wenn ich mir Sorgen mache, sage ich schon mal so süßliche Sachen.

Meine Füße suchten den Grund. Ich konnte nicht stehen! Es war viel zu tief.

»Wer ist hier dumm?«, fragte eine Stimme neben mir.

Val! Sie konnte sich auf einmal wieder bewegen und lauthals lachen.

»Du!« Ich musste an mich halten, um sie nicht mindestens zehn Minuten unter Wasser zu drücken. »Blöde Kuh.« Ich drehte mich um und schwamm aufs Ufer zu.

»Entschuldige!«, rief sie mir nach. »Ich dachte, du verstehst Spaß.«

Ich tat, als würde ich sie nicht hören, und kämpfte mich über die scharfen und glitschigen Kiesel aus dem See. Dort raffte ich mein Handtuch auf und setzte mich neben Stefano. Mann, was war ich sauer.

»Du hast vielleicht eine Schwester . . .«, schimpfte ich.

»Mach dir nichts draus«, sagte er. »Sonst freut sie sich noch mehr. Val ist eben versessen auf Spielchen.«

»Spielchen? Sie hat mich zu Tode erschreckt!«

Er grinste. »Am besten gewöhnst du dich gleich dran.«

Job klingelte wieder.

»Geschäfte«, sagte Stefano entschuldigend. »Wir haben schon zehn Karten verkauft.«

»Warum machst du das nicht über dein normales Handy?«, fragte ich. »Mit dem alten Ding machst du dich doch lächerlich.«

»Außerhalb der Bürozeit gehe ich nicht mehr dran.« Er warf Job hoch und fing ihn wieder auf. »Ich mache nicht gern Überstunden.« Dann drückte er die große Taste in der Mitte und klemmte sich Job zwischen Schulter und Ohr. *»Hola . . .«*

19

Zeit: heute
Ort: Polizeiwache Francaz – Spanien

Es ist Morgen und ich lebe noch.

Ich strecke meinen Arm aus und angle meine Wanderschuhe an den Schnürsenkeln hoch. Bevor ich sie anziehe, kontrolliere ich, ob sie in der Nacht nicht von Kakerlaken besetzt worden sind. Offensichtlich nicht.

In der Ferne klingelt ein Telefon. Ob Perez schon im Büro ist?

Leider ist er schon da. Ich erkenne ihn schon an den Schritten, bevor ich ihn sehe. Aber es ist nicht Inspektor Perez, sondern der Mexikaner, der mir das Frühstück bringt.

»Wie spät ist es?« Ich zeige auf mein Handgelenk.

Er zeigt mir seine Uhr. Halb sieben. So früh bin ich noch nie freiwillig aufgestanden.

»Perez?«, frage ich. »Ich muss ihn dringend sprechen.«

»Dentro de poco.«

Meint er, dass Perez gleich kommen wird, oder hat er mir nur guten Appetit gewünscht? Ich habe keine Ahnung.

Der Mexikaner stellt das Tablett ab, streicht sich kurz über den Schnurrbart und geht wieder.

Um einen Angriff von der Kakerlakenfront zu verhindern, stelle ich das Frühstück auf mein Bett. Ein Brocken Brot, etwas Marmelade und ein Becher Kaffee, der so stark ist, dass man damit einen Elefanten aus dem Koma erwecken könnte.

Ich mag keinen Kaffee, sogar dünnen finde ich schon eklig. Zum Glück liegt auch wieder eine Flasche Wasser auf dem Tablett.

Ich esse im Stehen. Ich habe zu viel Unruhe in den Beinen, um sitzen zu können. Mein Magen ist übrigens schon genauso unruhig, ich bekomme das Brot kaum runter. Wo bleibt Perez denn jetzt? Ich will ihm erzählen, was ich entdeckt habe. Jetzt sofort.

Zehn Minuten später ist das Tablett leer und Perez glänzt noch immer durch Abwesenheit. Ich rüttle an den Gitterstäben und rufe seinen Namen. Keine Reaktion.

Ungeduldig fange ich an, hin und her zu laufen. Das hilft beim Nachdenken. Der Name des Restaurants fällt mir auf einmal wieder ein. Mélia, das war es. Ich wiederhole es ein paarmal, damit ich es nicht wieder vergesse.

Da ist der Mexikaner wieder. Er holt das Tablett, die Decke und das Kissen und bringt mich zu einem Waschraum, in dem ich mich ein bisschen frisch machen kann.

»Perez?«, frage ich noch einmal.

Er hebt einen Finger. Ich hoffe, das heißt, dass Perez in einer Stunde hier sein wird und nicht erst in einem Tag.

Als er endlich auftaucht, liege ich wieder auf meinem Bett. Zu meinem großen Erstaunen empfinde ich sogar so etwas wie Freude beim Anblick seines weinerlichen Gesichts. Es ist eine Erleichterung, mit jemandem in einer Sprache reden zu können, die beide verstehen.

»Ich muss etwas Wichtiges erzählen!«, rufe ich.

»Auch einen guten Morgen«, sagt Perez ungerührt.

Ich bin zu ungeduldig, um ihn zu grüßen. »Es ist wirklich sehr wichtig! Ich weiß, wer diese SMS geschickt hat.«

»Wer denn?«

»Stefano.« Ich berichte Perez, was ich mir in der vergangenen Nacht alles überlegt habe.

Er öffnet kopfschüttelnd die Zellentür. »Stefano also. Der Junge, den niemand gesehen hat.«

»Wir sind zu dritt in Córbador essen gewesen«, sage ich. »Er, Val und ich. Bei Mélia, einem sehr teuren Restaurant. Sie müssen den Inhaber anrufen!«

»Wieso?« Perez hält mir die Zellentür auf. »Wolltest du mit mir zu Abend essen?«

Ich lache höflich über seinen lahmen Scherz. »Nein, aber . . .«

»Gleiches Büro.« Perez macht eine Kopfbewegung, ich soll vor ihm hergehen. Protokoll? Oder hat er wirklich Angst, ich könne ihn von hinten niederschlagen?

Der Flur ist stickig. Die meisten Türen stehen offen und ich sehe einen Mann im Overall, der einen Raum betritt. CARLOS CLIMATIZACIÓN steht auf seinem Rücken. Ich vermute, er soll die Klimaanlage reparieren.

Die Tür von Barbalalas Büro ist verschlossen, aber Perez hat einen Schlüssel. Er schaltet den Ventilator ein und bedeutet mir, ich könne mich auf den Holzstuhl darunter setzen.

Mistventilator. Ich hoffe, der Klimaanlagenmann beeilt sich ein bisschen.

Diesmal nimmt Perez sehr wohl Barbalalas Stuhl. Bestimmt hat sie heute frei. Wie lange wird es noch dauern, bevor ich auch . . .

Heulalarm! Ich presse die Fingernägel in meine Handfläche, bis das Gefühl abebbt.

»Was willst du jetzt mit dem Restaurant?«, fragte Perez. »Warum soll ich den Inhaber anrufen?«

Ich berichte von dem Abend bei Mélia. »Wir brauchten

nichts zu bezahlen. Stefano hatte sich mit dem Inhaber geeinigt wegen des Glasstücks, weil sich Val ja hätte verletzen können.« Ich rutsche vor auf die Stuhlkante. »Aber ich glaube, er hat die Scherbe selbst in das Püree gesteckt, damit wir kostenlos essen können.«

»Und du meinst, dass sich der Eigentümer noch an Stefano erinnern kann?«

Ich nicke heftig.

»Gut«, sagt Perez. »Ich erkundige mich bei dem Restaurant. Aber dann habe ich immer noch ein Problem: der Geldbeutel von Señora Somez.«

Frau Somez. Ich stehe sofort wieder in diesem grässlichen Hotelzimmer. »Wieso?«

»Du sagst, dass Valerie ihn dir gegeben hat.«

»Ja.«

»Wie kann es dann sein, dass sie keine Fingerabdrücke hinterlassen hat?«

Ich kann ihm für einen Moment nicht mehr folgen.

»Es gibt nur zwei unterschiedliche Fingerabdrücke auf dem Geldbeutel«, sagt Perez. »Die von Señora Somez und deine.«

20

Zeit: heute
Ort: Polizeiwache Francaz – Spanien

Eine Polizistin betritt den Raum, spricht mit Perez und verschwindet dann wieder.

»Deine Mutter hat einen Rückflug gebucht«, sagt Perez.

Ich fühle mich um hundert Kilo leichter. Für einen Moment vergesse ich sogar diese dummen Fingerabdrücke.

»Leider geht das nächste Flugzeug, in dem sie noch einen Platz bekommen konnte, erst in drei Tagen.« Er macht eine entschuldigende Geste. »Du wirst dich also noch ein bisschen gedulden müssen.«

Drei Tage! Ich beiße mir auf die Knöchel.

Zum Glück gönnt mir Perez ein paar Minuten Ruhe. Er reicht mir einen Becher Wasser und ich versuche, meine Enttäuschung hinunterzuschlucken. Meine Mutter kommt hierher.

Okay, es dauert etwas länger, als ich gehofft hatte, aber sie kommt wenigstens.

Es hilft nicht. Ich habe immer noch eine Stinklaune. Und die wird noch schlimmer, als Perez den Rekorder wieder einschaltet und das Verhör fortsetzt.

»Mal schauen, wo waren wir stehen geblieben?«

Er nimmt den gelben Notizblock, reißt ein Blatt davon ab und beginnt, etwas Kompliziertes daraus zu falten. »Der

Geldbeutel von Señora Somez ... Valerie hat ihn dir also gegeben, ohne auch nur einen einzigen Fingerabdruck zu hinterlassen. Erklär mir doch einmal, wie das geht.«

Ich kann nur an eins denken: Drei Tage sind auch drei Nächte. Ein unsichtbares Band schließt sich um meinen Brustkasten.

»Nein, warte. Ich verstehe es schon.« Perez schaut kurz auf. »Sie trug natürlich Handschuhe.«

Ja, klar, bei fünfunddreißig Grad. Ich hasse es, wenn jemand versucht, witzig zu sein, es aber ganz und gar nicht ist.

»Oder hat sie vielleicht telekinetische Fähigkeiten?«, fragt er. »Sodass sie den Geldbeutel allein kraft ihrer Gedanken bewegen konnte, indem sie ihn nur anschaute?«

Seine Faltarbeit ist fertig. Es ist ein Schwänchen geworden. Er legt es neben seinen Kaffeebecher. Der Anblick aktiviert eine Hirnzelle in meinem Hinterkopf. Der Becher verwandelt sich in ein Glas.

»Ich weiß es wieder!«, rufe ich. »Als Val von der Bar zurückkam, hatte sie ein Tablett bei sich. Darauf standen zwei kleine Flaschen Cola und zwei Gläser. Und daneben lag der Geldbeutel von Frau Somez. So konnte Val ihn mir bringen, ohne ihn selbst anzufassen. Deswegen sind ihre Fingerabdrücke nicht darauf.«

»Okay«, sagt Perez. »Aber wie kommt dieser Geldbeutel dann auf das Tablett?«

Woher soll ich das wissen. »Vielleicht hat ihn der Barmann draufgelegt.«

»Ohne Fingerabdrücke zu hinterlassen ...?«

»Es kann doch aus Versehen passiert sein? Ohne dass er es gemerkt hat? Er wischt mit einem Tuch über den Tresen und stößt dabei an den Geldbeutel? Der fällt auf ein Tablett, das er schon bereitgestellt hat und ...«

»Ich habe dir doch schon gesagt, dass er sich an keinen Geldbeutel erinnert«, fällt Perez mir ins Wort.

»Vielleicht war ja zu viel Betrieb. Ein Barmann kann nicht überall gleichzeitig auf alles achten.«

»Um Viertel nach neun morgens?«

»Dann eben Frau Somez selbst«, überlege ich. »Vielleicht stand das Tablett schon für sie bereit und sie legte, ohne nachzudenken, ihren Geldbeutel darauf. Der Barmann stellt ein Getränk dazu. Sie nennt ihm ihre Zimmernummer und nimmt das Getränk mit, lässt aber das Tablett stehen, samt Geldbeutel. Danach ist Val an der Reihe. Sie benutzt dasselbe Tablett, sieht den Geldbeutel liegen . . .«

»Okay, das wäre eine Möglichkeit«, gibt Perez zu. »Aber übersiehst du da nicht etwas Entscheidendes? Oder besser gesagt: jemanden?«

Natürlich! Val! Wie habe ich das vergessen können? Sie behauptet auch, keinen Geldbeutel gesehen zu haben. Der Druck um meine Brust verstärkt sich. Ich kann mich nicht länger selbst zum Narren halten. Val will, dass ich die Schuld an Frau Somez' Tod bekomme.

Aber warum?

Mir fällt nur ein einziger Grund ein: Sie versucht, Stefano zu schützen. Der Junge, der nicht ihr Bruder ist, sondern . . . Darum sagte er, ich solle nicht so forsch rangehen! Ich spüre einen schmerzhaften Stich hinter den Rippen.

»Was ist los?«, fragt Perez.

»Val belügt euch, um Stefano zu helfen. Er hat diese SMS verschickt, damit ich verdächtigt werden würde. Er wusste also, dass in Zimmer 27 eine Leiche lag. Woher konnte er das wissen? Weil er Frau Somez selbst ermordet hat! Und zufällig war da ein blöder Holländer in der Nähe, dem er die Schuld in die Schuhe schieben konnte.«

»Schon wieder Stefano.« Perez seufzt. »Der Junge, der nur in deiner Fantasie existiert.«

»Das stimmt nicht! Haben Sie das Restaurant schon angerufen? Restaurant Mélia in Córbador? Der Inhaber hat persönlich mit Stefano gesprochen. Er weiß, dass er keine Erfindung ist.«

Perez sucht die Nummer im Internet und gibt sie ins Telefon ein. Ich lausche mit angehaltenem Atem und drücke im Stillen die Daumen. Lass jemanden da sein, bitte, bitte.

Ja! Es wird aufgenommen.

Es folgt ein langes Gespräch, dem ich nicht folgen kann. Schließlich legt Perez auf. »Der Inhaber von Mélia sagt, dass noch nie ein Stück Glas im Essen gefunden wurde. Er wurde sogar ein wenig wütend, als ich das unterstellte, denn in einem so erstklassigen Restaurant wie seinem passiert so etwas nie, sagte er.«

Es ist ein Komplott! Sie wollen mich in den Wahnsinn treiben! Dieser Inhaber und Stefano und Val und Perez und . . .

Ich bekomme keine Luft mehr und vor meinen Augen tanzen Flecken. Perez' Gesicht kommt ganz nah. Seine Lippen bewegen sich, aber ich kann ihn kaum verstehen, weil seine Stimme so weit weg klingt. Ich glaube, dass er »Fin« sagt.

Fin. Das bin doch ich?

Ich spüre, wie ich weggleite. Meine Hand sucht Halt am Tisch. Es hat keinen Sinn. Ich kann es nicht stoppen. Vielleicht haben sie mich ja vergiftet. Ich glaube, ich ersticke.

21

Zeit: drei Wochen früher
Ort: La Lina – Spanien

Nach dem Vorfall mit dem Kopfsprung konnte ich Val nicht lange böse sein, auch wenn ich mich noch so sehr anstrengte.

»Mit solchen Sachen darfst du nie wieder scherzen«, sagte ich. »Beim nächsten Mal bist du wirklich verletzt und dann denke ich, du machst bloß Spaß.«

Stefano nickte. »Und dann lässt er dich krepieren.«

Sie lächelte mir zu und fragte, wie sie es wiedergutmachen könne. Ich war zwar ungeschickt mit Mädchen, aber auch nicht ganz bekloppt. Das war sozusagen ein Freistoß.

»Okay.« Ich hielt ihr meine Wange hin.

Sie kicherte. »Na dann.«

Es war ein sehr kleiner Kuss, der viel zu schnell vorbei war. Danach rannte sie mit ihrem Handtuch weg, breitete es ein Stück entfernt aus und legte sich in die Sonne.

»Trottel«, flüsterte Stefano. »Nennst du das ›Es-ruhig-angehen-lassen‹?«

Ich hielt mich tatsächlich auch selbst für einen Trottel. Ich hätte ihr nicht die Wange, sondern den Mund hinhalten sollen.

Wir verbrachten unsere Tage mit Schwimmen, Schlafen und Ausgehen – auf dem Campingplatz gab es eine Disco. Stefano wurde in der Zwischenzeit wiederholt von Leuten angerufen, die Konzertkarten kaufen wollten.

»Ausverkauft«, sagte er am dritten Tag.

»Yeah!« Val jubelte leise.

Stefano wedelte mit der Adressenliste. »Ich habe von allen die Telefonnummer notiert, sodass wir jetzt durchgeben können, wann wir die Karten vorbeibringen.«

»Morgen Abend«, beschloss Val. »Dann haben sie Zeit genug, ausreichend Bargeld ins Haus zu holen, und abends sind mehr Leute zu Hause als tagsüber.«

Stefano nickte. »Okay.«

»Du brauchst nicht unbedingt mitzukommen«, sagte Val. »Du hast schon mehr als genug getan. Jetzt sind wir an der Reihe.« Sie sah mich an und zwinkerte übertrieben. »Willst du mir helfen, Fin? Bitte?«

Ich stöhnte genauso übertrieben. »Okay, okay.«

Ehrlich gesagt musste ich an mich halten, um nicht die ganze Zeit stumpfsinnig vor mich hin zu grinsen. Morgen Abend hatte ich Val ganz für mich allein!

Bewaffnet mit einer Adressenliste und einem Umschlag voller Konzertkarten spazierten wir in die Stadt. Wir waren gerade noch rechtzeitig vor Ladenschluss bei der Touristeninformation. Val beeilte sich und kam kurz darauf mit zwei Stadtplänen wieder heraus.

»Warum zwei?«, fragte ich.

»Einen für dich und einen für mich.« Sie falzte den Zettel und riss ihn durch. »Wir teilen die Karten auf. Du machst eine Hälfte und ich die andere. So sind wir viel schneller fertig.«

Hallo! Verstand sie denn nicht, dass ich nichts lieber wollte, als die Zeit auszudehnen, um so lange wie möglich mit ihr allein zu sein?

»Vergisst du dabei nicht etwas?«, maulte ich. »Ich spreche kein Wort Spanisch.«

Sie schrieb ein paar Zeilen auf die Rückseite meiner Adressenliste. »Zeig das einfach vor, dann verstehen sie es schon.«

Noch bevor ich mich ganz von meiner Enttäuschung erholt hatte, hatte sie mir auch schon den Umschlag und den Stadtplan in die Hand gedrückt und ließ mich stehen.

»Wo treffen wir uns wieder?«, rief ich schnell.

Sie zeigte auf eine Tapasbar gegenüber der Touristeninformation.

Ich setzte mich ziemlich verärgert auf eine Mauer und faltete meinen Stadtplan auf. Dann legte ich die Adressenliste daneben und machte überall dort Kreuzchen, wo ich Karten abgeben musste. Je geschickter ich meine Strecke zusammenstellte, desto schneller war ich fertig. Jede Minute, die ich ohne Val verbringen musste, fühlte sich so langweilig und nutzlos an wie eine Stunde Geschichtsunterricht, also wollte ich Kurierweltmeister werden und alle Geschwindigkeitsrekorde brechen.

Die Calle Jardín 15 war mein erstes Ziel. Innerhalb von fünf Minuten stand ich keuchend vor dem Haus und klingelte. Ein Mädchen mit Kraushaar öffnete. Sobald sie Vals Text gelesen hatte, war die Sache schnell geklärt. Ich gab ihr die Karten und sie mir das Geld. Ich tippte an meine Baseballkappe und eilte zur nächsten Adresse. So rannte ich durch La Lina, während der Kartenstapel schrumpfte und der Stapel mit den Geldscheinen immer dicker wurde.

Hoffentlich beeilte sich Val auch ein bisschen. Dann blieb vielleicht noch genügend Zeit, sie zu ein paar Tapas einzuladen. Laut meinen Zeitschrifteninformationen waren Frauen ganz verrückt auf romantische Essen.

Zum Glück war Val auch schon fertig. Ich sah sie ganz hinten in der Tapasbar an einem Tisch mit einem Eistee vor sich.

»Und ich dachte, *ich* sei schnell«, sagte ich, während ich ihr das eingesammelte Geld überreichte.

Sie steckte es sorgfältig in ihre Tasche. »Ich hatte die bequemere Hälfte der Liste. Die Adressen lagen nicht weit auseinander.«

»Magst du was essen?«, fragte ich. »Ich lade dich ein.«

»Gern«, sagte sie.

Ich ging zur Theke. In der meterlangen Vitrine standen riesige Schalen mit sicherlich zehn verschiedenen Sorten Oliven, Sardinen, verschiedenen kalten Nudelgerichten, Wurst, Schinken, Ziegenkäse und noch viel mehr. Von allem, worauf ich zeigte, bekam ich eine kleine Menge in einzelne Schälchen, die auf die Theke gestellt wurden. Die Frau, die mich bediente, gab mir auch noch Spießchen und Servietten dazu. Als ich nickte, dass es nun genug sei, gab sie den Gesamtbetrag in die Kasse ein. Ich nahm meinen Geldbeutel aus der Tasche und wollte meine EC-Karte zum Bezahlen zücken.

Sie war nicht da.

Ich spürte, wie das Blut aus meinen Wangen wich. Die Frau fragte mich etwas in diesem elenden Spanisch. Ich durchwühlte rasch meinen Geldbeutel, von hinten nach vorn und wieder zurück, ich schaute in jede Ecke und jedes Fach, aber meine Bankkarte blieb unauffindbar. Die Frau sagte wieder etwas, aber diesmal klang sie schon weniger freundlich. Ich beugte mich noch tiefer über meinen Geldbeutel. Mein Geld war noch da. Das war seltsam. Ein Dieb, der meine Karte klaute, würde doch gleich auch den Rest mitnehmen, höchstwahrscheinlich sogar meinen ganzen

Geldbeutel. Leider reichte das restliche Geld nicht aus, um den Betrag, der in weißen Ziffern auf der Kasse stand, bar bezahlen zu können. Ich sah mich verzweifelt um, aber Val saß nicht mehr an dem kleinen Tisch. Ich sah nur noch das halb leere Fläschchen dort stehen.

Neben mir erklang ein Ticken. Es war der ungeduldig wippende Fuß meines Nachbarn. Es machte mich noch nervöser. Dämlicher Typ. Als ob ich den Laden absichtlich aufhielte! Wenn meine Karte nicht gestohlen worden war, musste ich sie verloren haben. Ich verlegte meine Suchaktion auf den schwarz-weißen Fliesenboden, aber auch dort lag sie nicht.

Die Frau hinter der Theke schüttete plötzlich einen spanischen Sturzbach über mir aus. Der Mann mit dem wippenden Fuß pflichtete ihr bei, sodass ich mich allmählich so gejagt fühlte wie ein Kaninchen zu Weihnachten.

Bis eine Stimme hinter mir fragte: »Kann ich helfen?«

Val! Sie war nur zur Toilette gewesen oder so.

Ich erklärte ihr das Problem und sie erläuterte es der Frau und dem Mann auf Spanisch. Schließlich bezahlte sie und trug die Tapas zu unserem Tisch.

22

Zeit: zwei Wochen und drei Tage früher
Ort: La Lina – Spanien

Val und ich gingen in der Dämmerung zum Campingplatz zurück. Mann, was war ich sauer! Und nicht nur, weil ich meine EC-Karte verloren hatte. Ich war allein mit Val, der Mond schien, die Grillen zirpten und es war nicht mehr glühend heiß, sondern angenehm. Ideale Bedingungen, um etwas mit einem Mädchen anzufangen, und ausgerechnet jetzt ließen mich meine männlichen Hormone komplett im Stich. Mir stand einfach nicht der Sinn danach – ich machte mir viel zu viele Sorgen um diese blöde Bankkarte –, und was mir die Laune noch mehr verdarb, war, dass ich jetzt schon wusste, wie schrecklich leid mir diese verpasste Chance morgen tun würde.

»Denk doch noch einmal gut nach«, sagte Val.

Ich hatte während der letzten Stunde nichts anderes getan. Wenn ich noch länger nachdachte, würde mein Gehirn überhitzen und explodieren.

»Wo hast du sie zum letzten Mal gesehen?«

»Keine Ahnung«, murrte ich. »In dem Hostel in Córbador habe ich damit bezahlt. Danach war ich noch einmal am Geldautomaten in La Lina, aber das ist schon wieder ein paar Tage her. Sonst habe ich nur bar bezahlt und dann überprüfe ich nun wirklich nicht jedes Mal, ob die Karte noch in meinem Geldbeutel steckt. Das habe ich dir jetzt schon hundertmal erzählt.«

Sie legte ihre Hand auf meinen Arm, um mich zu beruhigen. Durch die Berührung lebten meine Hormone kurz wieder auf, aber sobald mich der nächste Schrecken durchfuhr, schliefen sie wieder ein.

»Vielleicht hat der Finder inzwischen mein Konto geplündert!«, rief ich. »All mein Urlaubsgeld futsch!«

»Ach was. Ohne Geheimzahl klappt das nie im Leben.« Sie trat kurz an den Straßenrand, um ein Auto vorbeifahren zu lassen. »Aber du musst deine Karte trotzdem sperren lassen. Hast du nicht so eine Liste mit Telefonnummern? Bei Diebstahl im Ausland . . .«

Das gelbgrüne Kärtchen, das meine Mutter auf meinen Schreibtisch gelegt hat. Wahrscheinlich lag es immer noch dort. Wie bescheuert!

»Vergessen.« Ich kickte wütend ein Steinchen weg.

Sie drückte meine Hand. »Morgen gehe ich mit dir zur Bank und dann lösen wir das Problem gemeinsam, okay?«

»Super.« Ich sah Val an, wie sie da im Mondlicht ging, und da erwachte doch noch so das eine oder andere in mir. Die Straße machte eine Biegung.

»Der Campingplatz«, sagte Val. »Wir sind da.«

Stefano saß vor dem Zelt und wartete auf uns. Er ließ seine Taschenlampe aufleuchten. »Seid ihr auch endlich da?«

Sobald Val ihre Tasche mit dem Geld auf seinen Schoß legte, veränderte sich seine Stimme. Er sprach freundlicher und vor allem sehr viel leiser. »Ich hatte schon Angst, man hätte euch beklaut.«

Da erst wurde mir klar, dass wir die ganze Zeit mit mindestens fünftausend Euro in bar herumgelaufen waren.

»Was macht ihr eigentlich damit?«, fragte ich.

»Das meiste geht zurück an meinen Cousin«, antwortete Stefano. »Er hat uns das Geld für die Karten vorgestreckt. Val und ich teilen uns nur den Gewinn.«

»Ich würde es schnell auf sein Konto überweisen«, sagte ich.

Val nickte. »Morgen. Dann gehen wir ja sowieso zur Bank.« Sie sah Stefano an. »Fin hat seine Bankkarte verloren.«

Manche Leute haben einen seltsamen Humor. Er brach in Lachen aus.

»Das ist nicht witzig.« Val gab ihm einen Schubs, nahm ihre Tasche wieder an sich und schnappte sich auch gleich die Taschenlampe. Sie kroch damit ins Zelt. Ich hatte wenig Lust, allein bei Stefano sitzen zu bleiben, und kroch ihr nach. Bevor wir in die Stadt gegangen waren, hatte sie ihren Rucksack ins Zelt gestellt. Sie kniete vor ihm und öffnete die Verschlussklappe.

»Danke«, sagte ich. »Dass du für mich Partei ergriffen hast.«

»Nimm es meinem Bruder nicht übel«, sagte sie. »Er steckt in einer schwierigen Phase.«

Meiner Ansicht nach wollte sie nicht, dass ich weiterfragte. Und ehrlich gesagt, war es mir auch egal.

Val begann, ihren Rucksack auszupacken. Ich dachte, sie suche, vielleicht schon nach ihrem Nachthemd oder nach Zahnbürste und Zahnpasta. Aber sie legte alle Sachen auf einen Haufen, bis ihre Tasche vollkommen leer war.

Dann gab sie mir die Taschenlampe. »Leuchte mir mal.«

Der Rucksack war nicht leer. Auf dem Grund lag ein Stapel Geld.

»Von dem Päckchen, das du in Racotta abgegeben hast«,

sagte Val. »Ich hatte noch keine Gelegenheit, es zur Bank zu bringen.« Sie leerte ihre Umhängetasche und legte den Erlös aus den Konzertkarten zu dem anderen Geld im Rucksack.

»Hast du keine Angst, dass jemand damit abhaut?«, fragte ich.

»Ach was. Teure Markenkoffer, die werden gestohlen. Aber niemand kommt auf die Idee, dass in so einem verschlissenen Rucksack wertvolle Dinge stecken. Und wenn doch jemand neugierig ist, findet er nur Kleidung.«

»Es sei denn, er kippt ihn komplett aus.«

»Jetzt hör aber mal auf. Gleich mache ich mir doch noch Sorgen.«

»Berechtigterweise.«

»In deinem Fall wäre das tatsächlich so.« Sie gab mir einen neckischen Schubs. »Aber du verlierst ja sogar eine einfache EC-Karte.«

»Haha.« Ich schubste sie zurück.

Sie hielt meine Schultern fest und versuchte, mich auf den Boden zu drücken. Ich ließ mich fallen, zog sie aber mit. Sie lachte. Ich lachte. Ihr Gesicht war ganz nah.

»Na, ihr habt's ja sehr gemütlich hier«, erklang plötzlich Stefanos Stimme hinter uns.

Lass ihn stolpern und in einen Zelthering fallen, der sich durch ihn bohrt, dachte ich.

»Und das, während vielleicht gerade jemand dein Konto plündert«, fuhr er fort.

Meine Karte. Sofort konnte ich wieder an nichts anderes denken.

»Tu nicht so blöd.« Val richtete sich auch auf und packte ihre Tasche wieder ein. Nur ein T-Shirt und ein paar Kosmetikartikel ließ sie daneben liegen. »Ich gehe Zähne putzen.«

»Jetzt schon?«, fragte Stefano.

»Ich bin müde.«

»Ich auch«, sagte ich schnell.

Eine halbe Stunde später lagen wir zu dritt nebeneinander in den Schlafsäcken. Zu meinem großen Ärger hatte Stefano gleich am ersten Tag den Platz in der Mitte eingenommen. Weil es sein Zelt war, traute ich mich nicht, etwas dazu zu sagen, und vielleicht war es in Spanien ja auch ganz normal, dass Jungen ihre Schwester vor anderen Jungen beschützen wollten.

Val und Stefano schliefen schon bald ein. Ihre Atmung war regelmäßig und entspannt.

Ich dachte an meine EC-Karte und was ich machen sollte, wenn mein Geld wirklich verschwunden war. Dann versuchte ich, an Val zu denken und meine gestohlene Karte zu vergessen, aber ich blieb wach. Ich kroch etwas tiefer in meinen Schlafsack, um mir nicht den Kopf zu stoßen. Stefanos und mein Rucksack lagen unter dem Vordach, aber direkt hinter meinem Kopf stand Vals Rucksack mit dem Geld. Sie hatte sich doch nicht getraut, ihn draußen zu lassen. Ich drehte mich um und hoffte, dass wir morgen wieder in einem Hostel oder einem Hotel übernachten würden.

23

Zeit: heute
Ort: Polizeiwache Francaz – Spanien

Du hyperventilierst«, sagt Perez. Er drückt mir eine Papiertüte in die Hand. »Halte sie vor den Mund und atme ruhig ein und aus.«

Ich sitze auf dem Boden, den Rücken an den Schreibtisch gelehnt. Wie komme ich hierher? Ich spüre die harte Rückseite des Schubladenschranks durch mein Hemd. Etwas drückt schwer auf meine Brust. Es ist, als wäre die Polizeiwache eingestürzt und ich läge unter einem unsichtbaren Schutthaufen. Ich kann nicht aufhören, zu keuchen und zu fiepen.

Perez lenkt die Hand mit der Tüte zu meinem Gesicht.

»Eigensinniger Kerl, jetzt mach, was ich sage.«

Es ist eine braune Tüte und sie stinkt nach Ei. Ich will sie von mir schieben, aber Perez legt seine freie Hand hinter meinen Kopf, sodass ich in einem lebenden Schraubstock stecke. Ich atme in die Tüte. Wenn ich ausatme, bläht sie sich auf, wenn ich einatme, wird sie zum Vakuum.

»Gut so«, sagt Perez. »Und ein und aus und ein und aus.«

Das Gewicht auf meiner Brust verringert sich. Meine Atmung wird ruhiger. Die Flecken vor meinen Augen verschwinden und ich habe nicht mehr das Gefühl zu ersticken.

»Das kommt durch die Anspannung«, sagt Perez, während

er mir wieder auf den Stuhl hilft. »Du hast dich zu sehr aufgeregt.«

Ja, hallo, wessen Schuld ist das denn? Wenn er mir vielleicht einfach mal glauben würde und mich nicht länger des Mordes verdächtigte?

Er füllt einen Becher mit Wasser aus dem Spender und stellt ihn vor mir ab. »Geht's wieder?«

Ist das jetzt, was man landläufig ein Hass-Liebes-Verhältnis nennt? In einem Augenblick könnte ich ihn erschießen und im nächsten fast dahinschmelzen, weil er mich vorm Erstickungstod gerettet hat. Ich versuche, ohne Papiertüte zu atmen. Es geht. Ich will sie Perez zurückgeben.

»Behalte sie ruhig«, sagt er. »Vielleicht brauchst du sie ja noch.«

Ich lege die Tüte hin und trinke einen Schluck Wasser.

»Können wir das Verhör fortsetzen?«

Er hat mich nur gerettet, um mich anschließend wieder quälen zu können.

»Lass uns noch einmal nach Córbador zurückkehren. Wo habt Valerie und du übernachtet?«

»Und Stefano«, sage ich. »Wir schliefen in einem Hostel, in einem Schlafsaal mit noch weiteren Leuten. Val hat die Schlafplätze organisiert. Für uns alle drei.«

»Und wie hieß dieses Hostel?«

»Etwas mit einem B, glaube ich.« Diese komplizierten spanischen Namen auch immer.

Er tippt mit beiden Zeigefingern auf der Tastatur herum. »Boquería?«

»Könnte sein.«

»Wann wart ihr dort?«

»Das weiß ich nicht genau.«

Perez steht auf, nimmt den Kalender von der Wand und

legt ihn vor mich auf den Schreibtisch. »Vielleicht hilft das ja.«

Auf jeden Fall ist es praktisch, dass jemand nicht täglich ein Blatt abgerissen hat. Ich blättere zurück zu dem Tag, als ich in Spanien gelandet bin und Martijn mich vom Flughafen abholte. Mal sehen, dann bin ich bis Freitag bei ihm geblieben und am selben Tag habe ich Val und Stefano getroffen. Und abends haben wir in dem Hostel geschlafen! Ich drehe den Kalender um und schiebe ihn zu Perez, sodass er das Datum sehen kann.

»Okay«, sagt er. »Ich schicke dem Inhaber eine E-Mail mit euren Namen. Dann kann er sie mit denen im Gästebuch vergleichen.«

»Es geht um drei Personen«, sage ich noch einmal.

Perez tippt mit der Geschwindigkeit eines Menschen, der noch aus der Zeit stammt, als man mit Gänsekielen geschrieben hat. Ich trinke das Wasser aus. Ich versuche vergebens, mit einer Büroklammer das Schwarze unter meinen Fingernägeln wegzubekommen. Ich zähle die Ordner, die auf dem Schreibtisch liegen. Und dann drückt Perez endlich auf *Senden.*

»Gut«, sagt er. »Während wir auf Antwort warten, reden wir weiter. Nach Córbador seid ihr weitergereist nach La Lina. Warum hast du beschlossen, gerade dort die Konzertkarten von Alicia Keyes zu verkaufen?«

Was kommt denn jetzt wieder?

»Ich habe überhaupt nichts beschlossen. Val und Stefano hatten Konzertkarten. Ich habe nur geholfen, sie zu verkaufen.«

»Ganz alleine.«

»Zusammen mit Val. Sie hat eine Hälfte erledigt, ich die andere. Dadurch waren wir schneller fertig.«

»Weißt du, was daran so seltsam ist?« Perez stützt sich mit dem Ellbogen auf den Schreibtisch. »Jeder, der Anzeige erstattet hat, sagt, dass ein Junge an der Tür stand. Kein Mädchen.«

Anzeige? Der Druck auf meine Brust nimmt wieder zu.

»Ein Junge mit einer roten Baseballkappe. Wahrscheinlich sprach er kein Spanisch, denn statt etwas zu sagen, zeigte er ein Stück geschriebenen Text.«

Aber was ist mit Val? Denke ich. Sie hat doch auch Karten abgeliefert?

»Er hat sehr viel Geld kassiert«, fährt Perez fort. »Mindestens hundertfünfundfünfzig Euro für jede Fake-Karte.«

»F-Fake . . .« Ich schnappe nach Luft.

Von wegen zehn Prozent Gewinn. Val und Stefano haben hundert Prozent Gewinn in die Tasche gesteckt. Darum war Val noch schneller fertig als ich. Diese sogenannte andere Hälfte der Adressenliste? Alles Unsinn. Wahrscheinlich hat sie sich gleich in diese Tapasbar gesetzt, ohne auch nur eine Karte abzugeben.

»D-das wusste ich nicht. Ich dachte, ich würde echte Konzertkarten verkaufen.«

»Sie waren ziemlich gut gefälscht«, sagt Perez. »Manche Fans merkten es erst, als sie bei Palau Sant Jordi ankamen und nicht reindurften.«

»Stefano und Val haben diese falschen Karten gedruckt und verkauft. Ich habe sie nur für sie abgegeben. Wirklich. Val hat diesen Zettel auf das Plakat von Alicia Keyes gehängt. Mit der Telefonnummer von Job dazu.«

»Job?«

»So nennt Stefano sein altes Telefon. Er benutzt es nur für Geschäfte. Für Privatangelegenheiten hat er ein normales Handy.«

»Weißt du zufällig die Nummer?«

»Ich nicht. Aber die Leute, die diese nachgemachten Karten gekauft haben, wahrscheinlich schon. Sie haben Stefano angerufen.«

Perez sucht zwischen den Ordnern. »Hierin sind alle Anzeigen.« Er öffnet die Akte und nickt. »Die Käufer haben tatsächlich immer dieselbe Nummer angerufen.«

Ich verspüre einen Funken Hoffnung.

»Leider ist sie deaktiviert.«

Weg ist sie wieder.

»Deswegen hatte Stefano zwei Telefone«, sage ich matt. »Sobald alle Konzertkarten verkauft waren, hat er Job weggeworfen, damit ihn keiner mehr ausfindig machen konnte.«

Perez ist wieder mit dem Computer zugange. »Prepaid«, sagt er nach einer Weile. »Der Besitzer ist nicht mehr herauszufinden.«

Ja, das sagte ich schon.

Perez hebt den Finger. »Warte. Da kommt gerade eine Nachricht vom Hostel Boquería.«

Ich kralle meine Finger in die Sitzfläche des Stuhls, während ich das Ergebnis zu beschwören versuche: drei Personen, drei Personen.

»Im Gästebuch stehen nur zwei Namen: Valerie Reina und Fin van Toor«, sagt Perez. »Eine Mitarbeiterin erinnert sich noch vage an ein Mädchen mit Cowboystiefeln und einen Jungen mit einer roten Baseballkappe. Von einem zweiten Jungen, der Stefano heißen soll, hat sie jedoch noch nie gehört.«

24

Zeit: Zwei Wochen und zwei Tage früher
Ort: Banco popular in La Lina – Spanien

Wir standen im Bankgebäude, Val und ich. Sie sprach in raschem Tempo mit einer Frau hinter dem Schalter – eine Presswurst in einem Kostüm. Draußen war es glühend heiß, aber drinnen war die Klimaanlage so hoch eingestellt, dass ich Gänsehaut auf den nackten Armen bekam. Wahrscheinlich machten sie das speziell für das weibliche Personal. Sie trugen allesamt Feinstrumpfhosen, trotz der über dreißig Grad im Schatten.

»Sie hat deine alte Karte sperren müssen«, sagte Val, »um zu verhindern, dass jemand noch etwas vom Konto holen kann.«

»Aber komme ich selbst dann noch an mein Geld?«, fragte ich beklommen.

»Später«, antwortete sie. »Wenn du wieder zu Hause bist. Dann kannst du alles erklären und eine neue Karte beantragen.«

Ich dachte an meine Mutter und ihre Prophezeiungen. *Findest du es wirklich nicht schlimm, dass ich nach Amerika fliege? Es kann immer etwas passieren und dann bin ich nicht zu Hause.* Wäre sie doch nur nie mit dem Saugnapf verreist, dann hätte sie mir jetzt helfen können. Ein neues Konto für mich eröffnen. Geld überweisen.

»Aber das hilft mir jetzt nichts.« Meine Stimme klang

fremd, als hätte ich Stacheldraht im Hals. »Ich bin so gut wie pleite und kann zu Hause niemanden erreichen. Mein Flugticket ist erst in ein paar Wochen gültig und ich habe keine Ahnung, wovon ich bis dahin leben soll.«

Val begann wieder, auf Spanisch mit der Presswurst zu reden. »Du solltest am besten ein neues Konto eröffnen«, sagte sie dann zu mir. »Dazu brauchst du eine Adresse in Spanien, aber du könntest die von Martijn angeben.«

Ich seufzte. »Dann braucht man aber Geld, das man auf dieses Konto legt.«

»Das kannst du von Stefano und mir leihen. Wir haben genug Bargeld, und sobald du wieder zu Hause bist und an dein eigenes Geld kommst, überweist du uns den Betrag auf unser Konto.«

Sie hatte mein Problem auf einen Schlag gelöst! Ich hätte sie am liebsten hochgehoben und geküsst, stattdessen gab ich ihr einen ungeschickten Klaps auf die Schulter und murmelte: »Danke.«

Mein Reisepass wurde fotokopiert. Val füllte allerlei Formulare für mich aus, die ich anschließend unterschrieb. Sie gab mir Geld für mein neues Konto und schließlich bekam ich eine nagelneue spanische EC-Karte.

»Ich muss mein eigenes Geld auch noch schnell einzahlen«, sagte sie mit einem Nicken zu ihrem Rucksack hinüber. »Holst du inzwischen eine Flasche Wasser im Supermarkt gegenüber? Ich sterbe vor Durst.«

Als wir wieder auf dem Campingplatz waren, hatte Stefano das Zelt schon abgebaut und eingepackt. Ich fand es merkwürdig, dass er nicht erst mit uns gesprochen hatte, aber zu meinem Erstaunen empfand ich keinen Ärger. Offenbar nimmt man mehr in Kauf, wenn man gerade einen Haufen

Kohle von jemandem geliehen hat. Valerie tat übrigens so, als wäre es die normalste Sache der Welt, dass wir jetzt aufbrachen. Na ja, eigentlich war ich ja auch neugierig, wo wir landen würden. Val wartete nicht gern, also nahmen wir meistens den erstbesten Bus oder Zug oder wir ließen unser Ziel durch eine Mitfahrgelegenheit beim Trampen bestimmen. Mir war es durchaus recht so. Wenn man nicht von vornherein wusste, wo man die nächste Nacht verbrachte, wurde diese Art zu reisen noch abenteuerlicher, als sie sowieso schon war.

Stefano schulterte seinen Rucksack und ging voraus. Er nahm nicht den üblichen Weg an der Rezeption entlang, sondern ging zu den Zelten, die am weitesten entfernt standen, und folgte von dort aus dem schmalen Pfad, der zu einem heimlichen Ein- und Ausgang führte.

»Müssen wir nicht noch bezahlen?«, fragte ich, während wir uns zwischen den Büschen durchzwängten.

»Habe ich schon gemacht, als ihr unterwegs wart«, sagte Stefano. »Deinen Anteil kannst du mir nachher geben. Hier entlang ist es praktischer, dann kommen wir genau bei der Bushaltestelle raus.«

Der nächste Bus fuhr erst in anderthalb Stunden.

»Wir trampen«, sagte Val entschieden.

Das war leichter gesagt als getan. Es kamen drei Autos vorbei, die kurz anhielten, als sie Val sahen, und sofort wieder Gas gaben, sobald ihnen klar wurde, dass Stefano und ich auch dazugehörten.

»Drei ist zu viel«, sagte Stefano. »Wir teilen uns besser auf.«

Ich wusste sofort, welche Rechenaufgabe mich am meisten ansprechen würde. Val dachte zum Glück genauso darüber. »Geh du zuerst«, sagte sie zu ihrem Bruder. »Dann kommen Fin und ich so schnell wie möglich nach.«

Wir stellten die Rucksäcke am Straßenrand ab und drehten sie auf die Seite, damit wir sie als Sitzplätze benutzen konnten. Stefano positionierte sich ein Stück von uns entfernt und behielt die Straße im Auge. Nach drei Minuten kam ein Lastwagen. Stefano hob den Daumen und verschwand aus der Sicht, als der Lastwagen mit einem zischenden Geräusch anhielt. Ich hörte, wie sich die Tür öffnete und wieder zuschlug. Motorenlärm, immer kleiner werdende Rücklichter und dann war es still.

»Jetzt wir«, sagte Val.

Es dauerte fast eine Viertelstunde, bevor wieder ein Auto vorbeikam. Ein grauer Volvo mit einem klebrigen Baby in einem Kindersitz auf der Rückbank. Wir legten unsere Rucksäcke in den Kofferraum und schlüpften rechts und links neben das Baby. Der Mann hinterm Steuer fragte etwas auf Spanisch. Sobald Val es für mich übersetzte, schaltete auch er um auf Englisch. »Wo wollt ihr hin?«

»Das kommt nicht so genau drauf an«, antwortete Val. »Wir sagen Bescheid, wenn wir aussteigen wollen.« Sie hielt dem Baby ihren Finger hin, das ihn sofort umklammerte.

»Ist sie nicht ein Schätzchen?«, fragte die stolze Mutter, die vorn neben ihrem Mann saß.

Na und ob, dachte ich mit einem Blick auf Val, obwohl ich natürlich nur zu gut verstand, dass die Frau das Baby meinte. Ich brauchte noch lange nicht an Kinder zu denken. Vielleicht wenn Val und ich ein altes Paar um die dreißig wären . . .

»Macht ihr Urlaub?«, fragte der Mann.

Val und ich nickten.

»Wir sind früher auch oft mit dem Rucksack unterwegs gewesen«, sagte die Frau. »Aber seit unsere Kleine da ist, geht das nicht mehr.« Sie fing an, von allen Reisen zu erzählen, die sie gemeinsam unternommen hatten, nach Vietnam, Mali, Peru und noch ein paar mehr dieser Länder. Diese Leute hatten echt ein cooles Leben, bevor das Baby dem Ganzen ein Ende gemacht hatte – Rafting, zwischen wilden Tieren herumlaufen, mitten in der Wüste ein Konzert anhören und noch viel mehr.

Der Mann musste pinkeln und hielt an einer Tankstelle. Die Frau wollte im Shop etwas kaufen und bat uns, kurz auf das Baby aufzupassen.

»Kannst du Auto fahren?«, fragte Val, als wir allein waren.

»Keine Ahnung. Ich habe es noch nie versucht.«

Sie nickte zu den Autoschlüsseln hinüber, die in der Zündung steckten. »Das ist deine Chance.«

Ich grinste. »Bonnie und Clyde.«

Val sorgte sofort für eine spannende Hintergrundmusik. *Dudududu.*

»Sie machen sich mit einem Rucksack voller Geld, einem gestohlenen Wagen und einem entführten Baby auf dem Rücksitz davon«, sagte ich mit so einer Filmtrailer-Stimme.

Obwohl Val keine Filme mochte, musste sie doch lachen. »Auf zum nächsten Überfall.« Sie heulte wie eine Gitarre. Ich trommelte dazu.

Val verwandelte sich in eine Headbangerin. Ihre Haare flogen hin und her. *»Dengdengdeng!«*

Das Baby war offensichtlich nicht so scharf auf Heavy Metal, denn es begann, fürchterlich zu schreien.

»Ach, halt doch die Klappe«, sagte Val.

Wahrscheinlich war es doch besser, wenn wir uns später nicht für Kinder entschieden.

Sie suchte zwischen den Beinen des Babys, zog triumphierend den Schnuller hervor und stopfte ihn in den kreischenden Mund. Noch ein paar Hickser, dann wurde es still.

»Wie viel Lösegeld würden sie wohl zahlen?«, fragte Val, noch immer in Bonnie-Manier. »Um ihr entführtes Baby zurückzubekommen, meine ich.«

»Ich will Moos, unter 'ner Million geht gar nichts los«, rappte ich.

»Ich glaube nicht, dass sie die haben. So reich sehen sie nicht aus.«

Die Frau kam mit Erfrischungsgetränken in Dosen, einer Tüte Bonbons und vorverpackten Sandwiches wieder zum Vorschein.

»Zu spät«, maulte Bonnie.

Ein paar Minuten später waren wir wieder unterwegs. Die Frau reichte uns die Bonbontüte.

»Dürfte ich wohl einmal ihr Handy leihen, um meinen Bruder anzurufen?«, fragte Val, während sie sich ein Karamellbonbon aussuchte. »Meins ist im Rucksack.«

Sie tippte Stefanos Nummer ein und begann, lebhaft zu reden. Ärgerlicherweise sprach sie spanisch.

»Er ist in Santa Pol«, sagte sie, als sie fertig war. »Wir übernachten bei Onkel Raoul.«

25

Zeit: zwei Wochen und zwei Tage früher
Ort: Santa Pol – Spanien

An einer Bushaltestelle stiegen wir aus. Die Frau blieb im Auto sitzen und wünschte uns noch einen schönen Urlaub. Das Baby ließ den Schnuller aus dem Mund flutschen und schrie. Ich schlug schnell die Autotür zu. Dann lieber einen schlagzeugspielenden Nachbarn.

Der Mann öffnete den Kofferraum für uns, damit wir unsere Rucksäcke herausholen konnten. Er gab uns die Hand.

»Gute Weiterreise.«

Ich nickte. »Danke.«

Wir nahmen den Stadtbus nach Otus, das wohl grünste Viertel von Santa Pol und vielleicht sogar von ganz Spanien. Man konnte es schon in der Ferne liegen sehen, wie eine Oase in der Wüste. Die Böschungen an der Straße waren noch gelb, aber in den Gärten rund um die frei stehenden Häuser hatten Gras und Büsche die gleiche Farbe wie die Tischbespannung in dem Billardcafé, das ich manchmal mit Tom und Menno besuchte. Mit der Wassermenge, die hier zum Sprengen benutzt wurde, konnte man wahrscheinlich zehn Millionen Afrikaner vor dem Verdursten retten.

Stefano saß an der Bushaltestelle und wartete auf uns.

»Weiß dein Onkel eigentlich, dass ich mitkomme?«, fragte ich, als wir ausgestiegen waren. »Er ist bestimmt nicht scharf auf fremde Übernachtungsgäste.«

»Onkel Raoul ist nicht zu Hause«, sagte Val. »Er ist wegen seiner Arbeit in Australien.«

Stefano nickte. »Aber für ihn ist es gar kein Problem, wenn wir in seinem Haus sind.«

»Habt ihr denn einen Schlüssel?«

»Onkel Raoul lässt immer einen Reserveschlüssel bei seinen Nachbarn«, antwortete Val. »Für den Fall, dass Freunde oder Familie sein Haus nutzen wollen.«

»Und ich habe ihn schon abgeholt.« Stefano hielt ihn wie eine Trophäe hoch. »Wir dürfen so lange bleiben, wie wir wollen.«

Inzwischen waren wir an drei Bungalows vorbeigekommen und erreichten ein weißes Haus mit einem Kiesweg und zwei Blumentöpfen rechts und links neben dem Eingang.

»Hier ist es.« Stefano steckte den Schlüssel ins Schloss. »Kommt rein.« Im Flur stand ein kleiner, niedriger Schrank an der Wand, auf dem sich die Post stapelte. Stefanos Rucksack lag daneben. Wir gingen durch das dunkle Wohnzimmer. Es war vollgestopft mit großen, altmodischen Eichenholzmöbeln, aber an der Wand hing ein moderner TV-Flachbildschirm. Onkel Raoul mochte offensichtlich luxuriöse Gerätschaften, denn die Wohnküche war mit den modernsten Geräten versehen, einschließlich Luxus-Mikrowelle, und der Kühlschrank hatte sogar eine eingebaute Eiswürfelmaschine. Am genialsten war aber der Whirlpool im Garten.

»Nicht schlecht«, sagte ich. »Hier können wir es wirklich eine Weile aushalten.«

Val teilte die Schlafplätze ein. Für sich selbst hatte sie das Zimmer ihres Onkels auserkoren, das mit dem meisten Platz und dem Doppelbett. Ich bekam das Gästezimmer, in dem ein Einzelbett stand, und Stefano musste unten auf dem Sofa schlafen. Ich erwartete eine übellaunige Bemerkung, aber zu meinem Erstaunen nahm er es gelassen hin. Er interessierte sich mehr für den Inhalt der Tiefkühltruhe. »Mikrowellen-Mahlzeiten für mindestens eine Woche.« Er schaute in den Kühlschrank. »Und Bier! Onkel Raoul weiß genau, was wir brauchen.«

Wir zogen unsere Badesachen an, denn wir wollten natürlich sofort den Whirlpool ausprobieren. Stefano und ich hockten schon im Wasser, als Val hinauskam.

»Schaut mal, was ich gefunden habe.« Sie hielt etwas hinter ihrem Rücken. »Tataaa!«

Es war eine Flasche Whisky.

»Ist das denn okay?«, fragte ich.

Weil ich ja wusste, dass Alkohol die Entwicklung junger Gehirne beeinträchtigte, trank ich höchstens mal ein Bierchen. Na ja, vor allem aber auch, weil meine Mutter geschworen hatte, dass sie mich umbringen würde, wenn ich vor meinem achtzehnten Lebensjahr etwas Stärkeres trinken würde.

»Megaschisser. Man lebt nur einmal.« Stefano streckte die Hand aus und machte Schmatzgeräusche. »Her mit der Flasche.«

»Nicht so ungeduldig.« Val stieg in den Whirlpool und ließ sich ins Wasser gleiten. »Ich habe Lust auf ein Spielchen.«

»Oh, nicht schon wieder, oder?« Stefano warf mir einen Blick zu und rollte die Augen.

»Wahrheit oder Pflicht. Ich fang an.« Val drehte am Verschluss der Flasche. »Wahrheit.«

Stefano dachte kurz nach. »Angenommen, du kannst einen Haufen Geld bekommen. Eine Million oder so. Aber im Gegenzug musst du etwas Gefährliches tun. Traust du dich das?«

»Für eine Million traue ich mich alles. Auch, wenn ich mich in eine Badewanne mit lebendigen Skorpionen legen müsste. Danach braucht man jedenfalls nie mehr zu arbeiten.« Val nahm einen Schluck Whisky. »Jetzt du.« Sie drückte mir die Flasche in die nassen Finger.

Wenn ich nicht mitmachte, würde sie denken, ich sei noch ein Kleinkind. Und von einem Kleinkind würde sie wohl kaum etwas wollen.

»Ähem . . . Wahrheit.«

»Hast du schon einmal Alkohol getrunken?«, fragte Stefano.

Ich nickte.

»Bist du schon einmal so besoffen gewesen, dass du dich am nächsten Morgen an nichts erinnern konntest?« Er machte dabei ein Gesicht, als wäre das besonders lustig.

»Das sind zwei Fragen«, sagte ich.

Val nickte. »Fin hat recht. Er hat sich schon einen Schluck Whisky verdient.«

Meine Mutter konnte mich nicht sehen. Außerdem wäre es schon eine beachtliche Leistung, wenn es ihr gelänge, aus Amerika einen Blitz auf mich abzufeuern.

Ich führte die Flasche zum Mund und nahm einen Schluck.

Der Blitz kam tatsächlich. Er traf mich voll in der Kehle, bohrte sich in meine Speiseröhre und setzte dort alles in Brand. Die Tränen schossen mir in die Augen und ich hustete wie ein alter Kettenraucher.

Stefano lachte mich aus vollem Hals aus. »Lügner. Du hast also wirklich noch nie Alkohol getrunken.«

Ich reichte ihm die Flasche, obwohl ich sie lieber dazu benutzt hätte, ihm eins rüberzuziehen. »Doch. In Bier ist auch Alkohol.«

Er lachte, bis Val ihm unter Wasser einen Tritt verpasste. »Sei nicht so kindisch. Los, du bist dran.«

Er rieb sich über den Knöchel. »Okay, Schwesterherz. Wahrheit.«

»Denk du dir ruhig eine Frage für Stefano aus«, sagte Val zu mir. »Dann kannst du dich rächen.«

Ich brauchte nicht lange nachzudenken. »Wann in deinem Leben hast du dich am allermeisten geschämt?«

Ich hoffte, dass er sich mal schrecklich vor seinen Freunden blamiert hatte. Oder noch besser, vor einem Mädchen. Ich freute mich jetzt schon diebisch.

»Wenn ich mich nicht irre, war das am 6. November 2009«, antwortete er ungerührt.

»Ja, haha, du weißt genau, was ich meine«, sagte ich. »Wofür hast du dich geschämt?«

Er ahmte mich nach: »Das sind zwei Fragen.« Dann trank er von dem Whisky und reichte die Flasche an Val.

Trotz meines Ärgers musste ich lachen.

»Eins zu eins.« Val hob die Flasche. »Pflicht«, sagte sie, »das hatten wir noch nicht.«

»Ich würde dich gern mal knutschend erleben«, sagte Stefano.

Ich empfand eine leichte Erregung. Okay, meinen ersten Kuss mit Val hatte ich mir anders vorgestellt – als Erstes schon mal viel privater und vielleicht sogar mit Kerzen oder Mondschein dazu, weil das Mädchen wohl mögen –, aber ach, wenn das Stefanos Art war, seine kleine Schikane von vorhin wiedergutzumachen ...

Er rutschte näher zu Val. »Mit mir.«

26

Zeit: zwei Wochen und zwei Tage früher
Ort: Santa Pol – Spanien

Meine Aufregung schlug in Widerwillen um. »Du Schwein! Schon mal was von Inzest gehört?«

Zu meiner Erleichterung dachte Val genauso wie ich darüber. »Bist du jetzt völlig durchgeknallt oder was?« Sie stieß ihm ihren Ellenbogen in die Rippen. »Ich will doch keinen Zungenkuss von meinem eigenen Bruder?«

»Aua! Nur die Ruhe.« Er wurde rot. »War doch bloß ein Scherz.«

Ich sah jedenfalls niemanden lachen.

»Kann ich was dafür, dass ihr keinen Sinn für Humor habt?«

Val ignorierte ihn und sah mich an. »Denk du dir mal was Normales aus.«

Ehrlich gesagt hatte ich durchaus noch Lust auf diesen Kuss – schließlich waren Val und ich nicht miteinander verwandt –, aber sogar ich begriff, dass ich dieses Thema vorläufig lieber meiden sollte. Also versuchte ich, mir etwas weniger Sensibles auszudenken.

»Singen«, sagte ich. »Sing ein Lied, das dir gefällt.«

»Gut.« Sie strich sich die Haare aus dem Gesicht. »*Jueves*. Das Lieblingslied meines Vaters.« Mit angewinkelten Beinen, die Whiskyflasche auf ihrem rechten Knie, begann sie, ganz leise auf Spanisch zu singen. Ihre Stimme war nicht besonders schön und manchmal traf sie den Ton auch nicht richtig. Trotzdem bekam ich einen Kloß in den Hals, wie sonst manchmal, wenn ich einen coolen Sportler sehe, der weint, weil er eine Goldmedaille gewinnt.

Das Lied war zu Ende. Alle schwiegen. Nur das Wasser blubberte.

»Schön«, sagte ich. »Wovon handelte es?«

Val nahm einen Schluck. »Die Zuganschläge in Madrid, 2004.«

Damals war ich noch keine zehn. Ich konnte mich kaum noch daran erinnern.

»Onkel Raoul war dabei«, sagte Stefano.

»Er hat es zum Glück überlebt.« Val hatte Stefano den Vorfall von eben offenbar vergeben und drückte seine Hand. »Kommt, wir sind hier doch nicht auf einer Beerdigung«, sagte sie dann. »Fin, du bist dran.«

Ich wollte kein Risiko eingehen, dass Stefano unangenehme Fragen stellte. »Pflicht.«

»Eine Runde durch den Garten rennen«, sagte Val.

Stefano nickte. »Aber wie ein Gorilla.«

Wie alt war der Typ? Drei?

Widerwillig stand ich auf und trommelte mir mit den Fäusten auf die Brust. Dann stieg ich aus dem Whirlpool und lief mit krummen Beinen und schwingenden Armen über die Fliesen.

»Affen laufen auf vier Beinen!«, rief Stefano.

»Jaja.«

Nervensäge.

Ich stolperte auf Händen und Füßen weiter, während ich mir vorsagte, dass es nur ein Spiel war. Nicht, dass es was geholfen hätte. Ich fühlte mich erniedrigt und zum Gespött gemacht.

Es geschah beim Kellerfenster. Die Scheibe war kaputt und ich sah zu spät, dass Glas auf dem Boden lag.

»Fuck!« Ich ließ mich auf die Knie fallen und betrachtete meine rechte Hand, in der eine Scherbe steckte.

»Was ist los?«, fragte Val.

Ich zog das Glas heraus und zeigte ihr den Schnitt. Das Blut pulste aus der Wunde und floss in Richtung Handgelenk. Auf Val wirkte das wie ein rotes Tuch auf einen Stier. Sie gab Stefano die Whiskyflasche, kletterte so schnell wie möglich aus dem Whirlpool und rannte zu mir.

»Pass auf!«, rief ich. »Sonst trittst du dir auch noch was in den Fuß.«

Sie eilte in die Küche und kam in ihren Cowboystiefeln wieder zurück, bewaffnet mit einem sauberen Geschirrtuch, einem Verbandskasten und meinen Badelatschen. »Anziehen.«

Sobald ich die Flipflops an den Füßen hatte, nahm sie mich mit zu einer sicheren Stelle auf der Wiese und begann, das Blut mit dem Geschirrtuch aufzutupfen. Dann wollte sie die Wunde desinfizieren, aber das Jodfläschchen war fast leer.

»Stef, die Whiskyflasche!«, rief sie.

Ich musste an einen Kriegsfilm denken, den ich vor Kurzem gesehen hatte. Es gab keine echten Medikamente, um den Schmerz zu bekämpfen, also füllten die Ärzte ihre Patienten mit Alkohol ab, zum Beispiel, wenn sie eine Hand oder ein Bein amputieren mussten.

Val füllte mich nicht damit ab, sondern ließ den Whisky über die Wunde fließen. »Alkohol desinfiziert auch.«

»Jammerschade«, fand Stefano.

»Kehr du lieber das Glas auf«, sagte Val. »Es wäre erst recht schade, wenn du auch gleich noch darin stündest.«

Er ging und suchte nach Kehrblech und Besen.

Val fixierte die Wunde mit Pflaster und verband die Hand. Ihre Hände waren zielstrebig und doch sanft. Ich entwickelte sofort Fantasien, was diese Hände wohl noch so alles tun könnten, und danach schämte ich mich ein bisschen, denn es war bestimmt nicht normal, sogar verletzt an Sex zu denken.

»Jetzt stinke ich nach Whisky«, sagte ich.

»Ach.« Sie lächelte. »Mal etwas anderes als Chanel No. 5.«

Stefano hatte ein Kehrblech gefunden und kauerte damit neben den Scherben.

»Du darfst heute nicht mehr in den Whirlpool.« Val half mir auf. »Sonst wird der Verband nass und das ist nicht gut für die Wunde. Es ist sowieso vernünftig, deiner Hand jetzt etwas Ruhe zu gönnen.«

Ich setzte mich auf das Sofa im Wohnzimmer, legte meine Hand auf die Lehne und suchte einen Sportkanal.

Zum Abendessen wärmten wir eine Fertig-Paella auf, die gar nicht mal so übel schmeckte. Abends kam *Scream* im Fernsehen. Der Film war auf Spanisch nachsynchronisiert und deswegen nicht halb so beklemmend wie sonst. Eigentlich sogar ziemlich lustig. Danach machten wir ein Würfelspiel, bei dem ich vierzig Erdnüsse verlor, und schließlich gingen wir zu Bett.

Mein Fenster stand offen. Trotzdem herrschte eine Bullenhitze. Ich lauschte, ob ich Val hören konnte, aber auf der andern Seite der Wand blieb es still. Warum hatte sie mir nicht das Sofa, sondern das Gästezimmer gegeben? Sie lag nur *eine* Tür von mir entfernt. Ich stellte mir vor, dass ich bei ihr anklopfte und sie mich reinlassen würde. Was würde sie anhaben? Das Schlafshirt, das sie auch im Zelt trug? Oder vielleicht gar nichts? Es wäre übrigens noch besser, wenn sie bei mir anklopfte. Dann würde ich nichts riskieren.

Ich hob mein Ohr vom Kissen. Nein, ich hörte immer noch nichts. Vielleicht auch gut so. Ich hatte schon öfter mal Fantasien über ein Mädchen gehabt und ich wusste auch so einigermaßen, was ich tun müsste. Aber von nervigen Brüdern, die unten auf dem Sofa liegen und schlafen, hatten die Lehrer im Sexualkundeunterricht kein Wort verloren. Angenommen, Stefano würde unerwartet wach werden und Val und mich erwischen. Ich wäre schrecklich aufgeschmissen und den Rest meines Urlaubs würde ich nichts mehr geregelt bekommen.

Mit einem Seufzer warf ich das Laken von mir. Die Wunde an meiner Hand pochte und meine Blase war voll. Ich sollte besser zur Toilette gehen, sonst würde ich nie mehr einschlafen.

Ich überquerte den Treppenabsatz und ging zur Badezimmertür. Unten waren Stimmen zu hören. Ich änderte meine Route, ging die Treppe ein Stück hinunter und schaute ins Wohnzimmer. Stefano und Val saßen gemeinsam auf dem Boden vor dem Wohnzimmertisch. Auf dem Tisch stand ein Laptop. Die Stehlampe hinter ihnen brannte und warf Schatten auf ihre Gesichter.

»Ich dachte, ihr schlaft schon längst«, sagte ich eifersüchtig.

»Wir hatten noch Lust auf ein Spielchen auf Raouls Computer.« Val klappte den Laptop zu. »Aber du hast recht, es ist schon spät. Ich mache mich auch auf ins Bett.« Sie stand auf. »Wie geht es deiner Hand?«

»Geht so.« Bah, ich klang wie ein beleidigtes Kind.

Sie kam die Treppe herauf. »Zeig mal.«

Die Berührungen ihrer Finger fühlten sich an wie kleine Stromstöße.

»Sieht gut aus«, sagte sie. »Morgen erneuere ich deinen Verband.«

27

Zeit: heute
Ort: Polizeiwache Francaz – Spanien

Auch im Hostel Boquería hat niemand Stefano gesehen. Meine Atmung wird schneller. Ich balanciere wieder am Rand des Hyperventilierens.

»Ich brauche eine Tasse Kaffee«, sagt Perez. »Für dich Tee?«

Ich glaube, dass ich nicke, aber meine Gedanken sind irgendwo anders. Vielleicht bin ich wirklich verrückt und ich habe Stefano tatsächlich frei erfunden. Es wirkt fast wie ein Scherz. Eine spanische Fernsehsendung, die dumme Touristen auf den Arm nimmt.

Aber ich sehe nirgends Kameras.

Perez stellt Becher vor uns ab. Ich konzentriere mich auf das Öffnen der Zuckertütchen. Ruhig bleiben. Geisteskrankheiten gibt es in unserer Familie nicht. Umrühren.

»So, wir können wieder.« Perez setzt sich. »Boquería also . . .«

Mein Blick sucht Halt an der Papiertüte auf dem Schreibtisch. Wenn es nötig wird, kann ich sie mir sofort nehmen. Dieses Wissen reicht gerade aus, um meinen Atem wieder in den Griff zu bekommen.

»Ich glaube, dass Stefano in dem Hostel übernachtet hat, ohne zu bezahlen«, sage ich. »So sehr schwierig war das nicht. In dem Saal, in dem wir schliefen, waren nicht alle

Betten besetzt. Und das Personal ist auch nie vorbeigekommen, um zu überprüfen, zu wievielt wir waren. Außerdem gab es an der Seite des Hostels einen gesonderten Ein- und Ausgang für Gäste, damit wir nicht immer wieder an der Rezeption vorbeimussten. Es kann durchaus sein, dass niemand Stefano gesehen hat.«

»Gut.« Perez pustet auf seinen Kaffee. »Angenommen, du hast recht. Aber dann habe ich immer noch einige offene Fragen. Der Erlös der falschen Konzertkarten zum Beispiel. Was hast du damit gemacht?

»Val gegeben. Sie hat es am nächsten Tag auf ihr Konto eingezahlt.«

»Ihr Konto?«

»Ja.« Von wem denn sonst?

»Also nicht auf deins?«

»Nein, natürlich nicht.«

»Woher kam dann dieses Geld?«

Ich setze mich gerade hin. »Welches Geld?«

»Das du auf dein neues Konto eingezahlt hast.«

»Ach das.« Das Geld, das ich mir von Val und Stefano geliehen habe. Ich entspanne mich. »Meine EC-Karte war weg und ...«

»Gestohlen?«

»Oder verloren. Das weiß ich nicht. Auf jeden Fall konnte ich dadurch nicht mehr an mein Geld und ...«

»Welches Geld?«, fragt Perez.

»Das Geld, das ich auf meinem niederländischen Konto hatte«, antworte ich ungeduldig.

»Es war kein einziger müder Cent auf deinem niederländischen Konto«, sagt Perez. »Als du deine Karte hast sperren lassen, war dein Konto schon längst leer.«

Also doch. All die Stunden Regaleauffüllen. Alles umsonst. »Dann hat derjenige, der meine Karte gestohlen oder gefunden hat, mein Konto abgeräumt«, sage ich.

»Ohne Geheimzahl?«

»Die werden sie wohl irgendwie geknackt haben. Diese Typen sind heutzutage sehr geschickt bei solchen Sachen.«

Perez stellt seinen Kaffeebecher etwas zu heftig ab. »Wie soll ich dir jemals glauben, wenn du mich immer wieder anlügst?«

»Wieso? Was meinen Sie?« Ich lege meine zitternden Hände auf die Papiertüte.

»Das Geld wird von deinem Konto geräumt. Der gesamte Betrag. Sobald nichts mehr drauf ist, behauptest du, deine Karte ist verschwunden. Warum?«

Jaha, hallo! »Weil ich sie wirklich verloren hatte.«

»Du hast sicher gehofft, die Bank würde den verschwundenen Betrag ersetzen, wenn er angeblich gestohlen wurde?«

Die Panik steigt wieder in meine Kehle. »Angeblich?«

»Du selbst hast das Geld von deinem niederländischen Konto geholt.«

»Das stimmt nicht!«

»Leugnen ist sinnlos. Wir haben es schwarz auf weiß.«

»Das kann nicht sein. Ich habe nichts getan.«

Er macht etwas an seinem Laptop und dreht ihn um, sodass ich auf den Monitor sehen kann. »Der Geldautomat von La Lina ist kameraüberwacht.«

Ich starre hypnotisiert auf den Schirm. Jemand kommt ins Bild. Man kann sein Gesicht nicht gut erkennen, nur seine Baseballkappe. Genau so eine, wie ich von Val bekommen habe. Der Kappenträger tippt eine Geheimzahl ein und der Automat spuckt Geld aus. Mein Geld!

»Das muss Stefano sein«, sage ich. »Er hat dasselbe Basecap wie ich. Ein Geschenk von Val.«

»Und er kennt deine Geheimzahl?«

»Nein. Nun ja, zumindest nicht, soweit ich weiß.«

Ich versuche, mich zu erinnern. Wann habe ich mit Karte bezahlt? In dem Hostel. Manchmal, wenn wir einkaufen waren ... Der kleine Supermarkt in Córbador! Val stand direkt neben mir, als ich die Geheimzahl eingab.

»Aber Val kennt sie!«, rufe ich. »Natürlich! Sie hat sie Stefano gegeben.«

Perez nimmt einen Schluck Kaffee. »Also glaubst du, dass Stefano deine EC-Karte gestohlen hat?«

Diesmal brauche ich nicht tief in meinen Erinnerungen zu graben. »Beim See! Ich war schwimmen mit Val und habe meine Kleidung bei Stefano liegen lassen. Mein Geldbeutel steckte in meiner Hosentasche. Stefano blieb am Ufer sitzen, weil er ständig angerufen wurde, Sie wissen schon, wegen der Konzertkarten. Val war plötzlich spurlos verschwunden. Ich dachte, sie hätte sich beim Kopfsprung verletzt. Während ich sie suchte, hat Stefano in aller Ruhe meine Karte aus meinem Geldbeutel nehmen können.«

»Mal sehen, ob ich dir folgen kann.« Perez stellt den Becher ab und legt die Hände gegeneinander. »Stefano hat deine EC-Karte gestohlen und alles Geld von deinem Konto geholt. Du wusstest von nichts. Weil deine alte Karte verschwunden war, brauchtest du eine neue. Du eröffnetest ein Konto in Spanien ...«

»Ja, auf Vals Empfehlung hin. Oder eigentlich von der Bank. Aber Val hat alles geregelt, weil ich kein Spanisch spreche.«

»Und dann hast du auf dieses Konto Geld eingezahlt. Geld, das du von Valerie und Stefano leihen durftest.«

»Stimmt«, sage ich. »Durch den Verkauf des Würfelzuckers und der Fakekarten hatten sie jede Menge Bargeld. Val lieh mir einen Teil davon, damit ich nicht sofort nach Hause fliegen musste, obwohl ich pleite war. Ich dachte, sie wollte mir nur helfen, also nahm ich das Angebot an. Neunhundert Euro. Genau der Betrag, den ich zu Hause mit meinem Aushilfsjob zusammengespart hatte.«

»Neunhundert Euro?« Perez zieht den Laptop zu sich, tippt etwas ein und dreht den Monitor wieder zu mir. »Wie erklärst du das dann?«

Es dauert einen Moment, bevor mir klar wird, was ich sehe.

Eine Übersicht. Von meinem neuen spanischen Konto. Ich schaue auf den Betrag.

Zwanzigtausend Euro. Guthaben.

28

Zeit: heute
Ort: Polizeiwache Francaz – Spanien

Ich habe keine Ahnung, wie dieses Geld auf mein Konto kommt«, sage ich. »Wirklich nicht. Ich habe auch noch nie in meinem Leben zwanzigtausend Euro auf einem Haufen gesehen.«

Als ich mir den Geldstapel versuche vorzustellen, vergesse ich einen Augenblick, dass ich gewaltig in der Scheiße sitze. Ich bekomme Visionen von VIP-Karten für die WM, einem iPad und einem Breitbildfernseher für mein Zimmer.

»Zwanzigtausend Euro«, wiederholt Perez. »Hast du vielleicht noch mehr Frauen ausgeraubt?«

Ich bin sofort ernüchtert. Plötzlich richtig viel Geld auf dem Konto zu haben, ist gar nicht so klasse, wenn man des Mordes verdächtigt wird. Es arbeitet geradewegs gegen einen.

»I-ich habe niemanden beraubt«, stottere ich. »Dieses Geld gehört mir nicht. Ich schwöre es. Vielleicht hat Val es auf mein Konto eingezahlt. Sie hatte jede Menge Bargeld in ihrem Rucksack.«

Ich denke an den Abend zurück, an dem wir gemeinsam im Zelt bei ihrem Rucksack saßen. Könnte es sein, dass noch mehr in ihrem Rucksack verborgen war, als ich im schwachen Schein der Taschenlampe dachte, gesehen zu haben? Aber wie war sie daran gekommen? Für ein paar iPods und

Konzertkarten strich man wirklich keine zwanzigtausend Euro ein. Und warum sollte sie das Geld um Himmels willen mir geben?

»Valerie also.« Perez reibt sich mit Daumen und Zeigefinger über den Nasenrücken. »Du glaubst doch nicht wirklich, dass so ein Mädchen zwanzigtausend Euro Bargeld auf ein Konto einzahlen kann, ohne dass ein Hahn danach kräht?«

Mein Kopf dreht sich. Nein, aber woher kommt es dann?

»Außerdem wurde gar nichts in bar eingezahlt«, fährt Perez fort. »Der Zahlungsverkehr lief über andere Kanäle. Mal schauen . . .« Er dreht den Laptop wieder zu sich. »Die ersten Beträge gingen vor zwei Wochen ein. Wo warst du da?«

Wieder blättere ich durch den Kalender und zähle die Tage. »In Santa Pol, glaube ich. Im Haus von Onkel Raoul.«

»Deinem Onkel?«

»Nein, von Val und Stefano.«

»Adresse?«

»Die weiß ich nicht mehr so genau. Es war in einem sehr grünen Viertel. Otus oder Otès oder so etwas.«

Perez wirft seinen leeren Kaffeebecher in den Mülleimer. »Und dieser Onkel – Raoul, sagtest du? –, der fand es in Ordnung, dass du mitkamst?«

»Er war nicht da. Val sagte, er sei wegen seiner Arbeit in Australien.«

»Passte ja dann gut.«

»Eben nicht. Wenn er zu Hause gewesen wäre, hätte er Stefano getroffen. Na ja, den Kerl, der sich als Stefano ausgibt.«

»Vielleicht.«

»Val und Stefano passte es natürlich sehr gut.«

»Würdest du das Haus wiedererkennen, wenn du es siehst?«

»Ich glaube schon.«

»Gut, dann versuchen wir es mal mit Street View.« Er surft zur entsprechenden Site und tippt Ort und Straßennamen ein.

Ich fühle mich sofort wieder unsicher. »Woher wissen Sie die Adresse?«

»Erkennst du schon etwas?«

Ich folge den Bildern auf dem Laptop-Monitor. »Ja, dort. Das ist die Bushaltestelle, an der wir ausgestiegen sind.«

Perez setzt den virtuellen Spaziergang fort.

»Weiter, weiter.« Es ist, als würde ich zum zweiten Mal durch die Straße laufen. »Stopp! Das ist das Haus von Onkel Raoul.« Ich betrachte das Standbild. In Gedanken gehe ich wieder durch die Haustür und den Flur. Langsam dämmert es mir.

Warum hingen eigentlich keine Fotos im Haus? Nicht von Onkel Raoul selbst, aber auch nicht von Familie oder Freunden.

»Laut Valerie ist das nicht das Haus ihres Onkels«, sagt Perez.

Warum hat sie das mir gegenüber dann behauptet? Ich kapiere es nicht.

»Sie sagt, du hättest ihr weisgemacht, das sei das Haus von Martijn.«

»Sie lügt!«

»Warum sollte sie?«, fragt Perez.

Ich weiß es nicht, auch wenn ich mich noch so sehr anstrenge. Meine Gedanken sind wie Quecksilberkügelchen in der Chemiestunde; sobald ich versuche, einen Finger darauf zu legen, zerfallen sie und schießen davon.

Perez nimmt den gelben Memoblock und reißt ein Blatt ab. »Das Haus gehört dem Ehepaar Limo.«

Ich schnappe nach Luft. Wir haben also tagelang im Haus von völlig Fremden übernachtet und hätten jeden Moment erwischt werden können!

Perez faltet den Kleberand um. »Sie waren im Urlaub in Almeria und hatten keine Ahnung.«

Der Poststapel auf dem Schrank im Flur! Alle Briefe lagen kopfunter da. Zu dem Zeitpunkt hatte ich noch keinen Grund, misstrauisch zu werden, aber jetzt ... Nix da, von wegen Zufall. Stefano hat es natürlich absichtlich getan. Er wollte nicht, dass ich die Namen der Adressaten lesen würde. Wahrscheinlich hat er auch allerlei Fotos des Ehepaars versteckt. Onkel Raoul war schließlich allein.

Perez faltet immer weiter. Scheint ein Kästchen zu werden.

»Ich wusste das nicht«, sage ich. »Ich dachte wirklich, das sei das Haus von Onkel Raoul. Sonst wäre ich doch nicht mitgegangen?«

Das Döschen ist fertig. Es hat sogar ein Deckelchen, wodurch es mich an einen Sarg erinnert – für eine verstorbene Ameise oder so.

Perez stellt es vor mir ab. »Valeries Onkel lebt schon lange nicht mehr. Raoul Reina starb 2004 bei den Zuganschlägen in Madrid.«

29

Zeit: eine Woche und vier Tage früher
Ort: Santa Pol – Spanien

Hallo.« Ich setzte mich an den Esstisch.

Val hob ihr Messer zur Begrüßung. Sie saß allein beim Frühstück und war noch in ihrem Schlafshirt. Immerhin war sie so clever gewesen, ihre Cowboystiefel anzuziehen – die Fliesen auf dem Küchenfußboden hatten die Temperatur einer Eisbahn.

»Wo ist Stefano?«, fragte ich, während ich ein Stück Brot mit Marmelade bestrich. Es war nicht mehr so richtig frisch, da wir schon am Tag zuvor eingekauft hatten.

Dieses Mal bewegte sie ihr Messer in horizontaler Richtung. »Weg. Zu irgendeinem Bekannten, der hier in der Gegend wohnt.«

Dies war mein Glückstag!

»Hallo, gleich bleibt dein Löffel stehen«, sagte Val.

Ich schaute auf meine Teetasse. Wie viele Zuckerstücke hatte ich hineingeworfen?

»Zuckerfest«, sagte ich. »Was willst du heute machen?«

»Putzen«, antwortete sie. »Heute Mittag brechen wir auf und ich habe Onkel Raoul versprochen, dass wir das Haus ordentlich hinterlassen.«

Val hatte meinen Verband erneuert. Die Wunde war fast zu, aber sie wollte nicht, dass ich ein Fensterleder in die

Hand nahm oder den Boden wischte. »Dann wird deine Haut weich und runzlig und das fördert nicht gerade die Heilung«, sagte sie.

Weich und runzlig mochte sie wohl sowieso nicht, denn sie suchte so lange, bis sie ein Paar Gummihandschuhe gefunden hatte, die ihr fast bis zu den Ellbogen reichten. Val zog die Betten ab und stopfte die Bezüge in die Waschmaschine. Ich wischte Staub und saugte das gesamte Ober- und Untergeschoss und Val verfolgte mich mit einem Eimer Wischwasser, Tuch und Schrubber. Der Fernseher war auf einen Musikkanal eingestellt und wir schmetterten aus voller Brust mit. Gegen zwölf holte Val die Wäsche aus dem Trockner und bezog die Betten frisch. Ich kümmerte mich in der Zwischenzeit um eine Schale mit Leckerbissen.

Zufrieden setzten wir uns in den Whirlpool. Meine Hand ruhte auf dem Beckenrand. Val hatte sie in eine Plastiktüte gepackt, damit der Verband nicht nass wurde. Alle Umstände waren perfekt: eine relaxte Umgebung und Stefano weit von uns entfernt. Dieses Mal würde ich mir meine Chance nicht entgehen lassen.

»Spielchen«, sagte Val. »Augen zu und Mund auf.«

Sie legte etwas auf meine Zunge.

»Und jetzt raten«, sagte sie.

Ich schmeckte. »Parmesan. Lecker.«

Sie applaudierte.

Ich öffnete die Augen. »Jetzt du.«

Angeblich, um besser an die Schale heranzukommen, rutschte ich noch näher zu Val. Sie hatte die Häppchen auf einen Stuhl neben den Whirlpool gestellt. Meine Finger fanden eine sonnengetrocknete Tomate. Ich fütterte Val damit.

»Mhmm. Eine Tomate. Auch lecker.«

Weil sie mich nicht anschaute, traute ich mich mehr als

sonst. Ich legte einen Arm um ihren Hals und zog sie an mich.

Ihre Augen flogen auf. »Was machst du?«

Frauenzeitschriften behaupten, Frauen liebten humorvolle Männer, also suchte ich nach einer originellen und witzigen Antwort. Dass ich eine wissenschaftliche Untersuchung darüber anstellte, was mit sonnengetrockneten Tomaten passierte, wenn man sie im Mund eines schönen Mädchens verschwinden sah, oder so etwas.

»Ich hoffe, dass wir nachher schnell eine Mitfahrgelegenheit finden«, sagte Val.

Zu spät. Wie immer. Wahrscheinlich hatte ich die lahmsten Gehirnzellen der nördlichen Halbkugel. Könnte ich sie bloß wie mein Telefonguthaben aufladen.

»Weißt du schon, wo du hinwillst?«, fragte ich.

Sie zuckte die Schultern.

»Ans Meer?«

»Vielleicht«, sagte sie.

»Das ist hier ganz anders als bei uns.«

»Wieso?«

»Unser Meer ist nie knallblau. Nur grün oder grau und meistens verdammt kalt.«

»Weißt du, wo die Wellen am schönsten sind?« Sie starrte träumerisch vor sich hin. »Bei Isla Caballo. Kennst du das?«

Es kam mir vage bekannt vor.

»Das ist keine echte Insel, sondern ein kleiner Ort auf einer Halbinsel, wo früher Wildpferde lebten«, sagte sie. »Darum heißt er so.«

Jetzt fiel es mir wieder ein. Der Name stand auf dem Sattel des Plüschpferds, das an ihrem Rucksack hing.

»Noch immer hat jeder, der dort wohnt, etwas mit Pferden zu tun. Es gibt sehr viele Reitschulen und Pferdezüchter.

Mein Vater und ich sind früher oft dort gewesen und dann sind wir jeden Morgen und Abend am Strand entlanggeritten.«

Ich hatte noch nie auf einem Pferd gesessen und hatte offengestanden auch ein wenig Angst. Na ja, ein Shetlandpony fand ich ja noch ganz okay. Aber echte Pferde waren groß und hoch und konnten unvorhergesehen reagieren, wenn sie vor etwas erschraken. Man konnte nie sicher sein, ob sie sich nicht plötzlich aufbäumen oder einem mit ihren harten Hufen an den Kopf treten würden.

»Ich war nirgends so glücklich wie dort«, sagte Val leise.

Sie wirkte auf einmal sehr zerbrechlich.

»Ist was?«, fragte ich.

Sie zuckte zusammen. Als würde ihr jetzt erst bewusst, dass sie laut geredet und nicht nur gedacht hatte. Dann seufzte sie. »Alles geht vorüber.«

»Du kommst da bestimmt noch einmal hin mit deinem Vater.«

»Das wird nicht gehen.«

»Ist etwas mit deinem Vater?«

In ihrem Mundwinkel zitterte ein kleiner Muskel. »Er ist vor ein paar Monaten gestorben.«

»Warum hast du das nicht eher gesagt?« Ich streichelte sie mit dem Daumen. »Wenn hier jemand weiß, wie *beschissen* schlimm das ist . . .«

Sie lächelte matt.

»War er krank oder so?«

»Herzinfarkt. Niemand hatte das vermutet.«

»Schlimm. Und deine Mutter? Die ist jetzt also allein zu Hause?«

Val erstarrte. Ihre grünen Augen wurden fast schwarz. »Ja, und?«

»Na ja, ich dachte ...«

»Mein Vater hätte sie nie heiraten dürfen«, sagte sie scharf. »Meine Mutter strahlt so viel Wärme aus wie ein Eisschrank und schimpft den ganzen Tag auf alles und jeden. Es würde mich nicht wundern, wenn sie den Herzinfarkt ausgelöst hätte.«

Ich fühlte mich unwohl. »Okay ...«

Wir schwiegen eine Weile. Mein Arm lag immer noch um ihren Hals.

»Zum Glück hast du noch Stefano«, sagte ich.

»Ja.« Sie entspannte sich. Dann sah sie mich auf eine Weise an ... Ich fasste es als Einladung auf und drückte meine Lippen auf ihre. Wirklich praktisch war das nicht, weil wir nebeneinandersaßen und nicht uns gegenüber, und dann musste ich auch noch darauf achten, dass meine verwundete Hand nicht im Wasser landete. Ich streichelte ihre nassen Haare und versuchte, mich unterdessen so zu drehen, dass ich in eine bequemere Position kam – eine, die weniger in meinem Nacken schmerzte. Kaum hockte ich, ging es besser. Ich schmeckte ihre Zunge mit dem Geschmack nach Tomaten und es war, als würde ich schweben, obwohl ich mit den Füßen auf dem Boden war. Mein Hirn dachte »ruhig angehen lassen«, aber in meiner Badehose kribbelte und juckte alles Mögliche, und während wir uns küssten, hob ich einen meiner Füße über ihr Bein, damit ich auf ihr sitzen konnte und ...

»Entschuldige.« Sanft, aber entschieden schob sie mich von sich.

Welch eine Blamage! Wäre ich nur so vernünftig gewesen wie damals mit Lizz. Nie wieder, aber wirklich nie wieder! Ich rieb mir die Augen.

»Ich finde dich wirklich sehr nett und lieb, weißt du«, sagte sie. »Aber ...«

Ich schob mich von ihr weg. »Du brauchst nichts zu erklären.«

»Du bist mir doch nicht böse, oder?«

Ich schüttelte den Kopf und nahm etwas von der Schale, um etwas zu tun zu haben.

»Du isst doch kein Fleisch.«

Aus Versehen hatte ich eine Scheibe Wurst genommen. »Für dich.«

Ich gab sie ihr und stieg aus dem Whirlpool.

»Was machst du?«, fragte sie.

Mir die Tränen aus dem Kopf heulen.

»Pinkeln.«

30

Zeit: heute
Ort: Polizeiwache Francaz – Spanien

Mein Kopf ist wie der Rekorder, der vor mir steht. Nur spult das Band darin nicht vorwärts, sondern rückwärts. Ganz zurück bis zu diesem Nachmittag im Whirlpool, als wir dieses dumme Spiel spielten.

Wahrheit oder Pflicht.

Stefano hatte die Wahrheit gesagt. Onkel Raoul war bei den Anschlägen in Madrid dabei gewesen. Gleich danach hatte Val ihrem sogenannten Bruder die Hand gedrückt. Jetzt weiß ich erst, warum. Das war ein Zeichen, dass er den Mund halten sollte. Ich durfte nicht erfahren, dass Onkel Raoul tot war und dass wir somit im Haus eines Fremden wohnten.

Lüge oder Pflicht.

»Auch das wusste ich nicht«, sage ich. »Val sagte, ihr Onkel hätte den Anschlag überlebt.«

»Wie seid ihr eigentlich reingekommen?«, fragt Perez.

»Mit einem Reserveschlüssel. Stefano sagte, er habe ihn bei den Nachbarn abgeholt.« Noch bevor ich zu Ende geredet habe, wird mir klar, dass es die zigste Lüge ist. Stefano kannte die Familie Limo nicht einmal, von ihren Nachbarn ganz zu schweigen.

»Warum bist du dann eingebrochen?«

»Hä?« Ich spüre die kalte Luft des Ventilators im Nacken und bekomme eine Gänsehaut.

»Über das Kellerfenster«, sagt Perez. »Du hast die Scheibe eingeschlagen, damit du an den Griff kamst, hast das Kellerfenster geöffnet und bist hineingeklettert.«

Ich fühle an der Verdickung an meiner Hand. Deswegen also lagen die Scherben dort.

»Das war nicht ich, sondern Stefano. Sobald er drinnen war, hat er natürlich nach dem Schlüssel gesucht. Und ihn gefunden. Mir gegenüber tat er so, als sei es der Reserveschlüssel von den Nachbarn, und weil wir einfach durch die Haustür hineingingen, hatte ich keine Ahnung . . .«

Perez räuspert sich und nickt zu meiner roten Narbe hinüber. »Du hast da einen ziemlichen Schnitt.«

Erneut spüre ich, wie ich unsicher werde. Es ist, als wäre er mir immer einen Schritt voraus und wüsste mehr als ich.

»Hast du dich vielleicht verletzt, als du dieses Kellerfenster eingeschlagen hast?«, fragt er.

Meine Atmung beschleunigt sich und nimmt das Tempo der drehenden Flügel über mir an.

»Glauben Sie mir doch!«, schreie ich. »Ich habe dieses Fenster nicht eingeschlagen. Erst als ich mit der Hand in die Scherben fasste, sah ich, dass es kaputt war. Wir spielten dieses dämliche Spiel, *Wahrheit oder Pflicht,* und dann, dann . . .«

Die Tränen strömen über meine Wangen.

Perez reicht mir ein Papiertaschentuch und wartet, bis ich mir die Nase geputzt habe. Sein Mitleid dauert nicht lang. Sofort geht er wieder voll in den Angriff. »Aber wie erklärst du dann die Fingerabdrücke?«

»W-welche Fingerabdrücke?«

»Im Keller lag eine Scherbe mit dem Abdruck deines Daumens und Zeigefingers.«

Es trifft mich wie ein Keulenschlag. Perez wusste also

schon längst, um welches Haus es ging! Darum konnte er sofort die richtige Adresse auf Street View eingeben.

Ich zermartere mir das Gehirn.

Natürlich!

»Das ist die Scherbe, die ich mir aus der Hand gezogen habe!«, rufe ich. »Stefano hat sie bestimmt absichtlich in den Keller gelegt, damit die Polizei denken würde, ich sei der Einbrecher.«

»Entschuldige, Fin, aber das klingt schon ein bisschen weit hergeholt.« Perez verschränkt seine Finger. »Außerdem gibt es noch ein Geschirrtuch mit deiner DNA.«

Und ich dachte, es wäre mit dem Bettzeug gewaschen worden.

»Val hat es benutzt, um das Blut abzuwischen«, erkläre ich. »Als ich mich an der Glasscherbe geschnitten hatte.«

Perez' Daumen drehen kleine Kreise in der Luft. »Wir haben den Blutfleck untersucht. Weil wir keine übereinstimmende DNA in unserer Datenbank fanden, hatten wir die Hoffnung schon fast aufgegeben, den Eindringling jemals zu finden, aber jetzt ...«

Ich denke an den großen Wattestab. Wäre ich nur nicht so dumm gewesen, Schleimhaut zur Verfügung zu stellen.

»Es muss auch Spuren von Val und Stefano im Haus geben«, sage ich verzweifelt.

»Die Spurensicherung hat tatsächlich auch Fingerabdrücke von Valerie gefunden. Sie leugnet auch nicht, im Haus gewesen zu sein. Aber sonst ...« Perez schüttelt den Kopf.

»Wir haben geputzt«, sage ich. »Die Betten frisch bezogen, staubgesaugt und nass gewischt. Ich dachte, Val wollte das Haus ordentlich hinterlassen für ihren Onkel.«

Ich sehe sie wieder vor mir mit ihren Gummihandschuhen. Was wird sie sich ins Fäustchen gelacht haben! Hatte ich doch endlich die Chance, Stefanos Existenz zu beweisen, und dann wische ich eigenhändig all seine Spuren weg.

31

Zeit: eine Woche und vier Tage früher
Ort: Santa Pol – Spanien

Obwohl wir zu dritt am Straßenrand standen, brauchten wir dieses Mal nicht lange auf eine Mitfahrgelegenheit zu warten. Es war ein dunkelblauer Seat Exeo, der noch wie neu aussah. Am Steuer saß eine blonde Frau mit einer grotesk großen Sonnenbrille. Augenringe-Tarnung nahm ich an.

Wir konnten bis Borgus mitfahren. Val setzte sich hinten rein und ließ die Tür für mich offen. Ich hatte die Zurückweisung im Whirlpool noch nicht vergessen und nahm entschlossen neben der blonden Frau Platz. Val wollte mich nicht? Nun, dann eben nicht.

»Hab ich was verpasst?«, fragte mich Stefano, während er sich neben seine Schwester schob.

»Nein, keineswegs.«

Wir fuhren Richtung Küste und die ganze Zeit musste ich mich beherrschen, um nicht aus den Augenwinkeln zu Val zu schauen. Je länger ich darüber nachdachte, desto mehr war ich davon überzeugt, dass alles meine eigene Schuld gewesen war. Na ja, die Schuld meiner Hormone. Wenn man gerade mit einem Mädchen über ihren vor Kurzem verstorbenen Vater gesprochen hat, ist ein Kuss schon in Ordnung, aber ich hatte ja unbedingt fast auf sie klettern müssen. Als wir aus Santa Pol hinausfuhren, war ich schon nicht mehr böse auf Val und bereute, dass ich mich nach vorn gesetzt hatte.

Eine halbe Stunde später stiegen wir am Camping Sonrisa aus. Laut Stefano der perfekte Ort zum Übernachten, denn die megaberühmte Diskothek La Iguana Club war von hier zu Fuß erreichbar. Die berühmtesten DJs der Welt hatten dort schon aufgelegt. Einziger Minuspunkt: Man durfte nur rein, wenn man über achtzehn war.

»Das Problem lässt sich mit hohen Schuhen und viel Make-up lösen«, sagte Val.

»Ich sehe verboten aus mit Lippenstift«, warnte ich.

Sie lachte.

»Ohne Lippenstift auch.« Stefano tippte an mein glattes Kinn. »Ich würde es mal mit Haarwuchsmittel einreiben. Vielleicht hilft's ja.«

Ich lächelte säuerlich. Treffer. Es brauchte mindestens einen chirurgischen Eingriff, um mich wie achtzehn aussehen zu lassen.

»Uns fällt schon was ein.« Val legte ihre Hand auf meinen Arm. »Zur Not lenke ich den Portier ab, damit du heimlich hineinhuschen kannst.«

Wenig Chance. Wir sahen es sofort, als wir die Diskothek erreichten. Die Türsteher verlangten von jedem, der reinwollte, den Ausweis – sogar von Leuten, die überdeutlich schon dicke in den Zwanzigern waren. Regelmäßig wurde jemand weggeschickt.

Val seufzte. »Habe ich mir wohl umsonst falsche Wimpern angeklebt.«

»Ein falscher Ausweis wäre besser gewesen.« Ich schaute enttäuscht zu den flackernden blauen Lämpchen an der

Gebäudefassade. LA IGUANA CLUB schrien sie herausfordernd. Ein Leguan aus Neonlicht hing mit seinem Schwanz am Buchstaben C.

»Vergesst ihr nicht etwas?« Stefano zog seinen Führerschein aus der Tasche. »Ich komme jedenfalls rein.«

Ja, reib es uns noch einmal so richtig unter die Nase, dachte ich.

Er lächelte wie jemand, der sehr mit sich zufrieden ist. »Wo liegt also das Problem?«

Val und ich liefen an der Rückseite der Diskothek entlang. Oder besser gesagt, ich lief und sie stolperte. Ihre hohen Absätze versackten im weichen Sand.

»Ich hätte einfach meine Stiefel anziehen sollen«, murrte sie.

Barfuß gehen war keine Option: Es lagen etliche zerbrochene Flaschen herum. Die Diskothek mochte an der Vorderseite ja fantastisch aussehen, aber hier war es ziemlich heruntergekommen. Wir kamen an ein paar zugeklebten Fenstern vorbei, einer verschlossenen Tür, einigen kleinen, beleuchteten Oberlichtern – die Toiletten, vermutete ich – und danach zu einem Notausgang. An der Wand stapelten sich leere Kisten von Erfrischungsgetränken. Ich hob eine herunter und stellte sie umgekehrt auf den Boden, damit wir uns darauf setzen konnten. Es war nicht wirklich eine Zweipersonenkiste, also war ich gezwungen, mich ganz dicht neben Val zu setzen. Ich stützte meinen Arm hinter ihr auf der Kiste ab.

»Uff.« Val hatte ihre Schuhe abgestreift und massierte ihre Zehen.

»Meine Mutter hat einen Kurs in Fußreflexzonenmassage gemacht«, sagte ich. Sofort hätte ich mir die Zunge abbeißen können. Es war ja wohl so ziemlich das Entgegengesetzte von cool, wenn man bei einem Rendezvous von seiner Mutter redete. Okay, wir hatten keine offizielle Verabredung, das war mir schon klar, aber ich saß hier dennoch schön allein mit Val. Und selbst das schaffte ich, innerhalb weniger Minuten zu verpatzen.

Aber es war weniger schlimm, als befürchtet. Valerie tat, als wäre es ganz normal, was ich echt sportlich von ihr fand.

»Dann hat deine Mutter dir bestimmt ein paar Kniffe beigebracht«, sagte sie.

Und dann legte sie ihren linken Fuß auf mein Bein!

Augenblicklich war es wie gelähmt, als wäre ich von irgendeinem giftigen Tier gebissen worden. Und das allein durch einen Fuß – wohlgemerkt, der Körperteil, den ich am wenigsten mochte. Da kann man sich vorstellen, was passiert wäre, wenn Val ihren Kopf so auf meinen Schoß gelegt hätte. Es schien mir nicht unwahrscheinlich, dass dann mein ganzes Bein abgefallen wäre.

Zum Glück waren meine Finger nicht gelähmt.

»An deinen Füßen befinden sich Reflexzonen«, erklärte ich. »Die sind mit jedem Teil deines Körpers verbunden. Du kannst es mit einer Fernbedienung vergleichen. Wenn ich hier drücke, massiere ich zum Beispiel deine Leber oder deine Galle.«

»Und wenn man Kopfschmerzen hat?«

»Dafür gibt es bestimmt auch einen speziellen Ort. Leider habe ich nicht selbst an diesem Kurs teilgenommen, also weiß ich nicht genau, wo.« Ich streichelte einfach die ganze Zeit weiter. Es war sehr intim, sich mit jemandes Füßen zu beschäftigen, und dadurch auch ziemlich aufregend. Allmählich wurde mir klar, dass ich Zehen – sicherlich nur, wenn sie so perfekt waren wie die von Val – gewaltig unterschätzt hatte.

»Mhmmmm.« Ihr Gesicht entspannte sich.

Vielleicht gab es ja auch Reflexzonen in den Fingern, mit denen man das Gehirn stimulieren konnte. Ich glaubte jedenfalls, mit jeder Sekunde schlauer zu werden.

»Ich weiß jedenfalls, was passiert, wenn man an dieser Stelle drückt«, sagte ich.

»Was denn?«

»Spürst du es noch nicht?« Ich täuschte Erstaunen vor. »Die steht in Kontakt mit deinem Mund. Der müsste jetzt eine unwiderstehliche Neigung zum Küssen verspüren.«

Sie lächelte nachgiebig und rückte näher.

Und da ging diese blöde Notausgangstür auf!

Stefano stand in dem beleuchteten Rechteck und winkte. »Los, kommt rein, bevor es jemand merkt!«

Val zog schnell die Schuhe an und eilte zu ihrem Bruder. Ich verpasste der Kiste einen Tritt mit meiner Ferse.

»Beeil dich doch!«, sagte Stefano, der ständig über seine Schulter spähte.

Ich schlenderte gemächlich hinein. Es war mir egal, ob wir erwischt würden. Der Abend war sowieso schon gründlich verdorben.

In der Ferne konnte ich schon die Musik hämmern hören. Wir kamen an den Toiletten vorbei und einem Schwarzen Brett mit Plakaten von vergangenen und zukünftigen Auftritten. Bands, Sänger und Sängerinnen, DJs. Heute Abend legte Kelly Iglesias auf. Nie gehört.

»Mach nicht so ein Gesicht.« Val fasste meinen Arm. »Meine Füße sind wie neu geboren. Sie wollen tanzen.«

Stefano drückte die Tür auf. Die Hitze schlug mir entgegen und die Bässe dröhnten in meinen Ohren. Dann standen wir drinnen.

Alles, was recht ist – ich war schwer beeindruckt. Die

Diskotheken, die ich bis dahin besucht hatte, kamen nicht einmal annähernd an den La Iguana Club heran. Es erinnerte mich an ein Raumschiff. DJ Kelly – ich nahm zumindest mal an, dass sie es war – stand mit ihren Plattentellern in einer Art gläsernem Cockpit, dicht unter einer schwarzen Decke mit Tausenden von Sternen. Zwischen ihr und der Tanzfläche schwebten einige fliegende Untertassen hoch und runter, auf denen akrobatische Tänzer in eng anliegenden Anzügen zeigten, wie gelenkig sie waren. Im Erdgeschoss tanzte das Publikum auf einem Boden aus Spiegeln. An die Wände wurden Filme projiziert. Ich sah Planeten, Milchstraßensysteme, die erste Mondlandung und Szenen aus Science-Fiction-Filmen.

Val zog mich mit auf die Tanzfläche.

Eine Stunde später standen wir keuchend an der Bar. Sie war aus durchsichtigem Plastik. Ein Mann im Silber-Outfit stellte die Getränke vor uns ab.

»Wo ist Stefano eigentlich?«, brüllte ich Val ins Ohr. Nicht, dass es mich wirklich interessiert hätte, aber er hatte dafür gesorgt, dass wir hereinkonnten, und dafür hatte er sich was verdient.

»Wieso?«, fragte Val. »Vermisst du ihn?«

Er konnte mir wirklich gestohlen bleiben. Ich lachte.

»Zu zweit ist es doch auch mal ganz nett, oder?«, schrie sie.

Ich presste meine Lippen zusammen, sonst hätte ich »Ich liebe dich« gesagt und dann hätte sie sich natürlich zu Tode erschreckt. Ich wusste auch, dass das nicht wirklich sein konnte – meine Mutter sagt immer, dass man einen erst dann richtig liebt, wenn man auch noch bei ihm bleibt, wenn er alt und mürrisch ist und kein Geld und keine Zähne mehr hat –, aber obwohl ich Val erst so kurz kannte, fühlte es sich in dem Moment so an. Wie wahre Liebe, meine ich. Ohne sie schien das Leben nichts mehr wert. Als müsste man auf einmal ohne Beine und Arme weitermachen, obwohl man immer Profifußballer gewesen war.

»Sehr nett.« Ich nahm einen Schluck Cola. Na ja, ich dachte, es sei Cola, aber meiner Speiseröhre zufolge befand sich auch noch was anderes darin.

»Gin-Cola.« Val lachte. »Die macht dich richtig locker.«

Sorry, Mama.

Wir tanzten und danach trank ich noch eine Gin-Cola. Und kurz darauf noch eine.

»Sollen wir schon zum Zelt gehen?«, fragte Val.

Ich hatte es bestimmt falsch verstanden. »Was sagst du?«

»Ob wir schon mal zum Zelt gehen sollen!«

Mein Herz war wie eine Rakete beim Abschuss. Aber das konnte auch an der Umgebung liegen. »Mir recht!«

»Erst deine Cola austrinken!«

Ich stürzte sie in einem Zug hinunter.

Sie lächelte. »Dann mal los.«

Eng umschlungen verließen wir die Diskothek. Mir war ein bisschen schwindelig und ich hoffte, dass ich mich im Zelt besser fühlen würde. Wenn ich mit Val allein ...

Mein Kopf kippte zur Seite und landete auf ihrer Schulter.

»Wir sind fast da«, sagte sie.

Ich kann mich noch daran erinnern, dass wir ins Zelt krochen. Unmittelbar danach crashte mein Gedächtnis ...

32

Zeit: eine Woche und drei Tage früher
Ort: Borgus – Spanien

Ich wachte mit einem düsteren und leeren Gefühl auf. Mein Kopf war voller Watte und meine Zunge rau wie Schmirgelpapier.

Wo war ich?

Ich hob den Kopf. Langsam. Noch langsamer. Mein Gehirn und meine Augen protestierten. Es dauerte einen Moment, bis sie sich wieder normaler anfühlten. Ich stützte mich auf meinen Ellbogen und schob mich hoch. Auch das schien eine schwere olympische Disziplin. Und als ich endlich aufrecht in meinem Schlafsack saß, kostete es mich auch noch eine gewaltige Anstrengung zu bestimmen, wo ich war.

Zelt.

Die Sonne schien durch die Zeltplane.

Ich sah zur Seite. Au.

Neben mir lag Val.

In meinem Wattekopf tauchte ein Film von einer Diskothek auf. Oder war es ein Raumschiff? Ich hatte mit Val getanzt, daran konnte ich mich noch vage erinnern, aber sonst?

Sie öffnete die Augen. »Hallo«, sagte sie ohne Ton.

»Hallo«, flüsterte ich.

Sie nahm meine Hand. »Du warst lieb, gestern.«

Gestern? Ich hatte keinen blassen Schimmer.

»Das war dein erstes Mal, oder?«

Ich spürte, wie mir das Blut in die Wangen schoss. Meinte sie . . .

»Es war schön«, sagte sie.

Allmählich dämmerte es mir. Ich hatte zum ersten Mal in meinem Leben mit einem Mädchen geschlafen und ich wusste nichts mehr davon! Das war noch hundertmal schlimmer, als Fußball im Fernsehen gucken und das entscheidende Tor zu verpassen, weil man gerade aufs Klo musste.

Warte mal . . . Fernsehen . . .

Da wiederholten sie doch auch dauernd . . .!

»Sehr schön.« Ich rückte näher heran.

Au! Ich fasste mir an den Kopf. An diesem Morgen würde ich nichts auf die Reihe bringen.

»Kopfschmerzen?«, fragte sie.

Ich antwortete mit Ja, denn das tat weniger weh als nicken.

Der Zeltreißverschluss öffnete sich und Stefano bewarf uns mit Brötchen. »Los, ihr Faulenzer, aufstehen. Ich habe schon was zum Frühstück geholt.«

Ich legte einen Arm um Val und versuchte, sie zu küssen, ohne den Kopf zu bewegen.

»Gleich«, sagte sie. »Ich habe noch keine Zähne geputzt.«

Kurz darauf hockten wir vorm Zelt und frühstückten. Ich wusste nicht, ob ich froh oder enttäuscht sein sollte. Dass ich mit Val geschlafen hatte, war positiv, aber dass ich mich an nichts mehr erinnern konnte, fiel unter die Kategorie Superkatastrophen. Dass wir jetzt also eine Beziehung hatten und wir höchstwahrscheinlich bald wieder miteinander ins Bett gehen würden, war eine fantastische Aussicht. Auf der anderen Seite machte sie mich auch reichlich nervös, denn für mich war es eigentlich immer noch das erste Mal und ich hatte keine Ahnung, wie ich es gestern getan hatte. Außerdem ging es mir immer noch nicht gut und ich machte mir Sorgen über das schwarze Loch in meinem Gedächtnis. Ich wusste ja, dass man sein Gehirn durch Alkohol zugrunderichten konnte, aber dass es *so* schnell ging . . .

»Ich lege mich heute den ganzen Tag an den Strand«, sagte Val.

»Meine Rede.« Stefano schaute kurz zu mir und dann zu Val und zwinkerte.

Er wusste es!

Ich spürte, wie ich wieder rot wurde. Er wusste es wenigstens. Nie wieder, wirklich nie wieder würde ich Alkohol trinken. Na ja, höchstens, wenn ich wusste, dass etwas Unangenehmes passieren würde, etwas, was ich gerade vergessen wollte. Eine Physikarbeit, die ich sowieso verhauen würde, oder ein Wochenende mit dem Saugnapf in einem Bungalowpark oder so.

»Sicher wenig geschlafen?«, sagte er dann auch noch. »Du siehst ziemlich übel aus.«

Das brauchte ich gerade noch, um mich weniger schlecht zu fühlen.

»Kriech doch noch ein bisschen ins Zelt«, schlug Val vor. »In der Sonne liegen, ist einem Kater nicht wirklich zuträglich.«

Sie hatte recht. Mit meinem hämmernden und schlecht gelaunten Schädel war ich sowieso keine angenehme Gesellschaft.

»Okay, dann sehe ich euch nachher am Strand.« Ich kroch ins Zelt.

Erst am helllichten Nachmittag wurde ich wach. Mein Kopf fühlte sich noch schwer an, aber das Hämmern hatte zum

Glück aufgehört. Ich ging duschen, klebte ein frisches Pflaster auf die Wunde an meiner Hand, zog meine Badehose an, meine Jeans mit den abgeschnittenen Beinen und meine Flipflops. Das Handtuch legte ich mir um den Hals.

Die Sonne schien kräftig. Es war angenehm, die rote Baseballkappe von Val aufzusetzen. Ich kaufte mir ein Eibrötchen beim Imbiss und schlenderte dann zum Strand.

Es war blöd, dass wir nicht verabredet hatten, wo wir uns treffen würden. Ich ging zwischen den Handtüchern durch und sah mich suchend um. Menschenfleisch – dick, dünn, braun, weiß und rot verbrannt. Ein Hund, der aus der Brandung kam und sich trocken schüttelte, ein paar Jungen mit einem Ball. Aber Val und Stefano konnte ich nirgends entdecken.

Nach zehn Minuten gab ich es auf. Ich suchte mir einen Platz in der Nähe einer Strandbar und betrachtete das Gewimmel um mich herum. Ich bekam dasselbe miese und düstere Gefühl, das mich auch schon mal auf einer Party überkommen kann. Dann, wenn mir auf einmal schmerzlich bewusst wird, dass jeder außer mir mit jemandem spricht oder tanzt oder lacht. Meistens schaue ich mir dann höchst interessiert die CD-Sammlung an, damit es nicht auffällt, dass ich nicht dazugehöre, aber hier war weit und breit keine CD zu entdecken, wodurch meine Stimmung noch weiter unter den Nullpunkt sank. Ich begann, an allerlei unangenehme Sachen zu denken. An den steigenden Meeresspiegel, durch den bald alle unsere Fußballfelder unter Wasser liegen würden. Daran, dass ich vielleicht wahnsinnig guten Sex gehabt hatte, ohne es zu wissen. Daran, dass der Saugnapf möglicherweise meine Mutter heiraten würde. Kurzum, ich brauchte dringend Ablenkung.

Ich zog mein Handy aus der Hosentasche und rief Martijn

an. Zumindest versuchte ich es, aber ich bekam seine Mailbox an die Strippe. Ich hatte keine Lust, eine Nachricht zu hinterlassen, und unterbrach die Verbindung noch vor dem Piep. Dieser dämliche Sergio de la Rosa mit seinem Experiment. Es war seine Schuld, dass ich mich jetzt hier zu Tode langweilte.

»He, da bist du ja.« Val stand plötzlich hinter mir. »Wie fühlst du dich?«

Deutlich besser! »Geht so.«

»Schwimmen?«

»Und was ist mit unseren Sachen? Ich will nicht, dass man mir zum zweiten Mal die EC-Karte klaut.«

»Stefano passt schon drauf auf.« Sie winkte und rief ihren Bruder, der das Speisenangebot auf einem Schild bei der Strandbar studierte. Er reagierte nicht.

»Taube Nuss.« Sie plumpste neben mir in den Sand. »Er will heute Abend hier essen.«

Ich spähte auf ihre Beine und Brüste und alles dazwischen. Wie wahnsinnig schön sie doch war! Ich legte meinen Arm um sie.

Sie gab mir einen Klaps auf die Hand und schob sie dann von sich. »Wir schmusen jetzt aber nicht die ganze Zeit herum, okay? Das ist sonst zu blöd für Stefano.«

Sie schaute sich kurz um und flüsterte: »Seine Freundin hat ihm kurz vor den Ferien den Laufpass gegeben. Er tut zwar so, als würde es ihm nichts ausmachen, aber ich merke, dass er noch lange nicht darüber hinweg ist.«

»Okay.« Ich seufzte. »Dann lass uns schwimmen gehen.«

33

Zeit: drei Tage früher
Ort: Elmodóvar – Spanien

Die Tage vergingen wie im Flug. Wir reisten von Hotel zu Hotel. Mit dem Bus oder per Anhalter. Regelmäßig dachte ich an den Campingplatz von Borgus. Leider war das schwarze Loch in meinem Gedächtnis schwarz geblieben. Ich hatte gehofft, dass wir den Schaden schnell wiedergutmachen könnten, aber Val wollte nicht im selben Zimmer wie ich schlafen. Sie fand, wir könnten das Stefano nicht antun, also schlief ich jede Nacht allein. Oder besser gesagt: Also lag ich jede Nacht allein wach. Es ist nicht leicht einzuschlafen, wenn man die ganze Zeit nur an eine einzige Sache denken kann. Vor allem, wenn die Möglichkeit, diese eine einzige Sache in die Praxis umzusetzen, so naheliegt, dass man sozusagen nur den Arm auszustrecken bräuchte . . .

Nun ja, so war ich also reichlich frustriert. Vor allem, wenn ich daran dachte, dass jemand wie Menno schon längst über den Flur zu Vals Zimmer geschlichen wäre. Das würde auch durchaus gehen, Stefano würde bestimmt nichts davon merken. Aber ich wusste ja, dass Mädchen wirklich »Nein« meinen, wenn sie es sagen. Und dass sie einen nur umso mehr schätzen, wenn man das zu respektieren weiß. Also wälzte und warf ich mich Nacht für Nacht im Bett herum und war nur in Gedanken ein Zimmer weiter bei Val. Es war, als würde man ein hervorragendes Austernrestaurant gegen einen Fastfood-Imbiss mit Selbstbedienung eintauschen, wenn ich mich verständlich ausdrücke. Meine fast gesunde Hand machte Überstunden.

Ansonsten musste ich mich mit ein paar Küssen tagsüber begnügen, wenn Val und ich einen Augenblick allein waren. Meistens in einem Liegestuhl an einem Pool, der zu den oft viel zu luxuriösen und teuren Hotels gehörte, in denen wir übernachteten. Wenn ich beim Auschecken mit Karte bezahlte, erwartete ich immer wieder, dass sie nicht mehr angenommen würde, aber nein ... Die Rechnung wurde offensichtlich bezahlt und wir zogen wieder weiter. Von Hotel Miramar zum Hotel Atlantis und über Hotel Regina ins Sunotel in Elmodóvar. Jeden Tag gingen Val und ich schwimmen und sonnenbaden, bis Stefano auftauchte, und dann besichtigten wir eine Stadt oder ein Dorf, ein altes Schloss oder einen besonderen Berggipfel, einen Privatstrand oder eine andere Sehenswürdigkeit und abends gingen wir essen. Ich war mittlerweile so braun wie Val und Stefano und auf meinem Fotoapparat waren mindestens hundert Fotos.

Montagmorgen wachte ich schon früh auf. Mein erster Gedanke war, dass so allmählich das Ende meiner Ferien in Sicht kam – es war mir nicht gelungen, meinen Flug kostenlos umzubuchen. Sofort danach folgte der zweite Gedanke: Das bedeutete, dass ich Val schon bald nicht mehr sehen würde. Das ging mir gewaltig gegen den Strich, aber dann kam auch noch ein dritter Gedanke: Jetzt geht es noch!

Normalerweise duschte ich morgens nicht, aber ich wollte nicht das Risiko eingehen zu stinken. Ich putzte mir die Zähne, und um ganz sicher zu gehen, sprühte ich mir auch noch *Deseo* unter die Achseln – das Gratisdeodorant von

Martijn. Dann war ich zu allem bereit. Zumindest theoretisch ...

Steif vor Nervosität stand ich kurz darauf auf dem Flur. Bevor mein ängstlicheres Ich es sich überlegen konnte, klopfte ich an Vals Tür und drückte in Gedanken beide Daumen. Dass sie öffnen würde. Dass sie sich freuen würde, mich zu sehen. Dass sie mich hereinließe. Normalerweise sahen wir uns erst im Speisesaal.

»Ja?«

»Ich bin's.«

Stille.

»Fin!«, rief ich.

»Oh.« Geflüster. »Einen Moment.«

Die Tür ging auf. Es war, als bekäme ich einen Tritt in den Magen. Nicht Val, sondern Stefano stand vor mir.

Ich schaute nach der Zimmernummer an der Tür. 16. Ich hatte mich nicht geirrt.

Was machst du hier? Wollte ich fragen, aber aus meiner Kehle kamen nur ein paar unverständliche Töne.

»Hallo, Fin. Komm rein«, sagte Val, die aus dem Badezimmer kam.

Ich setzte mich aufs Bett. Stefano lehnte an der Wand. Ich versuchte, ihn gar nicht anzusehen, aber manche Menschen kapieren nicht, wenn sie stören.

»Ich dachte, ich hole dich heute mal ab«, sagte ich.

»Was für ein Zufall.« Val lachte. »Das wollte Stefano auch.« Sie schaute auf den Boden und schob mit dem Fuß etwas unters Bett. »Sollen wir dann?«

Stefano nickte. »Ich brauche einen Kaffee.«

Zum Glück ließ er uns nach dem Frühstück allein. Val und ich setzten uns wie üblich an den Pool.

»Bald muss ich wieder nach Hause«, sagte ich düster.

Sie schmiegte sich an mich. »Wir bleiben doch in Kontakt, oder?«

»Klar«, antwortete ich erleichtert. »Wir können chatten und ich habe eine Webcam.«

Sie küsste mich flüchtig auf die Wange und lächelte.

»Cool.«

»Ich habe deine Adresse noch nicht.«

»Du bist doch auch noch nicht weg.«

»Nein, aber . . .«

»Ich will noch nicht an unseren Abschied denken.«

»Ich auch nicht.«

»Gut so.« Sie streichelte meinen Bauch, was mir eine Gänsehaut verursachte.

»Schwimmen?«

Ich sprang auf.

34

Zeit: heute
Ort: Polizeiwache Francaz – Spanien

Ich sitze wieder in meiner Zelle. Eine Polizistin bringt mir klebrige Nudeln mit Sardellen aus der Mikrowelle, die ich kaum runterkriege. Danach lege ich mich aufs Bett und schließe die Augen. Es interessiert mich nicht mehr, dass es bretthart ist. Genauso wenig, wie es mich interessiert, dass eventuell ein paar Kakerlaken über mich kriechen könnten. Ich habe wirklich anderes im Kopf. Warum tun Val und Stefano mir das an? Innerhalb weniger Tage ist mein Leben völlig zerstört und vorläufig glaube ich nicht, dass es irgendwann wieder in geordneten Bahnen verlaufen könnte.

»Kommst du mit?«

Perez. Ich war so in Gedanken, dass ich seine Schritte nicht gehört habe.

»Die Klimaanlage ist endlich repariert«, sagt er. »Wir können uns ins Vernehmungszimmer setzen.«

Ich folge ihm über den Flur in ein neues Zimmer mit grauen Wänden. Kein altmodischer Kassettenrekorder, sondern moderne Kameras. Und es ist wunderbar kühl dort, wodurch ich besser nachdenken kann. Lang lebe die Klimaanlage und die Abwesenheit wackeliger Ventilatoren.

»Tee? Kaffee?«, fragt Perez.

»Wasser, bitte.«

Er lässt einen Polizisten das Gewünschte bringen. Unterdessen klappt er den Laptop auf, den er offensichtlich schon hierhergebracht hat, bevor er mich holte.

»Mein Team und ich waren inzwischen nicht untätig.« Er schweigt kurz, als erwarte er von mir ein Kompliment.

»Mittlerweile wissen wir, woher das Geld auf deinem Konto stammt.«

Wir? Ich weiß jedenfalls noch nichts.

»Während ihr kostenlos im Haus der Familie Limo wohntet, hast du auch ihren Internetanschluss genutzt. So hast du zum Beispiel etliche Sachen über mercadosite.com zum Verkauf angeboten. Diverse Telefone, Kameras, HiFi-Geräte.«

Ich denke an das eine Mal, als ich Val und Stefano abends spät hinter dem Laptop im Haus der Limos erwischte. Von wegen Computerspiel!

»Etliche Leute bezahlten im Voraus«, sagt Perez. »Sie überwiesen Geld auf dein Konto, bekamen aber nie etwas zugeschickt.«

Warum haben Val und Stefano nicht früher daran gedacht? Viel leichter, als bis nach Racotta zu reisen, um ein Päckchen abzugeben. Oder war das auch Teil eines ausgeklügelten Plans? Wenn ich dieses Päckchen abgäbe, würde ich gesehen werden – ein ausländischer Junge, der kein Spanisch spricht. Bei jedem nächsten Betrugsfall würden alle Finger auf mich zeigen. Und somit nicht auf Val und Stefano.

»Außerdem hast du per Mail auch noch eine Art Kettenbrief verschickt, indem du dich selbst als schwer kranken Krebspatienten darstellst. Drei Tumore im Kopf und nur in Amerika können sie dich möglicherweise erfolgreich operieren.« Perez leckt seinen Kaffeelöffel ab und legt ihn dann neben den Becher. »Unzählige Leute sind darauf reingefallen. Sie haben Geld überwiesen, damit du diese vermeintliche Operation bezahlen kannst.«

Ich bin perplex. Wie kann Val so etwas machen, wo doch ihr eigener Vater erst vor Kurzem ...

Oder sollte das auch eine Lüge gewesen sein?

»Aber ich spreche kein Spanisch!«, rufe ich. »Und schreiben kann ich's erst recht nicht. Wie habe ich dann diese Site und die Mail ...«

»Es gibt genügend hilfsbereite Spanier, die der englischen Sprache mächtig sind«, fährt Perez unbeeindruckt fort. »Und dann hätten wir noch die Internetsite, auf der du Ferienwohnungen zum Vermieten anbietest. Ferienbungalows, vollständig eingerichtete Wohnwagen mit festem Standort ... Ich habe die Fotos gesehen – hervorragende Arbeit! Kopieren und Einfügen. Da wundert es einen nicht, dass man gern eine Anzahlung leistete.«

Ich suche an meinem Wasserbecher Halt. Noch nie hat mich jemand so überschätzt. Wie kommt Perez auf die Idee, ich sei in der Lage, mir solche genialen Sachen auszudenken, geschweige denn, sie auch noch auszuführen? Dann wäre ich längst steinreich gewesen und hätte schon vor Jahrhunderten beim Supermarkt gekündigt!

»Zum guten Schluss waren zwanzigtausend Euro auf deinem Konto«, sagte Perez. »Das ist ein Wahnsinnsbetrag für einen Sechzehnjährigen. Warum musstest du dann auch noch unbedingt Señora Somez berauben?«

»Das habe ich nicht getan!«

»Im Hotel Miramar wurde auch eine Kamera gestohlen. Und im Sunhotel ein Geldbeutel. Zur selben Zeit als du und Val dort gewesen seid.«

»Und Stefano.«

»Warum finde ich seinen Namen dann nicht in den Hotelregistern?«

Es durchzuckt mich. Dieser Morgen in Elmodóvar! Kein

Wunder, dass Stefano noch vor mir in Vals Zimmer war.
»Weil er sich nie eingetragen hat«, sage ich. »Stefano brauchte kein eigenes Zimmer. Er hat jede Nacht bei Val geschlafen, ohne dass jemand davon wusste.«

Ich habe einen ekligen Geschmack im Mund. Als hätte ich ein Brötchen mit verdorbener Salami gegessen.

Perez seufzt. »Ich will dir gern glauben, Fin. Aber solange wir keinen Beweis für Stefanos Existenz haben, bist und bleibst du unser erster und einziger Verdächtiger. Und das bringt uns gleich wieder zurück ins Hotel Marvi. Zimmer 27. Gestern Morgen.«

Das ist das Allerschlimmste! Diebstahl und Betrug sind nur Peanuts. Ich wurde auch immer noch des Mordes verdächtigt.

»Der Morgen, an dem alles grandios schiefging« – Perez verschränkt wieder seine Finger – »und du Señora Somez ums Leben gebracht hast.«

Ich schüttelte zum hundertsten Mal den Kopf. »Sie war schon tot, als ich das Zimmer betrat.«

»Im Bericht der Spurensicherung steht, dass ein Kampf vorangegangen war.«

Ich denke an die umgefallene Stehlampe und ihre Flipflops. Sie hatte nur einen an. Der andere hatte ein ganzes Ende entfernt gelegen. »I-ich habe nichts getan. Ich wollte nur den Geldbeutel zurückbringen.«

Perez streckt die Arme und schiebt die verflochtenen Finger von sich. Seine Handinnenflächen sind auf mich gerichtet. Ich kann seine Knochen knacken hören.

»Wie bist du hineingekommen?«, fragt er.

»Die Tür stand offen.« Mir wird unwohl. So unwohl, dass ich doch wieder in die nach Ei stinkende Papiertüte atmen muss.

»Dann hättest du also wissen können, dass jemand im Zimmer war.« Perez spricht einfach weiter, als interessiere es ihn nicht die Bohne, dass ich fast krepiere. »Und trotzdem warst du so kaltblütig, die Handtasche von Señora Somez auf Wertgegenstände zu durchsuchen.«

Jetzt sehe ich auch das Bett mit der rot geblümten Tagesdecke wieder vor mir. Die Handtasche lag auf der Seite. Die Sachen, die vermutlich aus dieser Handtasche stammten, wirkten einfach so hingeworfen. Ich erinnere mich an Lippenstift, Schlüssel, Papiertaschentücher, aber da lag noch viel mehr.

»Du fandest ihren Geldbeutel und wolltest wieder gehen, aber was für ein Pech: Señora Somez kam aus dem Badezimmer.«

Die Tüte wird prall und flach, prall und flach.

»Sie sah, dass du ihren Geldbeutel stehlen wolltest, und wurde wütend. Erst versuchte sie, ihn dir aus der Hand zu reißen, und als das nicht klappte, begann sie auch noch, auf dich einzuschlagen. Das konntest du natürlich nicht auf dir sitzen lassen. Du drücktest sie gegen die Wand und versuchtest, sie zu stoppen.«

Prall, flach, prall, flach.

»Aber es gelang Señora Somez, sich deinem Griff zu entwinden, und sie stürzte zur Tür. Dir wurde klar, dass alles herauskommen würde, wenn sie das Hotelzimmer verließ. Du musstest sie davon abhalten, koste es, was es wolle.«

Perez hievt sich hoch. Er geht um den Schreibtisch herum, stellt sich neben mich und beugt sich vor. »Du hast sie mit dem Kopf gegen den Tisch geknallt und sie so für immer zum Schweigen gebracht.«

Sein Gesicht ist weniger als einen Zentimeter von meinem entfernt. Ich spüre Spucketröpfchen auf meiner Wange.

»Deine Gier wurde Señora Somez zum Verhängnis.« Er schiebt meine Hand mitsamt Papiertüte energisch vom Mund weg.

Apropos Verhängnis . . . Mein Brustkasten ist auf einmal zu klein für meine Lunge. Ich höre mich keuchen und pfeifen.

»Ach, hör doch endlich auf mit diesen Spielchen«, schnauzt Perez.

Und dann reißt er mir die Tüte aus der Hand!

Nicht!, will ich sagen, aber da zerknüllt er sie schon und wirft sie in eine Ecke.

Ich krieche auf sie zu. Es ist mir vollkommen egal, dass ich wie ein Hund daherkomme. Ich muss diese Tüte haben.

Perez versperrt mir den Weg. »Wird es nicht mal langsam Zeit für ein Geständnis? Wir haben ausreichend Beweise für eine offizielle Anklage.«

Ein schwer asthmatischer Hund. Mein Blick konzentriert sich auf die braune Kugel hinter seinem rechten Schuh. Ich grapsche nach dem Papier, so weit das geht, wenn man fast krepiert.

Perez scheint endlich zu begreifen, dass es ernst ist, und macht einen Schritt zur Seite.

Ich raffe die Papierkugel auf.

Entfalten. Glatt streichen. Atmen.

»Entschuldige, ich musste sichergehen.« Perez hilft mir auf. »Ich bringe dich zu deiner Zelle. Dann kannst du dich kurz erholen.«

35

Zeit: heute
Ort: Polizeiwache Francaz – Spanien

Eine Stunde später holt Perez mich wieder aus der Zelle.

»Wie geht's?«, fragt er.

Blöde Frage.

»Geht schon.«

Er nimmt mich wieder mit in den klimatisierten Raum und sagt: »Wo waren wir stehen geblieben?«

Auf meiner Netzhaut erscheint das Bild von Stefano, der den Kopf von Frau Somez als Rammbock benutzt. Er knallt ihn gegen den Tisch – immer wieder, härter und härter. Ich habe das Gefühl, dass ich verrückt werde, bis mir klar wird, dass das Geräusch von Perez kommt. Es ist sein Schuh, der gegen den Schreibtisch tickt.

»Ich habe nichts getan«, flüstere ich. »Ich schwöre es.«

»War es denn vielleicht ein Unfall?«, fragt Perez. »Du wolltest sie davon abhalten, das Zimmer zu verlassen. Aber dabei fiel sie unglücklich, schlug mit dem Kopf gegen den Tisch und brach sich das Genick.«

Ich taste nach meinem eigenen Hals. »Hören Sie auf, bitte.«

»Du gibst es also zu?«

Fast wäre ich dazu in der Lage. Vielleicht würde er mich dann in Ruhe lassen.

»Stefano hat es getan«, sage ich erschöpft. »Er hat auch die Diebstähle begangen und die Website gemacht und so.«

»Und das Geld ließ er auf dein Konto überweisen, weil er dich so mag?«

Er hat recht. Das ist seltsam.

»Wo ist es jetzt?«, fragt Perez.

»Was?«

»Das Geld natürlich. Du hast jeden Tag den Höchstbetrag abgehoben.«

»Sie irren sich. Ich habe die Hotelzimmer immer mit EC-Karte bezahlt, aber sonst habe ich höchstens ein- oder zweimal Geld abgehoben.«

»Ach ja?«, fragt Perez. »Und wie erklärst du dann das da?«

Mit einer abrupten Geste dreht er den Laptop so, dass ich den Film auf dem Monitor ansehen kann. Jemand mit gesenktem Kopf zieht Geld aus einem Automaten. Der Schirm seiner Kappe ist so tief nach unten gezogen, dass sein Gesicht fast nicht zu sehen ist.

»Das haben Sie mir doch schon gezeigt?«

»Das ist nicht in La Lina«, sagt Perez. »Diese Aufnahme stammt vom 24. Juli um sechs Uhr früh. Aufgenommen von den Überwachungskameras bei einem Geldautomaten in Santa Pol.«

Santa Pol. Da wohnten wir im Haus der Limos.

Perez zeigt einen weiteren Film. »25. Juli, wieder beim Geldautomaten in Santa Pol.«

»Das bin ich nicht, das ist Stefano. Er muss gewusst haben, dass da eine Kamera hing. Darum hat er diese Baseballkappe aufgesetzt und hält den Kopf immer gesenkt. Er will nicht erkannt werden.«

»Es ist aber dein T-Shirt.«

Jetzt sehe ich es erst. Es ist das Shirt mit dem Ketchupfleck.

»Woher wissen Sie das?«

»Du bist damit auf mehreren Fotos zu sehen.«

Natürlich. Meine Kamera.

»Ich habe es Val geschenkt, weil ich es nicht mehr schön fand. Stefano hat es bestimmt absichtlich angezogen, damit jeder denkt, er wäre ich.«

»Wie erklärst du das dann?«, fragt Perez. »Aufnahme drei. Der 26., halb elf morgens, derselbe Automat.«

Ein Schock durchfährt mich. Trotz der Kappe ist mein Gesicht klar erkennbar.

Perez hält das Bild an. »Du willst doch nicht behaupten, das sei Stefano.«

»Nein, das bin ich wirklich, aber nicht auf den anderen Aufnahmen.«

»Film vier. Der 27., um Viertel vor zehn morgens.«

Perez macht immer so weiter. Ein Film nach dem anderen erscheint auf dem Monitor.

»Der Geldautomat in Borgus. Elf Uhr abends.«

Ich springe auf. Kein Wunder, dass wir Stefano an diesem Abend im La Iguana Club nicht mehr sahen. Er war früher gegangen, um heimlich Geld von meinem Konto abzuheben. Aber ich war zu diesem Zeitpunkt noch in der Diskothek! Also habe ich ein Alibi!

Die Euphorie hält ein paar Sekunden an. Dann dringt das volle Ausmaß zu mir durch: Die Türsteher werden schwören, dass sie niemanden unter achtzehn einlassen und ich demnach nie in der Diskothek gewesen sein kann. Val ist die Einzige, die meine Geschichte bestätigen kann, aber mittlerweile ist es deutlich genug, dass ich von ihr keine Hilfe erwarten darf. Und das, obwohl wir am selben Abend ...

Tränen drücken sich von hinten an meine Lider. Dass ein Mädchen mit einem ins Bett geht und einen anschließend sitzen lässt, damit kann man noch leben. Aber dass sie erst mit mir schläft und mich dann für einen Mord einstehen lässt, den ich nicht begangen habe ...

»Auch in Borgus. Am nächsten Tag«, sagt Perez.

Mein Herzschlag beschleunigt sich. »Warten Sie!«

Ich versuche, mir selbst vorzuhalten, dass ich mich höchstwahrscheinlich irre. Manchmal sollte man lieber nichts erwarten, dann kann man auch nicht enttäuscht werden.

»Darf ich die Aufnahme, auf der wirklich ich zu sehen bin, noch einmal anschauen?«, frage ich.

Perez klickt dorthin zurück.

»Und jetzt den Film davor.«

Ich wage es noch immer nicht, meinen Augen zu trauen. »Und jetzt wieder vor.«

Wir schauen gemeinsam, wie ich das Geld aus dem Automaten ziehe, und dann raste ich doch noch vollkommen aus.

»Sehen Sie das? Meine Hand!« Mich hält nichts mehr auf meinem Stuhl. »Val hat die Schnittwunde verbunden, als ich mit meiner Hand in dieses Glas gefasst habe. Erst in Borgus habe ich angefangen, Pflaster zu benutzen. Stefano hat zwar daran gedacht, sich so anzuziehen, dass jeder denkt, ich sei es. Diese Baseballkappe und das Shirt. Aber meine verwundete Hand hat er vergessen! Kein Verband. Keine Pflaster.«

Erneut betrachten wir alle Aufnahmen der Überwachungskameras bei den Geldautomaten.

»Sie wollten doch einen Beweis!«, rufe ich. »Na bitte, hier ist er. Der mit der verbundenen Hand, das bin ich. Auf allen anderen Aufnahmen ist Stefano zu sehen.«

»Entschuldige, Fin, aber das jetzt als Beweis zu bezeichnen ...«

Mein Gehirn arbeitet auf Hochtouren. »Diese Kameras. Gibt es davon vielleicht noch mehr? In der Nähe der Geldautomaten, meine ich. Andere Überwachungskameras. Vielleicht können wir dann mehr von seinem Gesicht sehen als auf diesen Aufnahmen. Ich bin sicher, dass ich ihn erkenne.«

An Perez Blick ist abzulesen, dass er der Sache wenig traut.

»Bitte«, sage ich. »Es ist meine einzige Chance. Sie wollen doch auch nicht, dass ein Unschuldiger bestraft wird?«

»Dann los.« Er steht auf. »Im Zweifel für den Angeklagten. Aber ich hoffe für dich, dass du nicht meine kostbare Zeit vergeudest.«

36

Zeit: einen Tag früher, der Morgen des Mordes
Ort: Hotel Marvi, Francaz – Spanien

Meine Uhr auf dem Nachttisch piepte. Acht Uhr. Ich stöhnte. Acht Uhr war und blieb lächerlich früh. Dann dachte ich an Val und meine schlechte Laune verflog schlagartig. Sie wartete wahrscheinlich schon im Frühstücksraum.

Ich streifte das Laken von mir und stand schnell auf. Duschen ist Wasserverschwendung, wenn man nach dem Frühstück sowieso schwimmen geht, also hielt ich nur meinen Kopf kurz unter den Hahn. Danach zog ich die Boxershorts aus und meine Badehose schon einmal an, darüber die Jeans mit den abgeschnittenen Beinen. Ich nahm mein *Salty Dog* T-Shirt aus meinem Rucksack, zog es mir über und schlüpfte unterdessen in meine Flipflops. Fertig.

Oh nein, Moment. Meinen Geldbeutel noch. Ich steckte ihn in die Gesäßtasche. Einmal eine EC-Karte verlieren, war mehr als genug. Meine Uhr und mein Handy sollte ich wohl auch besser in meinen Rucksack stecken. Ich wollte die Zimmermädchen nicht auf falsche Gedanken bringen.

Auf dem Gang stand ein Reinigungswagen mit einem Berg Laken und Handtüchern darauf. Im Zimmer gegenüber staubsaugte ein Mädchen. Ich nahm die Treppe nach unten und ging an der Rezeption vorbei zu den offen stehenden Klapptüren. Val saß schon an einem Tisch beim Fenster. Sie hatte wie jeden Morgen einen Teller mit Brötchen für uns beide vollgeladen. Sobald sie mich sah, winkte sie. Ich machte ihr ein Zeichen, dass ich erst Tee holen würde.

»Da haben wir ja unser Dornröschen«, sagte sie, als ich ihr gegenüber Platz nahm.

Ich sah über meine Schulter.

»Ich meine dich. Du hast fast ein Jahrhundert geschlafen.«

»Weil du mich nicht wachgeküsst hast.« Ich nahm ein Brötchen und brach ein Stück davon ab. »Wo ist dein Bruder?«

»Schon joggen.«

»Bei diesem Wetter? Na, besser er als ich.«

Sie öffnete eine Miniportion Erdbeermarmelade. »Ja, ich gehe auch lieber schwimmen.«

Oder wir können auf mein Zimmer gehen, dachte ich.

»Ähem ...«

»Was?«, fragte sie.

»Na, wenn Stefano sowieso joggen ist ...« Ich starrte auf einen faszinierenden Brotkrümel auf der Tischdecke. »Ich dachte ...«

»Du solltest nicht so viel denken. Sonst bekommst du Gehirnschmerzen.« Sie nahm ihre Tasse und stand auf. »Ich hole Kaffee. Willst du auch noch etwas?«

Und ob ich etwas wollte! Wäre das doch bloß so leicht wie im Film. Junge trifft Mädchen, sie finden sich nett und gehen miteinander ins Bett und danach machen sie das noch etliche Male und alles geht mit der gleichen Leichtigkeit, als würde man ein Ei pellen.

»Nein«, sage ich. »Ich habe noch.«

Val hatte recht. Filme waren tatsächlich Schwachsinn.

Nach dem Frühstück ging ich in mein Zimmer zurück, um mir die Zähne zu putzen. Das Zimmermädchen war schon da gewesen und hatte saubere Handtücher aufgehängt. Ich warf mir das größte der Handtücher über die Schulter, lief die Treppe hinunter, gab den Schlüssel an der Rezeption ab und schlenderte hinaus, über die Bar zum Pool. Im Wasser dümpelte ein Mädchen auf einer Luftmatratze. Neben dem Pool lagen zwei ältere Leute und sonnten sich. Ihrer braunen, runzeligen Haut nach lagen sie schon ein paar Millionen Jahre dort.

Val zerrte an einem der Liegestühle. »Hilf mir mal«, sagte sie. »Ich möchte im Schatten sitzen.«

Wir hoben den Stuhl jeder auf einer Seite an und trugen ihn in den Hotelgarten. Wenn wir uns hinter das Mäuerchen legten, konnte uns keiner sehen. Wir schwammen eine Weile und ließen uns von der Morgensonne trocknen. Dann suchten wir unseren Schattenplatz auf und küssten uns. Bis Vals Telefon klingelte.

Es war ein kurzes Gespräch auf Spanisch. Ich sah sie fragend an.

»Falsch verbunden.« Sie schlang das Handtuch um ihre Taille und klemmte ihr Handy dazwischen. »Ich habe Durst. Cola?«

»Ich kann sie gern holen«, sagte ich und richtete mich halb auf.

»Du bleibst liegen.« Sie drückte mich auf den Liegestuhl zurück und nahm ihre Tasche. »Bin sofort wieder da.«

Ich sah ihr nach, bis sie hinter den Büschen verschwunden war. In solchen Momenten war ich so glücklich wie jemand aus einem Werbespot, in dem alle so hallelujaglücklich sind, dass man am liebsten brechen würde. Ich schloss die Augen und träumte weg.

»Liegestuhlservice.« Val stellte das Tablett auf den Boden. Neben den Flaschen und Gläsern lag ein Geldbeutel.

»Das ist doch nicht deiner?«, fragte ich.

»Nein, von der Frau, die beim Pool saß. Sie hat ihn an der Bar liegen lassen.« Vals Augen bettelten. »Würdest du ihn vielleicht schnell zurückbringen?«

»Du kannst ihn doch auch an der Rezeption abgeben?«

»Das ist nicht nötig, ich weiß ihre Zimmernummer. Die Frau ließ das Getränk auf ihre Rechnung setzen.«

»Schön blöd, da hätte sie den Geldbeutel ja noch nicht einmal gebraucht!«

»Nein, na ja. Was weiß ich?« Val warf die Hände in die Luft. »Sie hat ihn jedenfalls vergessen. Ich wollte ihr noch nachlaufen, aber ich war gerade an der Reihe mit dem Bestellen, also . . .«

»Also?«

Sie zog mich vom Liegestuhl hoch. »Jetzt geh doch mal schnell, bevor sie sich furchtbare Sorgen macht. Zimmernummer 27.«

»Okay, okay.« Ich schlüpfte schnell in Jeans und T-Shirt – die Frau könnte sonst auf seltsame Gedanken kommen, wenn ein fremder junger Mann nur mit einer Badehose bekleidet vor ihrer Tür stand – und nahm den Geldbeutel vom Tablett.

Bevor ich hinter den Büschen verschwand, schaute ich mich noch einmal um. Val saß auf dem Liegestuhl und war in ein Telefongespräch vertieft. Ich ging weiter, am Pool vorbei. Die älteren Leute lagen noch immer in der prallen Sonne. Das Mädchen auf der Luftmatratze hatte sich vom Rücken auf den Bauch gedreht. Eine Frau mit Badekappe zog Bahnen.

Bei der Bar war es ruhig. Ein einziger Mann saß an der Theke und trank einen Saft und der Barmann spülte Gläser.

Ich betrat das Hotel durch die offen stehenden Türen.

Kurz erwog ich noch, den Geldbeutel doch an der Rezeption abzugeben, aber das Mädchen saß nicht hinter dem Tresen. Ich nahm die Treppe in den zweiten Stock mit zwei Stufen zugleich und folgte der Beschilderung. Die Zimmer 25 bis 29 gingen links ab.

Der Gang war wie ausgestorben. Keine Zimmermädchen, keine Reinigungswagen. Ich sah nach den Nummern auf den Zimmertüren. 25, 26 ... Hier war es. Die Tür stand einen Spalt offen.

Ich klopfte. *»Hola!«*

Keine Antwort.

Ich klopfte noch einmal, diesmal fester. Die Tür gab nach und der Spalt wurde breiter, so groß, dass ich hindurchschauen konnte. Ich wurde ziemlich nervös. Auf dem Boden lag jemand und rührte sich nicht.

Ich drückte die Tür jetzt ganz auf und ging hinein. Es war eine Frau in einem weißen Bademantel. Ich hoffte, dass sie schlief, aber sie gab keinen Ton von sich.

Manche Menschen wissen in Stresssituationen sofort, was sie tun müssen. Puls prüfen, Erste Hilfe leisten, beatmen, Herzmassage, kein Problem. Meine Mutter ist so jemand. Leider habe ich auf dem Gebiet die Gene meines Vaters geerbt; in Notfällen bin ich augenblicklich handlungsunfähig. Natürlich wusste ich auch, dass es geschickt wäre, einen Krankenwagen zu rufen, aber ich tat es nicht. Ich stand wie eine Salzsäule im Zimmer und starrte auf die Szene, während allerlei Gedanken durch mein Hirn flitzten. Zum Beispiel, dass die Frau ihren Geldbeutel wahrscheinlich schon vermisst hatte, da die Handtasche auf dem Bett ausgeschüttet worden war. Dass sie sich dann vielleicht zu Tode erschreckt hatte, wodurch sie einen Herzinfarkt bekam. Dass sie an der Stehlampe Halt gesucht hatte und diese dann im

Sturz mit zu Boden gezogen hatte. Dass sie bestimmt gegen den Tisch gefallen war, denn aus ihrem Ohr tröpfelte ein dünnes Rinnsal Blut. Und dass sie für jemanden, der noch am Leben war, wirklich sehr lange die Augen offen halten konnte, ohne zu zwinkern.

Mein Magen konnte plötzlich nicht mehr an sich halten und kehrte sein Innerstes nach außen.

Sich übergeben zu müssen, ist ziemlich unappetitlich, aber ich war trotzdem erleichtert, als mein Körper wieder reagierte. Jetzt konnte ich einen Krankenwagen rufen. Zumindest, wenn ich ein Telefon zur Hand gehabt hätte. Mein Handy! Mein Zimmer war ganz in der Nähe. In meiner Verwirrung dachte ich nicht an das Zimmertelefon.

Sobald ich auf dem Flur stand, sah ich zwei Männer in Uniform, die gegen Türen drückten, und wenn sie zublieben, eilig weitergingen.

Sie sahen mich auch.

»Fin?«, fragte einer und sah auf meine Hand.

Der Geldbeutel. Warum hielt ich das Ding noch immer fest?

Der andere knurrte etwas auf Spanisch, packte meine Handgelenke und drehte sie mir auf den Rücken.

37

Zeit: heute
Ort: Polizeiwache Francaz – Spanien

Es ist Morgen. Ich habe meine zweite Nacht in der Zelle überlebt. Perez und ich sitzen gemeinsam mit Tee, Kaffee und Marmeladenbrot hinter dem Laptop. Es hat fast was von gemeinsamem Fußballgucken, nur dass auf dem Bildschirm keine Spieler, sondern Bilder von Überwachungskameras zu sehen sind. Menschen, die über einen Platz in ein Einkaufszentrum gehen, vor Schaufenstern stehen bleiben oder auf einem Mäuerchen sitzen. Manchmal sehe ich jemanden mit einer Baseballkappe und dann muss Perez drei Mal zurückspulen, weil ich sichergehen will, dass es nicht Stefano ist.

Eine Stunde und eine Million Filme weiter habe ich endlich Glück.

»Können Sie das Bild anhalten?«, frage ich aufgeregt.

Ich krieche fast in den Computer. Ganz am Rand, kurz bevor er aus dem Bild läuft, setzt ein Junge ein Basecape auf. Und ich halte die ganze Zeit nach Baseballkappen Ausschau! Stefano hat sie erst kurz vor dem Geldautomaten aufgesetzt!

Ich zeige auf den Bildschirm. »Das ist er.«

Perez ist schon über eine Stunde weg. Ich warte. Meine Hände sind klamm und mein Magen scheint irgendwo in meiner Kehle zu hängen. In einem Moment bin ich voller

Selbstvertrauen, im nächsten bin ich ganz sicher, dass sie mir doch wieder nicht glauben werden. Wäre meine Mutter bloß hier! Noch zwei Tage. Wenn ich daran denke, dass ich heute Nacht wieder in dieser Zelle ...

Die Tür geht auf.

Perez.

Er legt das ausgedruckte Foto von Stefano auf den Schreibtisch.

»Sein richtiger Name ist Felipe Garcia und er ist wirklich Valeries Freund.«

Es ist vorbei. Ich hatte gedacht, ich würde erleichtert sein, aber ich fühle mich leer und müde.

»Valeries Mutter hat ihn identifiziert«, sagt Perez. »Laut ihrer Aussage taugt der Junge tatsächlich nichts. Kurz vor den Sommerferien wurde er beim Diebstahl erwischt und der Schule verwiesen. Als Señora Reina das hörte, hat sie ihrer Tochter unter Androhung unendlichen Hausarrests den Umgang mit Felipe verboten. Sie glaubt, dass Valerie und eine Freundin mit Rucksäcken unterwegs sind.«

»Und jetzt?«, frage ich.

»Ich habe schon eine Fahndungsmeldung nach Felipe rausgegeben«, antwortet Perez. »Und ich schicke jemanden ins Hotel Marvi, um Valerie dort abzuholen.«

»Ist sie denn immer noch dort?«

»Sollte sie jedenfalls. Sie weiß, dass sie ohne unsere Zustimmung nicht weiterreisen darf. Nicht, bevor der Fall geklärt ist.« Er legt seine Hand auf meine Schulter. »Wir werden sie mit Felipe Garcia konfrontieren. Zumindest mit der Tatsache, dass sie ihn uns gegenüber verschwiegen hat. Ob wir Felipe selbst auch schnell finden werden, ist fraglich. Wenn er wirklich den Tod von Señora Somez auf dem Gewissen hat, ist er höchstwahrscheinlich längst ausgeflogen.«

Oder eben gerade nicht. Ich denke daran, was ich von Val gelernt habe. Dass Menschen häufig viel zu schnell Schlussfolgerungen ziehen: Wenn man einen Anzug trägt, hat man Geld, in einem verschlissenen Rucksack steckt nichts Wertvolles. Wer schuldig ist, macht, dass er schnell wegkommt ...

»Wie ich Stefa... äh, Felipe einschätze, ist er auch noch im Hotel Marvi«, sage ich.

Perez runzelt die Stirn. »Das wäre schon höchst dreist. Sich am Tatort zu verstecken, direkt vor der Nase der Polizei.«

»Genau. Niemand erwartet, dass er das tut, und genau deswegen ist es so ein guter Ort.

Perez denkt kurz nach. »Na ja, wir können es natürlich überprüfen.«

Ich muss leider wieder in meine Zelle. Trotzdem hat sich etwas verändert, denn ich bekomme einen Stapel Comics mit.

»Sie lagen bei den Fundgegenständen«, sagt Perez. »Ich dachte, dann langweilst du dich vielleicht nicht so.«

Leider sind sie auf Spanisch. Ich versuche, eine Geschichte zu verstehen, indem ich mir die Bilder ganz genau anschaue.

Fünf Comics weiter kommt Perez, um mir mitzuteilen, dass sie Felipe in der Nähe des Hotels geschnappt haben. »Die Polizisten, die Valerie abholen wollten, sahen ihn zufällig aus einem Supermarkt kommen. Sie erkannten ihn sofort anhand des Fotos.«

Ich habe Lust, irre schnell zu rennen. »Und Val?«

»Die ist uns leider durch die Lappen gegangen. Sobald Felipe die Polizisten sah, ergriff er die Flucht. Schließlich haben sie ihn verhaften können, aber unterdessen hatte er Valerie bereits über Handy gewarnt. Ihr Hotelzimmer war verlassen und ihr Gepäck verschwunden.« Perez öffnet die Zelle. »Vorläufig haben wir noch nicht viel aus ihm herausgekriegt. Er leugnet, dass er mit Valerie reiste, und von dir hat er auch noch nie gehört.«

Ich verkrampfe mich. Gleich fängt alles wieder von vorn an.

»Er behauptet, seine Flucht sei eine Panikreaktion gewesen. Dass alles von diesem Diebstahl an der Schule wieder in ihm aufgestiegen sei, sobald er die Polizisten näher kommen sah und dass er dann nicht mehr wusste, was er tat.« Perez bedeutet mir, ich solle ihm folgen. Wir betreten einen Raum, in dem ich noch nicht gewesen bin. Dort sitzen noch mehr Polizisten. Perez schiebt mir einen gepolsterten Bürostuhl hin. Ein anderer Polizist bringt mir eine Mahlzeit.

»Guten Appetit«, sagt Perez. »Gleich hole ich dich wieder ab. Ich sitze nebenan im Verhörraum mit Felipe.«

Ich esse, obwohl mir ganz und gar nicht danach ist. Danach holt mir ein Polizist die Comics aus meiner Zelle, aber ich kann mich nicht darauf konzentrieren. Nachdem ich dreimal dieselbe Seite angesehen habe, weiß ich immer noch nicht, was dort gezeichnet ist. Meine Gedanken sind im Verhörraum. Ich glaubte, es sei vorbei, aber das ist es noch lange nicht. Angenommen, Felipe leugnet weiterhin. Ich stütze meine Ellenbogen auf das Comicheft und lege meine Stirn auf die Hände. Und wo ist Val? Immer, wenn ich an sie denke, will ich schreien, treten, Dinge zerschlagen. Val, die mit unschuldigem Lächeln die größten Lügen auftischt. Die mich küsst, während ihr Freund mein Konto plündert, als wäre es das zigste Spielchen, eine Art Pflicht oder Wahrheit . . .

»Café!«, erklingt die Stimme von Perez.

Ich hebe den Kopf.

Ein Polizist reicht Perez einen Becher Kaffee. Er reibt sich die Augen und sieht müde aus. Ein schlechtes Vorzeichen? Ich rutsche unruhig auf meinem Stuhl herum.

Er setzt sich auf den Schreibtisch und schlägt seine langen Beine übereinander. »Es tut mir leid, Fin. Aber ich kann dich vorläufig noch nicht gehen lassen. Felipe bleibt dabei, dass er von nichts weiß. Sein Wort gegen deins.«

Ich fummle an dem Comic herum. Das Papier knittert unter meinen Fingern, aber es dringt kaum zu mir durch.

»Mein Gefühl sagt, dass er lügt.« Perez' Stimme ist düster. »Unschuldige rennen nicht vor der Polizei davon. Außerdem wäre es schon ein starkes Stück, wenn er sich zufällig in der Nähe des Hotel Marvi und demnach auch von Valerie aufhielte. Und dann wäre da noch der Diebstahl in der Schule.«

Er glaubt mir. Ich fühle mich ein klein wenig besser.

Aber dann sagt er: »Was ich finde oder denke, ist jedoch vollkommen unwichtig. Der Staatsanwalt will nachher unwiderlegbare Beweise.«

Ich denke an die SMS, an meine Fingerabdrücke und DNA, die Hotel-Security, die mich mit dem Geldbeutel von Frau Somez in der Hand erwischte. Ein unsichtbarer Strick legt sich um meinen Hals.

Perez nippt an seinem Kaffee und seufzt. »Felipe weigert sich, eine DNA-Probe abzugeben. Er will auch nichts mehr sagen, bis sein Anwalt da ist.«

»Und wenn ich mit ihm rede?«, sage ich. »Vielleicht gibt er es ja zu, wenn er sieht, was er mir angetan hat.«

»Das kann ich nicht gestatten«, antwortet Perez. »Es ist gegen die Regeln, die Sicherheit von Verdächtigen aufs Spiel zu setzen. Und ehrlich gesagt, glaube ich auch nicht daran. Felipe weiß, dass die Gespräche im Verhörraum aufgezeichnet werden können, also wird er auch dir gegenüber nichts zugeben.«

Und dann habe ich den besten Einfall aller Zeiten.

»Im Verhörraum nicht, stimmt«, sage ich. »Aber wenn wir gemeinsam in der Zelle sitzen und er denkt, dass niemand uns sieht oder hört . . .«

38

Zeit: heute
Ort: Polizeiwache Francaz – Spanien

Ich sitze in meiner Zelle auf dem Bett. Das Adrenalin saust durch meinen Körper. Kein Wunder, dass es so lang dauerte, Perez zu überzeugen. Sein Einschätzungsvermögen ist besser als meins. Es ist fast unmöglich, meine Emotionen in den Griff zu bekommen, jetzt, da ich weiß, dass ich Felipe sehen werde. Ich will nichts lieber, als ihn verprügeln und . . .

In der Ferne höre ich jemanden reden.

Da sind sie!

Ich habe nur ein paar Sekunden, um diese enorme Anspannung loszuwerden. Felipe darf nichts merken. Nur wenn er keine Gefahr wittert, habe ich eine Chance. Ich hole tief Luft und lege meine Hand kurz auf meine Brust. Mein Herz pumpt wie verrückt.

Ich höre Schritte.

Perez und Felipe stehen für meinen Geschmack viel zu schnell vor der Zelle. Dreckiger Verräter. Meine Hand umklammert das Brett unter meiner Matratze.

»Stefano?«, frage ich mit gepresster Stimme.

Einen Augenblick huscht ein Schrecken über sein Gesicht. Dann reißt er sich sofort wieder zusammen und sagt etwas auf Spanisch.

»Er sagt, dass du ihn mit jemandem verwechselst«, übersetzt Perez. »Er heißt nicht Stefano, sondern Felipe.«

Die Zellentür ist offen. Felipe braucht einen Schubs von Perez, um hineinzugehen. Seine ganze Haltung strahlt Widerwillen aus. Ich freue mich, dass es ihm so schlecht geht. Das macht es leichter, ihm nicht sofort eins aufs Maul zu geben. Perez schließt die Zelle wieder und geht. Ich wage es nicht, ihm nachzuschauen, aus Angst, ich könne etwas verraten.

Felipe bleibt eine Weile schweigend stehen. Er starrt auf eine Kakerlake auf dem Boden.

»Nachts kriechen sie über dein Kissen«, sage ich.

»Heute Nacht bin ich längst hier weg. Dafür wird mein Anwalt schon sorgen.«

»Und dann? Hast du mit Val verabredet, wo ihr euch wieder trefft?«

»Ich habe keine Ahnung, wovon du sprichst.« Er späht durch die Gitterstäbe. Natürlich um zu schauen, ob Polizisten auf dem Gang stehen. Danach wandern seine Augen durch die Zelle. Auf der Suche nach Kameras, vermute ich. Offensichtlich ist er beruhigt. Er entspannt sich und setzt sich auf das andere Bett.

Ha, wenn er wüsste!

»Ich weiß, dass du und Val keine Geschwister seid«, sage ich.

Er zuckt die Schultern. »Na und?«

»Wenn ich eine Beziehung mit jemandem hätte, würde ich nicht wollen, dass sie auch einen anderen küsst.«

Er setzt seinen Schuh auf eine Kakerlake und dreht seinen Absatz hin und her.

»Und ich würde erst recht nicht akzeptieren, dass sie auch noch mit einem anderen ins Bett geht.« Ich kann es nicht lassen, etwas triumphierend zu grinsen. »An dem Abend, als du uns über den Notausgang in die Diskothek gelassen hast . . .«

»La Iguana Club?« Er lacht abfällig. »Da ist nichts passiert. Val hat dir etwas in dein Getränk getan, um dich bewusstlos zu machen.«

Das war's mit dem Triumph. Darum konnte ich mich also an nichts erinnern. Ich bin noch Jungfrau.

Felipe hat noch immer dieses lästige Grinsen im Gesicht.

Er fühlt sich deutlich überlegen. Wenn ich Antworten möchte, werde ich sein aufgeblasenes Ego reizen müssen.

»Hat Valerie dir das weisgemacht?«, frage ich.

Er zuckt kurz zusammen.

Sehr schön. Ich habe seine volle Aufmerksamkeit.

»Dann hatte sie sicher Angst, du würdest böse, wenn du hören würdest, dass wir miteinander . . .« Ich hebe bedeutungsvoll die Augenbrauen. »Darum hat sie sich diese Geschichte ausgedacht. Sie wollte dich beruhigen.«

»Das stimmt nicht!«, ruft Felipe.

Ich erschrecke vor seiner lauten Stimme. Er selbst auch. Zumindest wendet sich sein Kopf zum Gang hinter den Gittern.

Nein, es kommt niemand nachsehen.

»Es war nicht Vals Idee, das Zeug in dein Glas zu schütten«, fährt er dann leiser fort. »Ich habe mir das ausgedacht.«

Wieder umklammere ich das Brett, auf dem ich sitze. Oh, wie gern würde ich ihm an die Gurgel gehen!

»Ich glaube dir kein Wort«, sage ich so ungerührt wie möglich.

»Musst du wissen.«

»Warum solltest du mich betäuben wollen?«

»Geht dich nichts an.«

»Siehst du, das kann gar nicht stimmen. Du kannst dir nicht einmal einen guten Grund ausdenken.«

»Aber sicher!«

»Ach ja?« Ich lege meine Hand hinter mein Ohr. »Ich höre jedenfalls nichts.«

Das stimmt nicht ganz. Ich kann ihn mit den Zähnen knirschen hören.

»Gut, wenn du es denn unbedingt wissen willst«, sagt er mit einer Stimme voller Hass. »Val sagte, du wärest ziemlich eingeschnappt gewesen, als sie dich im Whirlpool abgewiesen hatte. Sie hatte dich schon eine ganze Weile an der langen Leine gehalten und wir fürchteten, dass dies der Tropfen zu viel sein könnte. Dass du beschließen könntest, allein weiterzureisen. Und das konnten wir nicht riskieren. Wir brauchten dich ja noch. Dich und deine EC-Karte. Also gaben wir dir das Gefühl, du und Val . . .« Er rutscht weiter nach hinten, damit er sich mit dem Rücken an die Wand lehnen kann. »Zufrieden?«

Noch lange nicht.

»Du hättest das Geld doch auch auf dein eigenes Konto überweisen können?«, sage ich.

»Natürlich nicht, du Trottel. Dann würden sie dahinterkommen, dass Val und ich es getan hatten.«

»Was getan?«

»Nichts.« Er fegt mit der Hand durch die Luft. »Ich habe schon viel zu viel gesagt.«

Aber noch längst nicht genug.

»Du meinst die Website und die Bettelmail und so?«, frage ich.

Er zieht die Beine an.

»War das auch deine Idee. Oder die von Valerie?«

Ohrenbetäubende Stille.

Vielleicht sollte ich die Taktik ändern. Nicht piksen, sondern streicheln.

»Ich wünschte, mir wäre so etwas selbst eingefallen«, sage ich.

»Ja, klar.«

»Ja, Mann. Viel besser als so ein blöder Job im Supermarkt.«

Er sieht mich abwägend an.

»Es ist doch so?«, fahre ich fort. »Einbrechen oder Leute berauben, das ist echt kriminell. Aber so eine Site einrichten, das würde ich mich schon trauen. Ich meine, die Leute sind selbst schuld, wenn sie so blöd sind, drauf hereinzufallen. Dafür kann man doch nichts?«

»Nimmst du mich jetzt auf den Arm?«

»Warum sollte ich? Ich wünschte, ich wäre so geschickt mit Computern wie du.«

»Ach«, sagt er gespielt lässig, aber auf seinem Gesicht zeigt sich ein Anflug von Stolz.

»Dass du den Laptop und den Internetanschluss der Familie Limo genutzt hast und meine Kontonummer, ist ein genialer Einfall. Sogar wenn der Betrug entdeckt werden würde, wäre das überhaupt kein Risiko für dich und Val.«

Keine Reaktion.

Ich habe natürlich zu dick aufgetragen. Wenn mich jemand so vollschleimen würde, glaubte ich ihm auch kein Wort.

Aber dann sagt Felipe selbstgefällig: »Es war ein Kinderspiel. Wir mussten bloß noch dein Konto leer räumen und jeden denken lassen, dass du jedes Mal selbst Geld abgehoben hast, damit immer noch keine Spur zu uns führen würde.«

»Aber du hast vergessen, einen Verband um deine Hand zu wickeln«, rutscht mir heraus.

Er ist sofort wieder auf der Hut. Seine Augen verengen sich zu Schlitzen. »Ja, das war dumm. Perez hat mir die Filme gezeigt. Aber er kann mir nichts. Ich bin überhaupt nicht darauf zu erkennen. Das ist kein Beweis für einen Richter.«

Das nicht, nein.

»Eins kapiere ich immer noch nicht«, sage ich. »Du gibst dir weiß Gott was für eine Mühe, um bei nichts erwischt zu werden, aber dann wohnst du seelenruhig im Haus fremder Leute. Angenommen, sie wären unerwartet nach Hause gekommen?«

»Ach was.«

»Woher warst du dir da so sicher?«

»Einfach so.«

»Einfach so.« Ich versuche, ein wenig Bewunderung in meine Stimme zu legen, was ziemlich anstrengend ist, wenn man jemanden eigentlich am liebsten schlagen würde. »Kannst du denn in die Zukunft schauen oder was?«

»So ähnlich.« Felipe hat seine selbstsichere Haltung wiedergefunden. »Es war vollkommen klar, dass die Limos zwei Wochen wegbleiben würden. Ihr Auto war nicht da. Auf der Matte lag ein Stapel Post. Die Kleiderschränke waren halb leer. Einige Lampen waren mit einer Zeitschaltuhr verbunden. Und neben dem Kühlschrank hing ein Kalender, auf dem URLAUB und vierzehn leere Tage weiter ZURÜCK AUS DEM URLAUB stand.«

»Also bist du einfach eingebrochen.«

»Ich habe dich jedenfalls nicht klagen hören. Gratis Kost und Logis. Und einen Whirlpool.«

»Aber ich dachte, dein Onkel würde dort wohnen!«

»Das hast du wohl falsch gedacht.«

Wieder verspüre ich die unbezwingliche Neigung, ihm in sein arrogantes Gesicht zu schlagen. Ich wende den Kopf ab und starre die Wand an. Ruhig bleiben. Ruhig weiterfragen. Er schwimmt wie ein Fisch im Netz.

»Warum hast du eigentlich auf dem Sofa geschlafen und nicht im Gästezimmer? Oder bei Val wie in den Hotels?«

»Also hast du es doch gemerkt.« Er feixt. »Damit du nicht merkst, was Val und ich im Schilde führten, habe ich nachts am Laptop gearbeitet. Und unten war das Netz eh stabiler als oben.«

»Diese Nachtarbeit hat dir eine ganze Menge eingebracht. Perez sagt, auf meinem Konto seien zwanzigtausend Euro gewesen. Was habt ihr eigentlich mit dem ganzen Geld vor?«

Auweia. Zu direkt. Ich merke es sofort. Die Stimmung in der Zelle verändert sich. Felipes angeberische Haltung schlägt in Argwohn um. Sein Mund wird zum Strich und er kneift die Augen zusammen. »Warum stellst du mir eigentlich all diese Fragen?«

Er hat mich durchschaut! Ich werde knallrot.

»Nun, ich . . .«

Mach was, lass dir was einfallen!

Felipe macht Anstalten, sich aufzurichten.

»Ich sitze schon seit drei Tagen in dieser Dreckszelle«, sage ich. »Wegen dir und wegen Val. Habe ich dann nicht wenigstens das Recht zu wissen . . .« Ich bin so unglaublich sauer und gleichzeitig habe ich schreckliche Angst, es verpatzt zu haben, dass mir die Tränen in die Augen steigen.

»Okay, okay. Fang bloß nicht an zu heulen.« Felipe lehnt sich wieder zurück. »Und denk bloß nicht, dass du das gleich gegen mich verwenden kannst. Sobald ich wieder bei Perez sitze, leugne ich alles.«

Das wird dir nicht helfen, denke ich. Aber ich nicke, bis mir fast der Kopf abfällt.

39

Zeit: heute
Ort: Polizeiwache Francaz – Spanien

Val und ich wollen nach Las Vegas«, sagt Felipe. »Dort heiraten wir. Dafür brauchen wir das Geld. Und für danach natürlich. Es ist nicht sicher, ob ich gleich einen Job finde.«

»Heiraten!« Ich verschlucke mich fast. »Ist das nicht ein bisschen . . . altmodisch?«

»Val meint, es ist die einzige Lösung. Wenn wir verheiratet sind, hat ihre Mutter nichts mehr über uns zu sagen. Sie hat mich nie gemocht. Als Vals Vater noch lebte, war das kein echtes Problem, aber seit er gestorben ist . . .« Felipe schüttelt den Kopf. »Sie wollte, dass Val noch am selben Tag Schluss machte. Und als sie hörte, dass man mich von der Schule geworfen hatte, durften wir uns nicht einmal mehr sehen. Sie drohte mit Hausarrest und sagte, sie würde Val notfalls in ein Internat stecken, wenn wir uns trotzdem weiterhin träfen.« Er schweigt kurz. »Sie wusste nicht, dass wir längst einen Plan hatten. Val tat, als würde sie mit einer Freundin backpacken und ich sollte angeblich mit einem Freund in Urlaub fahren. So konnten wir weglaufen, ohne dass unsere Eltern gleich etwas vermuteten. Bis sie uns als vermisst melden würden, hätten wir den Ozean schon längst überquert.«

»Darf man mit sechzehn schon heiraten?«, frage ich. »Und dann auch noch ohne Zustimmung der Eltern?«

»In Vegas geht alles, sagt Val.« Felipe schnipst mit Daumen und Zeigefinger eine Kakerlake von seinem Bett. »Wir mussten nur noch dafür sorgen, dass wir dorthin kämen. Ich klaute Geld an der Schule als Startkapital, aber ich wurde leider geschnappt. Val fand, wir müssten uns etwas anderes ausdenken. Eine Methode zum schnellen Geldverdienen, bei der wir aber außen vor blieben, wenn es wieder schiefging.«

»Und das war ich.«

»Es war Zufall, dass Val mit dir zusammenstieß. Aber als sie merkte, dass du ganz allein warst und kein Spanisch sprachst . . .«

»Ein dummer Ausländer.«

Felipe grinste. »Du sagst es.«

»Warum hast du gesagt, du seist ihr Bruder?«

»Du hast sie so verliebt angeschaut, dass ihr ein Bruder geschickter erschien als ein Freund. Oder wärst du sonst mit uns gekommen?«

Ich zucke die Schultern. Wahrscheinlich nicht, nein. »Und dann das mit den Zuckerwürfeln. Warst du wirklich krank?«

»Nein, das war ein Test. Val wollte ausprobieren, ob du gleich machen würdest, worum sie dich bat. Außerdem war es praktischer, wenn du die Schuld bekämst, falls der Käufer Anzeige erstatten würde.«

»Und dieses teure Restaurant?«

»Mélia? Dort wollte ich schon sehr lange einmal essen gehen.«

»Die Glasscherbe meine ich.«

»Die hat Val in ihr Püree gesteckt. Das haben wir allerdings schon früher mal ausprobiert. Funktioniert prima in teuren Läden.«

»Und diese Konzertkarten? Wie konntest du die so gut nachmachen?«

»Schlichte Computerarbeit«, sagt Felipe. »Wir kennen wirklich jemanden bei Palau Sant Jordi, wo Alicia auftrat, und haben uns über sie schon vor Ewigkeiten eine Karte besorgt. Ich habe sie mit meinem Scanner und Drucker kopiert und vervielfältigt.«

»Und ich durfte sie verkaufen.«

»Das ging nicht anders. Val und ich wollten keine Spuren hinterlassen.«

»Aber du hast auch noch Geldbeutel gestohlen.«

Er sieht mich mit einem Blick an, als wolle er fragen: Was willst du denn jetzt noch?

»Hattest du keine Angst, erwischt zu werden?«

»Ich habe nur Leute bestohlen, von denen ich sicher wusste, dass sie es nicht merken würden. Offen stehende Taschen und . . .«

». . . Hotelzimmer.«

Er macht ein Gesicht, als hätte ich ihm einen Knüppel zwischen die Beine geworfen. Sein Oberkörper löst sich von der Wand. Ich erwarte, dass er aufspringt, um mich zu schlagen, aber dann lässt er sich wieder zurücksinken.

»Ich dachte, sie wäre noch am Pool«, murmelt er leise.

Ich sehe ein nervöses Zucken über seinen Mund huschen. Vielleicht hat er doch so etwas wie ein Gewissen.

»Wie kamst du in ihr Zimmer?«

Sein Blick wird abwehrend. »Was hat das jetzt mit dir zu tun?«

»Hallo«, sage ich. »Was glaubst du, weswegen ich in dieser Zelle hocke?«

Felipe schüttelt den Kopf. »Ich will nicht darüber sprechen.«

Mein Gehirn schaltet auf *full speed*. Vorhin bekam ich ihn dazu weiterzureden, als er mich weinen sah.

Ich senke den Kopf und reibe mir die Augen.

Felipe flucht. »Mann, stell dich nicht so an!«

»Ich soll mich nicht so anstellen?!« Seine Bemerkung macht mich so wütend, dass mir tatsächlich die Tränen kommen. »Weißt du eigentlich, wie es ist, wenn einem keiner glaubt? Wenn du allein in einer dunklen Zelle zwischen Kakerlaken schlafen musst? Wenn du . . .« Ich habe mich vor Felipe gestellt und fuchtele mit den Armen.

»Jaja«, murrt er. »Wir wissen es jetzt.«

Fehlgeschlagen. Ich setze mich wieder. Wie würde Perez das angehen? Mir fällt nur noch eins ein: stur weiterfragen.

»Erzähl jetzt, wie du in ihr Zimmer kamst«, sage ich.

»Bist du taub oder was? Ich habe doch schon gesagt, dass ich nicht darüber rede.«

»Hattest du den Schlüssel an der Rezeption mitgehen lassen?«

»Ach was, es war viel leichter.«

»Wieso?«

Felipe schickt einen müden Blick zur Decke. »Wann hörst du denn endlich auf?«

»Ich muss es wissen«, sage ich. »Ich habe ein Recht darauf. Und du bist der Einzige, der es mir erzählen kann.«

Er reibt sich über die Stirn.

»Ich werde vielleicht für einen Mord verurteilt, den du begangen hast! Dann kannst du doch zumindest erklären, wie es dazu gekommen ist?«

Er legt den Kopf auf die Knie.

»Stell dir vor, es wäre andersrum. Dass man dich für etwas verdächtigt, das ich getan habe. Dann würdest du doch auch wissen wollen . . .«

Er hebt den Kopf. »Hörst du dann auf zu nerven?«

»Ehrenwort.«

»Dann los.« Er seufzt. »Was willst du wissen?«

»Wie du in ihr Zimmer gekommen bist.«

»Die Zimmermädchen teilen sich einen Generalschlüssel, den sie zwischendurch auf den Reinigungskarren liegen lassen. Ich konnte ihn einfach so mitnehmen.«

»Schlau«, sage ich. »Du gingst rein und dann?«

»Ich sah eine Handtasche auf dem Bett stehen und schüttete sie aus.«

»Hattest du keine Angst, Fingerabdrücke zu hinterlassen?«

»Ich trug Handschuhe.«

»Du fandest ihren Geldbeutel?«

Er nickt. »Ich wollte schon gehen, aber dann kam diese Frau aus dem Badezimmer.«

»Frau Somez.«

Felipe verkrampft. »Ich weiß nicht, wie sie heißt. Es kam zu einem Gerangel, weil sie versuchte, mir den Geldbeutel aus der Hand zu reißen. Als das nicht klappte, lief sie zur Tür.« Er spricht schnell und monoton. Fast wie ein Roboter. »Ich wollte sie davon abhalten, aber sie fiel und landete unglücklich.«

»Ich habe es gesehen«, sage ich. »Mit dem Kopf auf den Tisch. Und dabei brach sie sich das Genick.«

Ein Zittern durchläuft Felipe. Von seiner selbstsicheren, gleichgültigen Haltung ist plötzlich nichts mehr übrig.

»Warum musste sie auch so ausrasten?«, fragt er mit sich überschlagender Stimme. »Es war nicht meine Schuld.«

»Meine schon gar nicht«, sage ich böse. »Aber darüber denkt die Polizei ganz anders.«

»Das tut mir leid. Das war ganz und gar nicht Teil unseres Plans.«

»Aber in dem Moment.«

»Ja.« Felipe senkt den Kopf. »Als ich sah, dass die Frau tot war, geriet ich in Panik und rief Val an. Mit einem Prepaid-Handy. Das hatte ich schon vorher geklaut und behalten, damit die Polizei keine Spur zu mir finden kann, sollte doch mal etwas schiefgehen und Vals Handy untersucht werden.«

Der Anruf, den Val bekam, bevor sie zur Bar ging.

»Zu mir sagte sie, der Anrufer sei falsch verbunden.« Ich sehe sie wieder weggehen, angeblich um Getränke für uns zu holen. Stattdessen war sie also schnurstracks zu Felipe gegangen, ihrem Freund in Not. Oder nein, erst hat sie das Tablett von der Bar mitgenommen. Darauf konnte sie dann den Geldbeutel schieben, ohne dass ihre Fingerabdrücke mit darauf kamen. Oder Felipe hat ihn für sie auf das Tablett gelegt. Er trug schließlich Handschuhe.

»Als Val diese tote Frau liegen sah, fiel ihr nur eins ein.« Felipe traut sich immer noch nicht, mich anzusehen. »Wenn wir dir die Schuld gäben, würde niemand auf die Idee kommen, ich hätte es getan. Also benutzten wir den Generalschlüssel diesmal, um in dein Zimmer zu kommen. Ich verschickte die SMS und Val löschte alle Fotos auf deiner Kamera, auf denen ich zu sehen war. Sie sagte, es sei besser, wenn ich eine Zeit lang verschwinden würde. Wenn wir so täten, als hätte es mich nie gegeben. Das war nicht so schwierig. Du kanntest meinen richtigen Namen nicht und ich hatte mich bei keinem Hotel eingetragen. Val hatte immer dafür gesorgt, dass ich die ganze Zeit möglichst unsichtbar geblieben bin. Als hätte sie vorhergesehen, dass etwas schiefgeht.«

Ich unterdrücke meinen Wunsch, laut zu schreien. Felipe merkt nichts und redet weiter. »Ich nahm mein Gepäck mit und schlüpfte in einem Hostel in der Nähe unter. Val ging wieder runter, kaufte Getränke an der Bar und schickte dich mit dem angeblich liegen gebliebenen Geldbeutel zum Zimmer der Toten. Du warst kaum weg, als sie die Polizei anrief und von deiner SMS erzählte. Die Hotel-Security wurde eingeschaltet und . . .«

». . . ich wurde festgenommen.«

»Es tut mir wirklich leid. Aber sonst würde ich . . .«

»Und wo ist Val jetzt?«

»Sie wartet auf mich. An unserem verabredeten geheimen Ort.«

»Wo denn?«

»Ich sagte doch, das ist geheim.«

»Wie romantisch«, kann ich mir nicht verkneifen zu sagen. »Das ist ja wie im Film.«

»Du bist einfach eifersüchtig.«

»Und sie hat all das Geld bei sich?«

»Ja und?«

»Hast du keine Angst, dass sie damit durchbrennt?«, frage ich. »Val scheint mir nicht gerade der geduldige Typ. Wie viele Jahre bekommt man für Mord oder Totschlag? Wenn sie die ganze Zeit auf dich warten muss . . .«

»Ich bekomme gar nichts«, sagt er bissig. »Du bist derjenige, der verdächtigt wird.«

»Oh ja?«

»Ja.« Er steht vom Bett auf und geht zum Gitter. Seine Hände klammern sich um die Stäbe. »Ich habe dir doch gesagt, dass das unter uns bleibt. Solange ich leugne, kann mir die Polizei gar nichts. Gleich kommt mein Anwalt und dann müssen sie mich rauslassen. Dann verschwinde ich mit Val nach Las Vegas.«

»Darauf würde ich nicht zählen.« Ich ziehe meinen Hemdausschnitt ein Stück herunter, bis ich das kleine Mikrofon sehen kann, das auf meiner Brust klebt. »Inspektor Perez«, sage ich. »Wissen Sie jetzt genug?«

Felipe schaut sich um. Seine Augen werden groß, die Kinnlade klappt herunter. Ich lese Erstaunen, Bestürzung und danach Wut in seinem Gesicht.

»Du dreckiger . . .« Er springt auf mich zu.

Blitzschnell wende ich den Kopf ab, sodass der Faustschlag, der mein Gesicht frontal hätte treffen sollen, nur an meiner Wange entlangschrappt. Ich klammere meine Hände um seinen Hemdkragen, hänge mich mit vollem Gewicht an ihn und ziehe Felipe zu Boden. Er ist stärker als ich. Innerhalb weniger Sekunden liegt er oben. Er versucht, meine Handgelenke zu fassen und auf den kalten Beton zu drücken.

»Schluss!« Perez rüttelt an der Zellentür.

Felipe ist einen Augenblick unachtsam. Ich stoße meinen Arm in die Luft und ziele auf seine Nase. Blut. Und ich glaube, dass ich etwas knacken höre. Felipe stößt einen Schmerzensschrei aus und hält die Hand vor die Nase.

»Schluss, sagte ich!« Perez ist drinnen. Er packt Felipe am Nacken und setzt ihn aufs Bett. »Und du, raus hier«, sagt er zu mir.

Ich habe mich schon lange nicht mehr so gut gefühlt.

Zweite Hälfte
Unentschieden

I won't break
Won't bend
I'll avenge
I'll get you in the end

(Fragment aus dem Songtext
Revenge von Clawfinger)

1

Zeit: heute
Ort: Francaz – Spanien

Ich stehe draußen, vor der Polizeiwache. Perez hat mir meine Sachen zurückgegeben und gesagt, dass ich gehen darf. Ich denke an das rote Basecape, das er als Beweismaterial einbehalten hat. Es wäre praktisch gewesen, wenn ich es jetzt hätte aufsetzen können. Die plötzliche grelle Sonne tut meinen Augen weh. Die Straße sieht so unwirklich aus wie ein überbelichteter Videoclip. So fühle ich mich auch. Ich weiß, dass es mir freisteht zu gehen, wohin ich will, und doch kann ich es irgendwie noch nicht ganz glauben. Etwas in mir ist noch auf der Hut und erwartet, dass Perez jeden Moment wieder herausstürmt – »Tut mir leid, Irrtum, ich muss dich wieder verhaften.«

Ein Polizeiauto nähert sich. Mein Körper reagiert sofort, als wäre es kein normales Polizeiauto, sondern ein Ufo voller Außerirdischer mit bösen Absichten. All meine Muskeln und Sehnen spannen sich, bereit zur Flucht. Das Auto hält und eine Tür öffnet sich. Das ist wie ein Startzeichen. Ich setze mich in Bewegung, so schnell, wie es mein Rucksack und die Hitze zulassen. Bis zum Ende der Straße, um die Ecke, immer weiter und weiter laufe ich. Weg von der Polizeiwache und weg von Perez, bis das Blut in meinen Schläfen hämmert, mein Hemd durchweicht ist und ich unter einem Baum eine Bank entdecke.

Ich schnalle meinen Rucksack ab und setze mich hin. Was jetzt?

Meine Mutter hat etwas Geld auf mein Konto überwiesen und in Barcelona ein Zimmer für mich reserviert. Von Perez habe ich eine Karte mit Namen und Adresse bekommen. Hotel Gaudí. Ich soll dorthin gehen und so lange bleiben, bis meine Mutter eintrifft.

Aber eigentlich weiß ich es schon: Ich bin viel zu aufgedreht, um in einem Hotelzimmer zu warten. Das zufriedene Gefühl von vorhin, als ich Felipes Nase krachen hörte, ist längst verflogen. Ich bin nicht einmal erleichtert, nur wütend. Wütend auf mich selbst, weil ich vor drei Wochen nicht einfach nach Hause geflogen bin, sondern unbedingt auf eigene Faust durch Spanien ziehen wollte. Sauer auf Martijn, dem Sergio de la Rosa wichtiger ist als ich. Sauer auf meine Mutter, weil sie nicht einfach in Europa Urlaub machen konnte. Aber am allerwütendsten bin ich auf Valerie Reina.

Val . . . für Freunde.

Ich wusste nicht, dass man so einen Hass auf jemanden haben kann. So schlimm, dass man es in allen Knochen spürt und sich das Blut in eine Art Gift verwandelt. Sobald ich an Valerie denke, spielen sich in meinem Kopf die abscheulichsten Fantasien ab. Wie ich ihr wie ein Zombie das Herz aus der Brust reiße, ihre Fingernägel einen nach dem anderen ziehe, sie in einen Käfig voller widerlicher Ratten sperre und noch viel mehr. Man könnte das Programm eines zehntägigen Horrorfilmfestivals damit gestalten.

In Kriegssituationen ist wenigstens noch klar, wer der Gegner ist. Aber wie erkennt man einen Feind in einem schönen Mädchenkörper? Und ich Idiot dachte, es hätte gleich im ersten Moment zwischen uns gefunkt, weil sie so interessiert schien. Ha, ausgehört hat sie mich! Vater gestorben, Mutter im Urlaub, Bruder unerreichbar und dann auch noch als Tourist allein unterwegs in Spanien. Mein Todesurteil war schnell unterzeichnet.

Am meisten nehme ich ihr übel, dass sie mir das Gefühl gab, ich würde ihr auch etwas bedeuten. Alles nur *fake*. All die Male, als wir uns am Pool küssten ... Judasküsse ...

Meine Mutter hat eine DVD von *Jesus Christ Superstar* – eine Rockoper. Ich mag den Film, vor allem, wenn man mal bedenkt, wie alt der schon ist. Die Musik ist ziemlich okay. Man verfolgt das Leben Jesu, aber in moderner Zeit. Na ja, kurz bevor es Handy und Internet gab und so. Jesus hat eine Menge Freunde, die er Apostel nennt. Aber einer dieser Apostel – Judas – verrät Jesus, indem er ihm einen Kuss gibt.

Ob Jesus sich auch so gedemütigt gefühlt hat?

Ich will es ihr heimzahlen.

2

Zeit: heute
Ort: Francaz – Spanien

Ich schultere den Rucksack wieder und stehe auf. Beim Gehen kann ich vielleicht besser nachdenken. Gestern in der Zelle hat es ja schließlich auch funktioniert.

Ich stelle mir vor, wie Valerie jetzt irgendwo mit Taschen voller Geld herumläuft. Oder ist sie vielleicht schon an dem geheimen Ort, von dem Felipe sprach? Irgendwo in der Nähe vielleicht? Nein, zweimal dieselbe Takik anwenden, wäre unvernünftig. Darauf fiele Perez nicht noch einmal herein. Wahrscheinlich hat sie den Bus oder die Bahn genommen und reist jetzt auf die andere Seite von Spanien. Oder auf die andere Seite der Welt – sie kann problemlos ein Ticket bezahlen. Obwohl . . .

Valerie ist alles andere als dumm. Sie hat bestimmt längst kapiert, dass ihre Personenbeschreibung an alle Flughäfen durchgegeben wurde. Außerdem wird es für Felipe dann wirklich sehr mühsam, ihr nachzureisen.

Ich versuche, mich in ihre Lage zu versetzen. Was würde ich tun, wenn man nach mir fahnden würde? Ich würde auf jeden Fall alle Orte meiden, an denen Uniformierte herumlaufen könnten. Nicht nur an Flughäfen, sondern zum Beispiel auch an Bahnhöfen.

Also ist sie vermutlich per Anhalter mit jemandem gefahren.

Ich biege rechts ab und spaziere in einen Park. Auf dem Gras liegen kleine Gruppen von Mädchen. Sie reden und lachen. Mein Blick huscht über ihre Gesichter. Valerie ist nicht dabei.

Nein, natürlich nicht, du Trottel, was dachtest du denn?, sage ich zu mir selbst. In diesem Land wohnen Millionen von Mädchen. Valerie suchen, ist, eine Nadel im Heuhaufen finden wollen. Das gelingt dir nie. Wahrscheinlich gelingt es nicht einmal Perez.

Der Gedanke ist unerträglich. Ich will, dass sie festgenommen wird. Sie sollen sie verhaften und in eine Zelle voller Kakerlaken stecken. Ich will, dass sie auf einem Brett schlafen muss. Und ich will, dass sie weiß, wie es sich anfühlt, wenn alle denken, dass man lügt, und man vor Angst fast erstickt.

Ich verlasse den Park und überquere die Straße. Der Bürgersteig ist gerade breit genug für eine Person, aber schattig. Ich gehe Richtung Zentrum. Vielleicht kann ich dort einen Kopfschutz kaufen.

Ein Auto braust vorbei. Am Steuer sitzt eine Frau, die telefoniert.

Valerie hat auch ein Telefon! Und das sendet ein Signal aus. Perez kann sie über ihr Handy aufspüren.

Oder ich kann selbst versuchen herauszufinden, wo sie sich aufhält.

Meine Atmung beschleunigt sich, obwohl der Weg bergab führt. Sobald ich unten am Kreisverkehr bin, setze ich mich auf das erstbeste Mäuerchen und nehme mein Handy. Ich scrolle im Telefonbuch bis zu VALERIE REINA. Verbinden.

»Sí?«

Ihre Stimme klingt anders.

»Valerie?«, frage ich.

»No, mi nombre es Luisa.«

Ich frage, ob sie Englisch spricht.

»Ein bisschen«, sagt sie.

»Wie kommst du an dieses Telefon?«

»Gefunden. Es lag neben dem Abfalleimer am Bahnhof und es funktionierte noch.«

»An welchem Bahnhof?«

»In Almadusar. Warum willst du das alles wissen?«

»Ist nicht wichtig.« Ich unterbreche die Verbindung und fluche leise.

Valerie ist mir wieder einen Schritt voraus. Wahrscheinlich führt sie sogar Perez an der Nase herum. Es würde mich zumindest nicht wundern, wenn sie ihr Handy absichtlich zurückgelassen hätte, um ihn zum Bahnhof zu locken. Sie selbst ist da natürlich längst nicht mehr.

Mir hat noch nie im Leben etwas so sehr gestunken, aber ich kann mich natürlich nicht ständig weiter selbst zum Narren halten. Die Chance, Valerie aufzuspüren, geht gegen null. Mir bleibt wenig anderes übrig, als dann eben doch zu diesem Hotel in Barcelona zu fahren. Also muss ich einen Bus oder Bahnhof suchen.

Ich folge dem Schild mit der Aufschrift CENTRO CIUDAD, da *centro* ja vermutlich Zentrum heißt, und halte meinen Sprachführer schon mal bereit. Die Wohnhäuser machen Läden Platz: Bekleidungsgeschäfte, ein Telefonladen und ein Optiker. Am Schaufenster eines Spielzeugladens presst sich ein Junge die Nase platt. *»Caballo!«*, ruft er seiner Mutter fröhlich zu.

In meinem Kopf knallt ein Startschuss. Oder besser gesagt: ein Stoppschuss, denn ich bleibe abrupt stehen.

»Si, caballo«, bestätigt seine Mutter.

Ich folge ihren Blicken. In der Auslage steht ein Plüschpferd.

Caballo. Das Pferdchen, das an Valeries Rucksack hing! Was stand noch gleich auf dem Sattel? Isla Caballo. Der Ort, den Valerie so schön findet. Wo sie mit ihrem Vater am Strand reiten ging. Der einzige Ort, an dem sie jemals richtig glücklich gewesen ist.

Die Chance ist viel zu klein.

Aber es könnte sein ...

Einen Augenblick überlege ich, ob ich Perez einweihen soll, aber mein Vertrauen in die Polizei hat in den letzten Tagen sehr gelitten. Außerdem ist es bislang nur eine Idee. Es ist sogar höchstwahrscheinlich, dass ich mich komplett irre. Nein, ich sollte lieber selbst gehen. Wenn ich Valerie aufgespürt habe, ist Perez noch schnell genug informiert.

Ich suche einen Platz, an dem ich meine Karte aufklappen kann. Isla Caballo – ein kleiner Punkt auf einer Halbinsel an der Südostküste. Vielleicht ist Valerie ja doch mit dem Zug gefahren, denn Almadusar liegt exakt zwischen Francaz und Isla Caballo.

Mithilfe meines Sprachführers und ein paar freundlichen Spaniern gelingt es mir, den Bahnhof zu erreichen. Ich schaue auf den Monitor mit den Abfahrtszeiten. Der letzte Zug geht in zwei Minuten.

Ich habe keine Zeit mehr, eine Karte zu kaufen, renne zum Gleis und steige schnell ein. Vor drei Tagen hätte allein die Vorstellung, ich könnte schwarzfahren, bei mir einen Kollaps verursacht. Jetzt setze ich mich fast pfeifend in ein Abteil. Wenn man einmal Mordverdächtiger gewesen ist, wird das Reisen ohne Fahrkarte so spannend wie ein Fußballspiel der Kategorie: mal sehen, wie das Gras wächst.

3

Zeit: heute
Ort: Isla Caballo – Spanien

Vier Stunden später steige ich aus dem Zug. Ich stinke und ich habe Hunger und Durst. In einem kleinen Laden kaufe ich die letzten beiden verpackten Sandwiches und eine Flasche Wasser. Der Käse ist zäh wie Gummi, aber ich bin so k.o., dass ich alles ohne Weiteres verschlinge. Danach mache ich mich auf der Toilette ein bisschen frisch: Kopf unter den Wasserhahn, sauberes T-Shirt an.

Ich verlasse die Bahnhofshalle. Es ist schon dunkel. Beim Ausgang warten ein paar Taxis. Einer der Fahrer ruft etwas auf Spanisch.

»Isla Caballo.« Ich suche in meinem Sprachführer. *»Cuánto?«*

Er zeigt dreizehn mit seinen Fingern.

Ich nicke. »Okay.«

Wir fahren über einsame, kurvige Straßen. Manchmal mache ich ein paar Lichter in der Dunkelheit aus. Der Fahrer versucht, ein Gespräch anzuknüpfen, aber sein Englisch ist so schlecht wie das von Barbalala und mein Spanisch ist immer noch erbärmlich. Nur ein einziges Wort werde ich bestimmt nie wieder vergessen: *caballo*. Pferd.

»Hotel?«, fragt der Fahrer.

»Setzen Sie mich ruhig im Zentrum ab«, antworte ich auf Englisch.

»No le entiendo.«

Ich nehme an, dass er mich nicht versteht. *»Centro«*, sage ich.

Er schaut zur Seite und lächelt breit. »Okay.«

Isla Caballo ist noch kleiner, als ich erwartet hatte. Sobald wir am Ortseingangsschild vorbei sind, sehe ich ein paar Bauernhöfe, Reitställe und verschiedene Häuser. Dann hält das Taxi.

»Centro«, sagt der Fahrer, noch immer lächelnd.

Ich gebe ihm die vereinbarten dreizehn Euro und steige aus. Noch bevor ich meinen Rucksack geschultert habe, ist das Taxi verschwunden. Ich schaue mich um. Ein Laden für Reitzubehör, eine Tankstelle und ein Hotel. In der Ferne höre ich Meeresrauschen. Es wirkt wie ein Magnet. Ich biege in einen Sandweg ein und gelange nach einer Weile zu einem Campingplatz. Auf einmal weiß ich sicher, dass ich heute draußen schlafen möchte und nicht zwischen vier Wänden. Ich sehne mich nach frischer Luft und der Abwesenheit geschlossener Türen. Leider habe ich kein Zelt dabei.

Wo der Campingplatz aufhört, gibt es auch keine Straßenlaternen mehr. Zum Glück ist der Mond noch da, sonst würde ich in einen Kaninchenbau treten. Ich pflüge durch den weichen Sand, bis ich das Meer sehe. Es ist schwarz und glänzt silbern. Ich lasse meinen Rucksack neben einen Strauch fallen und gehe pinkeln. Dann zerre ich meinen Leichtgewicht-Schlafsack heraus und krieche hinein. Ich bin so müde, dass ich binnen fünf Minuten einschlafe.

Ich weiß einen Augenblick lang nicht, wo ich bin.

Sand. Meer. Isla Caballo.

Mein Magen ist hohl, die Beine sind steif. Ich krieche aus

dem Schlafsack und strecke mich. Weit und breit niemand zu sehen. Ich ziehe mich aus und renne ins Meer. »Aaaaaahh!«

Als ich wieder rauskomme, fühle ich mich erfrischt und stark. Ich rubbele mich mit meinem Handtuch trocken, ziehe mich wieder an und verlasse den Strand. Erst etwas essen, danach werde ich Valerie suchen.

Ich bin der erste Gast beim Imbiss am Parkplatz. Sie schenken Tee aus, der so stark ist, dass ich ihn nur mit fünf Stück Zucker trinken kann. Ich bestelle ein Spiegelei, was sie normalerweise nur mittags servieren. Danach putze ich mir auf der Toilette die Zähne und bin bereit. Bevor ich in der vergangenen Nacht einschlief, ist mir ein cleverer Gedanke gekommen. Auf meiner Kamera sind Fotos. Die von Stefano sind zwar gelöscht, aber Valerie hat ihre draufgelassen.

Das war ein Fehler.

Ich zeige dem Mann vom Imbiss ein Bild auf dem Display. »Kennen Sie sie?«, kann ich leider nicht in meinem Sprachführer finden, also sage ich: »Valerie Reina. *Dónde?*« Womit ich meine: Wissen Sie, wo sie ist?

Als er die Schultern zuckt, bin ich nicht einmal enttäuscht. Kein Profi schießt so schnell ein Tor. Ich packe meine Sachen und setze meine Suche auf dem Campingplatz fort. Vielleicht hat Valerie Stefanos Zelt mitgenommen und hier übernachtet. Ich schlendere herum und suche das Gelände ab. Aber Valerie begegne ich nicht und auch das silberfarbene Kuppelzelt sehe ich nirgends. Dann eben der Trick mit den Fotos. Ich klappere einige Camper mit der Kamera ab. Wieder ohne Erfolg.

Dann hat sie wahrscheinlich im Hotel geschlafen. Ich gehe ins Zentrum zurück. Der Reiterladen ist bereits geöffnet. Vor der Tür stehen Holzböcke, auf denen Sättel hängen. Einer der Böcke ist leer und bietet einen hervorragenden Beobachtungsplatz. Ich setze mich und benutze meinen Rucksack als Fußstütze. Wie gedacht, kann ich von hier aus den Hoteleingang prima im Auge behalten.

Nach zwei Stunden habe ich einen Holzhintern und noch immer kein Ergebnis. Vielleicht ist Valerie heute Morgen schon abgereist. Oder sie verschanzt sich in ihrem Hotelzimmer und hat nicht die Absicht, heute noch zum Vorschein zu kommen. Wer weiß, vielleicht steht sie ja hinter den Vorhängen und beobachtet *mich!* Ich lasse meinen Blick über die Fassade schweifen. Die Sonne steht genau auf den Fenstern, ich kann unmöglich hineinschauen. Und vielleicht sitzt sie ja auch *hinter* dem Hotel, am Pool oder auf der Terrasse. Auf einmal habe ich die Nase voll vom Warten. Angriff ist die bessere Taktik. Und auf jeden Fall weniger langweilig.

In der Hotellobby ist es wunderbar kühl. Ein Frau mit zyklamroten Lippen steht an der Rezeption. An ihrem Revers steckt ein Namensschildchen: REGINA. Ich habe Glück, sie spricht englisch.

»Das ist Valerie Reina.« Ich zeige ihr das Foto auf meiner Kamera. »Können Sie mir sagen, ob sie hier wohnt?«

Regina sieht mich an, als hätte ich sie nach der Farbe von Valeries Unterwäsche gefragt.

»Es tut mir leid«, sagt sie, »aber das darf ich dir nicht sagen. Unsere Gäste haben ein Anrecht auf ihre Privatsphäre.«

»Das verstehe ich.« Ich versuche, meinen Ärger hinter einem Lächeln zu verbergen. »Ich frage ja nicht nach ihrer Zimmernummer, ich möchte nur wissen, ob sie überhaupt ein Zimmer hier hat.«

»Wie ich schon sagte . . .« Regina macht eine entschuldigende Geste.

Ich starre auf die herzförmigen Bildchen auf ihren Fingernägeln. Eigentlich finde ich es ziemlich jämmerlich, wenn sich jemand rosa Herzchen auf die Fingernägel klebt, aber diesmal bringt es mich auf eine Idee.

»Bitte«, flehe ich, während ich ihr die Kamera wieder vor die Nase halte. »Sie ist die Liebe meines Lebens. Wir haben uns beim Trampen kennengelernt, dann aber durch ein Missverständnis verloren. Wenn ich sie nicht wiederfinde, dann, dann ...«

Regina legt ihre Hand auf ihr Namensschildchen. »Ach, komm, Junge, nicht doch!«

»Sie brauchen nur zu nicken oder den Kopf zu schütteln«, sage ich.

Sie seufzt. »Dann los.«

»Sie sind ein Engel.«

Regina riskiert einen Blick auf Valeries Foto. Dann schüttelt sie den Kopf.

»Sind Sie sicher?«

Wahrscheinlich mache ich ein ziemlich verzweifeltes Gesicht, denn sie flüstert. »Warte.« Sie sucht im Computer. »Valerie Reina, sagtest du?«

Ich nicke und verfolge gespannt, was sie tut. Ihre Herzchennägel ticken. Dann bewegt sie die Maus.

»Tut mir leid«, sagt sie nach einer Weile. »Sie steht nicht auf unserer Gästeliste.«

Enttäuscht verstaue ich meine Kamera. Habe ich mich denn so geirrt?

»Danke«, murmele ich.

Als ich die Drehtür erreiche, ruft sie mich zurück.

»Du kannst es auch noch bei Casa Caballero versuchen. Das Häuschen hinter dem Gestüt wird regelmäßig vermietet.«

Casa Caballero ist nicht schwierig zu finden. Ich brauche nur zweimal nach dem Weg zu fragen, dann stehe ich vor dem schmiedeeisernen Zaun. Der Name des Gestüts ist mit Metallbuchstaben auf die Enden der Stäbe gelötet. Für die Buchstaben C hat man Hufeisen verwendet.

Hinter dem Zaun ist eine Auffahrt, die zu einem großen Backsteinhaus führt. Daneben liegen lange Stallreihen und eine Halle. Der Zaun ist lückenlos, aber ich entdecke etwas weiter oben noch ein kleineres Tor. Ich drücke es auf und lande auf einem Steinweg entlang einer meterhohen Hecke. Er führt in direkter Linie über den Hof. Von dem großen Haus kann ich nur noch das Dach sehen. In der Ferne wiehert ein Pferd. Ich bin froh, dass ich auf der pferdelosen Seite der Hecke gehe.

Der Weg biegt in einem Neunzig-Grad-Winkel scharf ums Eck und endet kurz darauf bei einem zur Wohnung umgebauten Schuppen. Ob Regina dieses Häuschen meinte?

Es ist reichlich unpraktisch, sich vollgepackt anzuschleichen, aber ich sehe in der Eile kein gutes Versteck, also behalte ich den Rucksack doch lieber bei mir. Ich sprinte über das Gras zur Schuppenseite. Noch bevor ich durch das Fenster spähen kann, höre ich Schritte auf dem Weg hinter der Hecke. Da kommt jemand!

Der Angstschweiß bricht mir aus allen Poren. Was ist, wenn nicht Valerie, sondern irgendein Fremder hier wohnt? Und mich erwischt, für einen Einbrecher hält und ich in einer Stunde schon wieder in einer spanischen Polizeizelle hocke und ...

Jaja, da lege ich wieder los. Manchmal wünschte ich, es gäbe eine Bremse an meinem Gehirn.

Ich werfe mich auf die Knie und suche Deckung hinter einem Busch. Angespannt spähe ich durch die Blätter.

Um die Ecke erscheint ein Kopf.

Sie ist es nicht. Die Haare dieses Mädchens sind kurz und blond.

Ich rolle mich auf die Seite, damit mich mein hoher Rucksack nicht verrät, und schließe kurz die Augen. Was bin ich doch für ein gutgläubiger Trottel. Valerie hat sich diese ganze Isla-Caballo-Geschichte nur ausgedacht, um mich auf eine falsche Spur zu setzen. Sie war wie all ihre anderen Lügen Teil ihres Spiels. Wie habe ich jemals annehmen können, ich könnte sie besiegen? Valerie Reina lässt sich nicht finden. Es gibt nur noch eins: ins Hotel Gaudí nach Barcelona fahren und alles so schnell wie möglich vergessen.

Ich hebe meinen Kopf ein Stückchen, damit ich sehen kann, wo das Mädchen bleibt. Die Schritte nähern sich. Hoffentlich geht sie gleich rein, damit ich hier schnell wegko. . .

Mir stockt der Atem.

Cowboystiefel!

Mein Blick geht nach oben, an der Reithose entlang, der Hand, die die Reitkappe trägt, hoch zum Poloshirt. Sie ist nun so nah, dass ich auch ihr Gesicht sehen kann.

Es ist Valerie Reina. Sie hat sich die Haare abgeschnitten und blond gefärbt.

4

Zeit: heute
Ort: Isla Caballo – Spanien

Ich brauche ein paar Minuten, um wieder zu mir zu kommen. Und dann noch ein paar Minuten, um zu überlegen, was ich machen soll.

Perez anrufen? Er wird nicht erfreut sein, wenn er hört, dass ich nicht zum Hotel gefahren bin. Außerdem muss ich erst irgendwie an seine Telefonnummer kommen. Und das mit meinem mickrigen Spanisch.

Ich höre, wie die Tür auf- und wieder zugeht. Valerie ist im Haus. Ich kann es nicht lassen. Ich richte mich auf und schleiche zum Fenster. Vorsichtig. Sie darf mich auf keinen Fall sehen. Wenn sie noch einmal flüchtet und irgendwo anders untertaucht, finde ich sie nie wieder.

Ich schaue in ein kleines Schlafzimmer. Bett, Schrank, ein Pferdeposter an der Wand. Valerie steht mit dem Rücken zu mir. Sie kleidet sich bis auf Slip und BH aus. Trotz meiner Hassgefühle finden meine Hormone sie noch immer wunderschön.

Sie zieht die Schranktüren auf und sucht saubere Kleidung und ein Handtuch. Auf dem Schrankboden sehe ich einen roten Gegenstand. Ihr Rucksack. Ob sie immer noch so viel Geld darin hat?

Sobald sie ihr Gesicht zum Fenster dreht, ducke ich mich. Und dann passiert etwas Seltsames mit meinem Gehirn. Als habe es eine Eiszeit lang gepennt und erwache nun. Auf einmal weiß ich ganz genau, was ich zu tun habe.

Glück gehabt, Valerie hat nicht abgeschlossen. Ich betrete das Häuschen und gehe auf Zehenspitzen durch die kleine Küche in die Diele. Ganz vorsichtig, damit ich nicht aus Versehen etwas mit meinem Rucksack umstoße. Ich höre das Wasser im Badezimmer laufen. Gut so. Solange das Wasser läuft, steht Valerie unter der Dusche und ich kann ungestört hantieren. Die Schlafzimmertür ist angelehnt. Einen Augenblick lang bin ich wieder im Hotel in Marvi. Das letzte Mal, als ich ein fremdes Schlafzimmer betrat, lag eine Leiche auf dem Boden. Ich versuche, den Gedanken von mir abzuschütteln, und trete über die Schwelle.

Na bitte. Keine Leiche.

Jetzt muss ich mich beeilen. Ich nehme den Rucksack aus dem Schrank und stelle ihn aufs Bett. Socken, Unterwäsche und ein paar T-Shirts und Blusen. Dem Aussehen und Geruch nach Schmutzwäsche. Ich fühle mich wie ein Schatzgräber, als ich die Kleidungsstücke aufs Bett lege.

Der Rucksackboden kommt in Sicht.

Volltreffer! Geldscheine – mehr, als ich je in meinem Leben auf einem Haufen gesehen habe.

Mit unsicheren Händen schnalle ich meinen eigenen Rucksack ab und stelle ihn neben dem Bett auf den Boden.

Noch kann ich zurück. Ich kann Valerie immer noch anzeigen. Die Polizei wird sie verhören und mit ein bisschen Glück wird sie ihre gemeinen Spielchen mit einer Nacht in der Zelle bezahlen müssen.

Aber danach?

Felipe hat Frau Somez getötet, die Website und die Bettelmail erstellt und das Geld von meinem Konto geräumt.

Valerie hat ihm dabei geholfen und ihn vielleicht sogar dazu angestiftet, aber das muss Perez ihr erst einmal nachweisen. Außerdem ist sie sechzehn und demnach noch minderjährig. Am Ende kommt sie mit ein paar Sozialstunden oder so etwas davon.

Und das nach allem, was sie mir angetan hat!

Ich zögere nicht länger und öffne meinen Rucksack. Hände voll Geld schaufele ich hinein. Valeries Tasche wird immer leerer und meine immer voller. Unterdessen beschwichtige ich mein Gewissen. Ich bin kein Dieb. Dies ist Schmerzensgeld. Darauf hat man einen Anspruch, wenn einem so etwas Schreckliches widerfahren ist. Und zur Not gebe ich es ...

Still!

Ich lausche angespannt. Ja, die Duschgeräusche haben aufgehört. Ich muss mich beeilen. Ich stecke das letzte Geld in meinen Rucksack und verschließe ihn. So, und jetzt Valeries Schmutzwäsche wieder in *ihren* Rucksack. Was wird sie nachher eine Wut haben.

Halt!

Ich möchte, dass Valerie weiß, dass ich es war. Mit einem Ruck reiße ich den Schlüsselanhänger mit dem Fußball von meinem Gepäck. Ich lege ihn auf den Boden von Valeries Rucksack und stopfe ihre ungewaschene Kleidung darauf.

Fußball ist Krieg und das ist meine Visitenkarte.

Gepolter im Bad.

Rasch werfe ich mir meinen Rucksack um. Die Gurte drücken mir in die Schultern. Ich stelle Valeries Tasche in den Schrank zurück, schließe die Tür und mache, dass ich wegkomme.

Eins zu eins.

Sobald ich hinter der Hecke und außer Sicht bin, wage ich es, lautlos zu jubeln.

Abpfiff

The winner takes it all
The loser standing small
Beside the victory
That's her destiny

(Fragment aus dem Songtext
The winner takes it all von Abba)

Zeit: heute
Ort: Barcelona – Spanien

Ich betrete das Bahnhofsgebäude. Heute fahre ich zum Flughafen, um meine Mutter abzuholen. Ihr Flieger landet in einer Stunde. Auf meinen Schultern prangt ein Rucksack mit einer sonnengebleichten Klappe, der gut fünfundzwanzigtausend Euro verbirgt. Der Erlös aus falschen Konzertkarten, einem unechten Paket, geklauten Geldbeuteln und *meinem* geplünderten Konto.

Gestern habe ich in meinem Hotelzimmer in Barcelona nachgezählt – nachdem ich eine extra große Pizza mit Käse und Sardellen verspeist hatte –, Geld ohne Ende.

Erst als ich mir den Bauch vollgeschlagen hatte, dämmerte es mir allmählich: Wenn ich in die Niederlande zurückfliege, würde ich meinen wertvollen Rucksack dem Flughafenpersonal anvertrauen müssen. Außerdem wird das Gepäck gescannt. Angenommen, sie überprüfen es nicht nur auf Waffen und Bomben, sondern ein Alarm gellt auch bei einer verdächtigen Geldmenge los? Man könnte denken, ich sei ein gewöhnlicher Dieb.

Und war ich das eigentlich nicht auch?

Meine euphorische Stimmung schlug in Schuldgefühl um. Wenn ich das Geld von Valerie und Felipe selbst behielte, wäre ich keinen Deut besser als sie. Aber was sollte ich dann damit machen? Zurückbringen war nicht so einfach, wenn man die wahren Eigentümer nicht kannte. Und vielleicht hatte man sie schon auf andere Weise entschädigt, über eine Versicherung oder so?

Dann eben auf der Wache abgeben? Aber ich hatte wenig Lust, noch einmal bis Francaz zu reisen. Und das Geld hier in Barcelona zu deponieren, traute ich mich auch nicht. Ich hatte viel zu große Angst, dass sie mich nicht verstehen würden, wenn ich mit einem solchen Betrag in bar ankäme. Angenommen, sie verdächtigten mich des Diebstahls und würden mich wieder in so eine Zelle ...

Nein.

Und da kam mir eine andere Idee.

Ich kaufe ein Ticket an einem Schalter und nehme die Rolltreppe zum Gleis.

Es ist ein Gefühl, als wäre ich auf dem Weg zu einem Fußballspiel. Ich bin ein wenig ausgelassen und sehr gespannt. Angenehm gespannt, denn warum sollte ich mir Sorgen machen? Ich sehe nicht aus wie ein Junge, von dem man annehmen würde, er transportiere fünfundzwanzigtausend Euro in seinem Rucksack.

Ich komme an einem Straßenmusikanten mit Akkordeon vorbei.

Nein, nicht meine Musik.

Auf einer Bank sitzt eine Obdachlose. Sie isst etwas, das aussieht, als käme es geradewegs aus dem Müll. Ihr Rock ist schmuddelig und trotz der Hitze trägt sie eine dicke Jacke, als hätte sie Angst, jemand könnte sie ihr wegnehmen, sobald sie sie ablegt. Scheint mir unwahrscheinlich, denn ich glaube nicht, dass irgendjemand auf diesem Bahnhof auch nur irgendetwas von dieser Frau haben möchte. Sie hat nicht nur die ganze Bank für sich allein, sondern auch den Platz drum herum. Jeder möchte gern so weit wie möglich aus ihrem Dunstkreis bleiben. Ihre schmutzigen Socken haben unterschiedliche Farben. Ihr linkes Bein hat sie über das rechte Knie gelegt. Ihre Schuhsohle ist löchrig wie ein Käse. Zu ihren Füßen steht ein Kästchen mit drei Münzen.

Ein Windstoß weht über den Bahnsteig. Der Zug zum Flughafen Barcelona fährt ein. Die Obdachlose dreht sich um und schaut verstört. Ihre Jacke klappt auf und dann stehe ich auf einmal Auge in Auge mit Storky, dem Storch. Sie trägt ein T-Shirt mit dem Maskottchen von ADO Den Haag! Wenn das kein Zeichen ist.

Die Türen öffnen sich und Passagiere steigen aus dem Zug.

Ich stelle meinen Rucksack auf den Boden und öffne die Klappe. Um mich herum sehe ich Menschen rennen, reden, telefonieren. Niemand achtet auf mich.

Nur die Obdachlose auf ihrer Bank.

Ich lege einen Geldschein in ihr Kästchen. Und danach einen Stapel in ihren Schoß. Sie hört auf zu essen und schaut mich an, als wäre ich eine Erscheinung aus einem Traum. Ich stopfe ihr Geldscheine in die Jackentaschen, unter ihre Jacke. Dann fängt sie an zu lachen. Sie hat nur noch ein paar Zahnstümpfe im Mund.

»Gracias«, murmelt sie. »Gracias.«

Ich nicke ihr zu, schließe meinen Rucksack und hänge ihn mir wieder um die Schultern. Neunhundert Euro habe ich noch. Der Betrag, den ich auf dem Konto hatte, bevor meine EC-Karte verschwand. Ich finde, dass mir das doch zusteht.

Die Obdachlose ist verschwunden. Ich steige in den Zug und suche mir einen Platz am Fenster. Mein Rucksack passt nicht ins Gepäcknetz, also stelle ich ihn auf die Sitzbank gegenüber.

Ich denke an Valerie. Ob sie es wohl schon bemerkt hat?

Mein Spiegelbild in der Fensterscheibe grinst mir zu.

Dann ertönt der Pfiff des Schaffners und die Räder setzen sich in Bewegung.

Mirjam Mous

Boy 7

Vertraue niemandem. Nicht einmal dir selbst

Boy 7 kommt auf einer glühend heißen, kahlen Grasebene zu sich und weiß weder wohin er unterwegs ist noch woher er kommt. Er weiß nicht einmal mehr, wie er heißt. Die einzige Nachricht auf seiner Mailbox stammt von ihm selbst: „Was auch passiert, ruf auf keinen Fall die Polizei." Wer ist er? Wie ist er hierhin gekommen? Und wem kann er vertrauen?

Arena

Als Hörbuch bei Hörcompany

288 Seiten • Klappenbroschur
ISBN 978-3-401-06562-5
www.arena-verlag.de

Kjetil Johnsen

Das Lazarus Phänomen

Wenn die ganze Welt dich jagt

Nach einem Autounfall erwacht Emma aus dem Koma und nichts ist mehr wie zuvor. Sie hat das Gefühl, dass mit ihrem Kopf etwas nicht stimmt. Wieso kann sie sich immer wieder an Situationen und Orte erinnern, die sie gar nicht kennt? Emma weiß nicht, was andere schon längst herausgefunden haben. Sie ist die Hoffnung der Zukunft und damit in großer Gefahr. Aber die Jagd hat gerade erst begonnen …

Arena

288 Seiten • Klappenbroschur
ISBN 978-3-401-06618-9
www.arena-verlag.de

Andreas Eschbach

Hide*Out

In einem Nordamerika der Zukunft wird der Mensch als Individuum nicht mehr akzeptiert. Jeder weiß, was der andere denkt, was er fühlt, was er sich am Sehnlichsten wünscht. Doch was passiert, wenn sich ein Einzelner gegen die drohende Gleichschaltung aller Gedanken stellt?